UNVERGESSLICHER COWBOY

Die Cowboys von Dew Drop, Texas, Buch Eins

DEBRA CLOPTON

Unvergesslicher Cowboy
Copyright © 2022 Debra Clopton Parks

Unvergesslicher Cowboy

Willkommen in Dew Drop, Texas. Eine kleine Stadt voller einzigartiger Charaktere, die Sie zum Lächeln bringen und helfen werden, die Herzen derer zu heilen, die in die Stadt kommen oder auf der Sunrise Ranch leben – ein wunderbarer Ort, an dem Pflegekinder eine Familie werden.

Alle sind begeistert, dass die lebhafte Jolie Sheridan auf die Sunrise Ranch zurückgekehrt ist. Alle außer Morgan McDermott. Vor acht Jahren hat Jolie die Ranch – und Morgan – verlassen, um erfolgreich Karriere als Wettkampf-Kajakfahrerin zu machen. Jetzt, nachdem ein schrecklicher Unfall sie ins Abseits gedrängt hat, hat sein Vater sie als Lehrerin für die Pflegekinder der Ranch eingestellt, und Morgan gerät in Schwierigkeiten. Er weiß, dass er nicht riskieren kann, sich das Herz erneut brechen zu lassen, egal, wie ungezügelt sein Herz zu schlagen begonnen hat, als er sie das erste Mal wiedergesehen hat.

Jolie Sheridan war nur ein Mädchen aus einer Kleinstadt, mit einem Traum, der wahr wurde, als sie Karriere als Profi-Kajakfahrerin gemacht hat. Jetzt ist sie zurück auf der Ranch, weil sie sich nicht überwinden kann, wieder ins Wasser zu gehen, und ihr Herz hofft, dass ihre alte Flamme Morgan sie zu Hause willkommen heißt. Falsch … er ist verschlossen und verzeiht nicht, wie sie ihn zurückgelassen hat … doch sie braucht Hilfe, und er ist ihre einzige Hoffnung.

Ja, Morgan steckt in Schwierigkeiten. Allein Jolies einfühlsame Art im Umgang mit den Jungs zu beobachten, öffnet ihm die Augen für die Wahrheit: Er hat nie aufgehört, sie zu lieben. Doch sie wird wieder weggehen – sie ist die Beste in dem, was sie tut, also muss er auf der Hut sein, obwohl er weiß, dass etwas ganz und gar nicht stimmt – er sieht es in ihren Augen und weiß es mit Sicherheit, als sie in seinen Armen ohnmächtig wird.

Kann eine „Familie" von Pflegekindern helfen, diesem Paar eine zweite Chance auf Liebe zu geben? Sie sehen es und hecken einen Plan aus …

Willkommen in Dew Drop, Texas – vielleicht möchten Sie gar nicht mehr weg, wenn Sie die wunderbaren Einwohner dieser Kleinstadt kennengelernt und im *Spotted Cow Café* zu Mittag gegessen haben …

KAPITEL EINS

Sunrise Ranch, Dew Drop, Texas

„Beruhige dich, mein Sohn." Morgan McDermotts Vater, Randolph, unterbrach Morgan am Pass mit einem gereizten Krächzen – das in keiner Weise auch nur anfing, der von Wut geschürten Verzweiflung gerecht zu werden, die Morgan zu unterdrücken versuchte.

Mit seinen zweiundfünfzig Jahren war Randolph eine imposante Figur, und sein Haar war so schwarz wie das texanische Öl, das aus den Quellen auf der zehntausend Morgen großen Ranch der McDermott-Familie gepumpt wurde. Der einzige Unterschied zwischen den beiden Männern – die ihre hohen Wangenknochen und kantigen Gesichtszüge gemeinsam hatten – war das Flüstern von Weiß an

Randolphs Schläfen und zwanzig Jahre Altersabstand. Randolph war körperlich genauso fit und halsstarrig wie jeder seiner drei Söhne.

„Mich beruhigen?" Morgan stieß ein raues Lachen aus. „Machst du Witze? Du stellst hinter meinem Rücken meine Ex-Verlobte ein und erwartest, dass *ich* mich beruhige? Du scheinst vergessen zu haben, dass wir Partner sind, Dad. Ich sollte solche Entscheidungen mit dir treffen. Zweitens …" Morgan war so erschüttert von dem, was ihm gerade gesagt worden war, dass er den Faden verlor.

Jolie Sheridan, hier.

Randolph stieß sich von seinem Schreibtisch ab, stand auf und begegnete Morgan auf Augenhöhe. „Du weißt genauso gut wie ich, dass wir einen Lehrer brauchten, und das schnell. Jolie hat sich dankenswerterweise bereit erklärt, die Stelle für ein Halbjahr zu besetzen …"

„Es ist mir egal, ob sie dich dafür bezahlt, dass sie die Jungs hier auf der Ranch unterrichtet – ich will sie nicht hier haben." Unter normalen Umständen hätte Morgan diesen Ton gegenüber seinem Vater niemals angeschlagen. Doch von dem Fakt überrumpelt zu werden, dass sein Vater hinter seinem Rücken die Frau eingestellt hatte, die ihm das Herz gebrochen hatte, war keine normale Situation. „Wir sollten so etwas besprechen, Dad."

„Ich verstehe deine Gefühle, aber es war keine Zeit dafür. Außerdem ist Jolie mit der Schule vertraut und wird sich gut einfügen."

Von der Logik her ergab es einen Sinn, doch das machte den Verrat nicht leichter verdaulich. Morgan schwieg und versuchte, die Realität seiner Situation zu begreifen.

„Eure Vergangenheit ist etwas, wovon ich gehofft hatte, dass du sie inzwischen überwunden hast. Es hat mir natürlich nicht gefallen, dass du verletzt worden bist, als sie gegangen ist. Keinem von uns hat das gefallen. Doch unabhängig davon habe ich eine Entscheidung getroffen und sie steht."

Morgan fuhr sich mit der Hand durchs Haar. „Wie erwartest du, dass ich …" Er hielt inne, als sein Vater ihm einen strengen Blick zuwarf.

„Ich erwarte, dass du dich wie ein Mann verhältst, nicht wie ein nachtragender Teenager mit gebrochenem Herzen."

Die Worte seines Vaters schmerzten. „Ich bin schon lange über sie hinweg, und das weißt du", knurrte er und erinnerte sich nicht daran, wann er – wenn überhaupt – das letzte Mal so wütend auf seinen Vater gewesen war.

„Bist du das?" Randolph musterte ihn unbeirrt von

der anderen Seite des breiten Eichenschreibtischs aus.

„Du weißt, dass ich das bin. Das heißt aber nicht, dass ich die nächsten vier Monate hier mit ihr zusammen verbringen will."

„Du bist stark. Du wirst das schon schaffen. Vielleicht kannst du mit der Situation ein bisschen Frieden finden. Du bist vielleicht über Jolie hinweg, aber du hast ihr nicht vergeben. Du kannst keinen Frieden haben, bis du es getan hast."

Das war eine No-Win-Situation. Morgan zog eine Schlinge fest um seine Gefühle und nahm sich seinen Hut vom Haken. „Ich bin spät dran", sagte er und wandte sich zum Gehen. Als er die Tür des Büros der Sunrise Ranch aufstieß, folgten die Worte seines Vaters ihm:

„Achte auf deine Manieren, Morgan McDermott. Und vergiss nicht, diese Jungs da draußen beobachten jede Bewegung, die du machst, und lernen von dir."

„Von wegen Partnerschaft", knurrte Morgan, als ihn die lodernde Hitze von Texas mit voller Wucht entgegenschlug. Sie war nicht annähernd vergleichbar mit der sengenden Hitze seiner Wut.

Sein Leben war gerade zu einem Alptraum geworden.

Morgan setzte seinen Hut auf und bemühte sich, seine Wut in den Griff zu bekommen. Er stapfte über die fünfzig Meter des weiß gekiesten Platzes, der die Scheunen vom Büro und der Kantine trennte, und rang darum, seine Gefühle zu zügeln. Er hatte eine Horde von Jungen, die einen ganz besonderen Moment in der Scheune genossen, und er hatte vor, daran teilzuhaben, egal, was passierte. Und er wusste – ohne dass sein Vater ihn daran erinnern musste –, dass sie ihn nicht wütend sehen sollten. Die Sunrise Ranch war eine funktionierende Rinderfarm und ein Heim für Jungen, die Stabilität in ihrem Leben brauchten. Morgan nahm seinen Job als ihr Beschützer und Vorbild sehr ernst. Wenn er es nicht täte, wäre er überhaupt nicht mehr auf der Ranch.

Trotz der Hitze und Morgans Stimmung lag Aufregung in der frühmorgendlichen Luft, die über dem Ranchgelände hing. Morgan ging schneller und näherte sich dem von der Sonne gebleichten roten Stall, dem Geburtsort von Hunderten von Fohlen im Laufe der Jahre. Das solide, niedrige Gebäude stand auf dem Grundstück, seit Morgans Ururgroßvater es Anfang des 20. Jahrhunderts gebaut hatte. Im Laufe der Jahre waren neue Scheunen und Gebäude hinzugekommen, aber dieser liebevoll gepflegte Stall und die anderen historischen Gebäude, die auf dem Anwesen verstreut waren, beherbergten die Erinnerungen derer, die vor ihm hier gewesen waren. Das war ihr Vermächtnis an ihn und seine beiden Brüder Rowdy und Tucker. Seine Familie hatte es sich zur Aufgabe gemacht, es auch an künftige Generationen weiterzugeben. In dem Moment, als er durch die Doppeltüren des Stalls trat, holte er tief Luft. Sofort füllte der Duft von sonnengetrocknetem Heu und Futter, vermischt mit dem Geruch von Leder und Pferden seine Lungen. Und seinen Geist.

Die Ställe bargen viele Erinnerungen an vergangene Jahre, doch es war das gedämpfte Flüstern der Jungen am Ende des Gebäudes, das seine Seele erfüllte und seinem Leben einen Sinn gab. Vor dem Tod seiner Mutter, als er elf Jahre alt gewesen war, hatte Lydia McDermott die Vision, die Schönheit und den Segen ihrer Ranch in West-Texas mit weniger glücklichen Jungen zu teilen, die kein Zuhause hatten. Sie war gestorben, bevor sie ihren Traum verwirklichen konnte, aber Morgans Vater und Großmutter hatten in den nächsten zwei Jahren unermüdlich daran gearbeitet, die Ranch als Pflegeheim genehmigt zu bekommen. In den letzten achtzehn Jahren waren zu jeder Zeit sechzehn Jungen auf der Sunrise Ranch zu Hause gewesen. Und Morgan, der vor sechs Monaten ein vollwertiger Partner geworden war, wollte dabei helfen, dieses Erbe weiterzutragen – egal, wen sein Vater als Lehrer für die Jungen einstellte.

Als er den betonierten Gang hinunterging, hallte

das Klirren seiner Sporen und das Scharren seiner Stiefel wider. Das Geschwätz am Ende des Stalls, wo gerade ein neues Hengstfohlen geboren worden war, verstummte, und die Jungen, die neu auf der Ranch waren, drehten sich ehrfürchtig um. Es gab nichts Besseres als das Wunder des Lebens.

Ja, das war die einzige Erinnerung, die Morgan brauchte, dass die Jungs an erster Stelle standen.

Morgan stellte sich hinter sie, klopfte einem der Neuankömmlinge auf den Rücken und betrachtete das Fohlen.

„Es ist an der Zeit, dass du dich hierherschleppst, um dir das neue Stutfohlen anzusehen", neckte Walter Pepper, sein Pferdevorarbeiter, aus der Box, in der er der Mutter geholfen hatte. Als einer der besten Reiter der Gegend hatte Pepper seit seiner Jugend auf der Ranch gearbeitet und war vor fünfundvierzig Jahren von Morgans Großvater angeheuert worden. Er war ein stämmiger Cowboy mit weißem Haar, rauer Stimme und einem Herz aus Gold, und er liebte es, ihn zu necken.

Morgan betrachtete das kohlschwarze Stutfohlen, das sich neben seiner Mutter im weichen Heu zusammengerollt hatte, und lächelte schief. „Sieht so aus, als hättet ihr es alle unter Kontrolle."

„Sie ist so schwarz wie dein Haar, Morgan",

erklärte der neunjährige Caleb mit leuchtenden grünen Augen. Caleb, ein blonder, kreativer Denker, der gerne mit anpackte, hatte immer gute Ideen und nahm Werkzeuge und Maschinen in der Werkstatt auseinander, um herauszufinden, wie sie funktionierten. Doch im Moment stand er wie der Rest der Jungen mit großen Augen da und beobachtete, wie sich die Mutter um ihr neugeborenes Fohlen kümmerte.

„Ja", sagte B.J. und ein strahlendes Lächeln hob die Pausbacken des Siebenjährigen. „Sie hat keine weiße Strähne in ihrem schwarzen Haar wie Beauty oder Mr. Randolph." Er stand stolz da, zufrieden, dass er der Erste war, der den Vergleich zwischen dem rabenschwarzen Pferd mit der weißen Blässe im Gesicht und Randolph und seinen weißen Schläfen anstellte.

„Da hast du recht, mein Sohn", stimmte Morgan zu und zerzauste B.J.s braunes Haar, während er Beauty betrachtete. Sie war die erste von 25 Stuten auf der Ranch, die in den nächsten zwei Monaten abfohlen sollten, und sie startete wie ein Profi in die Saison. Als das Fohlen seine langen Beine ausstreckte und versuchte aufzustehen, begann Beauty, es sanft am Hinterteil anzustupsen, und ermutigte es, während es sich bemühte, auf wackeligen Beinen zu stehen.

„Seht, Jungs, sie hilft ihrem Fohlen beim Aufstehen", bemerkte Joseph und streckte einen sehnigen Arm aus, wo er halb über dem Geländer hing. Joseph, mit achtzehn Jahren der älteste Junge auf der Ranch, war groß, schlaksig und ein geduldiger Ermutiger der jüngeren Kinder. Er hatte es sich zur Aufgabe gemacht, Tierarzt zu werden, spezialisiert auf Großtiere, und Morgan wusste, dass er eines Tages ein großartiger Arzt sein würde.

„Weil sie sie liebt", flüsterte der zehnjährige Sammy ehrfürchtig, eine ganze Menge Wehmut in seinen Worten, die Morgan im Herzen wehtaten. Sammy war erst seit zwei Wochen auf der Ranch und hatte schwer zu kämpfen. Die Eltern des Jungen hatten ihn kürzlich aufgegeben, und ehe er sich versah, war er auf die Sunrise Ranch gekommen. Der Sozialarbeiter hatte gewusst, dass es auf der Ranch eine freie Stelle gab, und hatte keine Zeit verschwendet, Randolph und Morgan zu überzeugen, Sammy aufzunehmen. Doch Morgan sah, dass der arme Junge immer noch trauerte und nicht akzeptiert hatte, was ihm passiert war.

Peppers mitfühlender Blick begegnete dem von Morgan. Diese Jungen wussten, was es bedeutete, eine Mutter und einen Vater zu haben, denen man egal war. Im Laufe der Jahre waren viele Jungen zu Morgan gekommen, um mit ihm darüber zu sprechen, wie sehr sie der Anblick eines Pferdes, das sich so zärtlich um sein Fohlen kümmerte, ins Herz traf.

Die erste Gruppe von Jungen war auf die Ranch gekommen, als Morgan dreizehn war. Sie hatten ihre Eltern verloren, und weil Morgan zwei Jahre zuvor seine eigene Mutter an Krebs verloren hatte, hatte er geglaubt zu verstehen, was sie durchmachten. Erst nach seinem Schulabschluss wurde ihm klar, dass er überhaupt nicht wusste, woher diese Jungs kamen. Seine Mutter hatte ihn von ganzem Herzen geliebt. Der Tod hatte sie gezwungen, ihre Kinder zu verlassen – sie hätte sie niemals vernachlässigt oder wäre freiwillig gegangen.

Erst als seine Verlobte vor sechs Jahren ihren Verlobungsring zurückgegeben und sich für ein Leben ohne ihn entschieden hatte, hatte er eine gewisse Ähnlichkeit mit dem gefühlt, was diese Jungen empfanden. Es war hart zu wissen, dass man nicht gewollt war.

Für einen Moment kehrte er zu jenem Tag zurück, als er in der Einfahrt gestanden hatte, sein Herz im Staub zu seinen Füßen, und zugesehen hatte, wie Jolie Sheridan in das weite Blau davongefahren war. Er war darüber hinweg – schon seit einiger Zeit –, doch es war ein langer, harter Weg aus der Grube gewesen, in die er gefallen war. Er hatte unterwegs einige Fehler gemacht und viel Klatsch in Dew Drop provoziert. Doch er hatte es überlebt.

Er war über sie hinweg.

Er hatte immer gewusst, dass sein Leben und seine Träume hier auf der Ranch waren, und obwohl nicht alles genau so gelaufen war, wie er es sich vorgestellt hatte, hatte er es geschafft, das in den Griff zu bekommen, was Gott ihm anvertraut hatte, und er war zufrieden.

Meistens sogar glücklich.

Endlich hatte das Stutfohlen sich aufgerappelt und schaffte es, seine ersten wackligen Schritte zu machen, was Morgans Aufmerksamkeit zurück in die Box lenkte.

„Sie hat's geschafft!", jubelte Jeb. Die Begeisterung des Neunjährigen erschreckte das Fohlen – es stolperte und fiel mit dem Kopf voran ins Heu.

Entsetzt presste Jeb seine Hand auf den Mund, während die Jungen um ihn herum finster dreinblickten. In der plötzlichen Stille rappelte sich das Stutfohlen erneut auf und schaffte es dieses Mal leichter, mit nur einem einzigen Schubs von seiner Mama. Jeb lächelte stumm. Die Begeisterung der Jungen über die Leistung des Fohlens hätte leicht das Dach des Gebäudes sprengen können.

Es gab viel zu lernen aus dem, was sie gerade gesehen hatten. Von einem Sturz aufzustehen war eine Lebenslektion, der Aufmerksamkeit zu schenken sich lohnte.

„Okay, Jungs", sagte Pepper, als er aus der Box kam, „lasst uns Mutter und Baby ein bisschen Zeit allein geben. Ihr könnt heute Abend wiederkommen, wenn ihr eure Hausaufgaben gemacht habt. Ihr müsst nur versprechen, leise zu sein."

„Werden wir", sagte Wes, ein stämmiger Siebzehnjähriger mit lockigem blondem Haar und einer Spur zu viel Selbstbewusstsein. Die Jungen blickten zu Wes und Joseph auf, und die beiden Teenager nahmen ihre Führungsrolle ernst. Das gefiel Morgan an ihnen.

Als sie den Stall verließen, taten sie es mit schallendem Gelächter und Scherzen. Morgan folgte der Gruppe, etwas ruhiger als beim Eintreten, doch immer noch nicht glücklich. Sein Vater hatte die Entscheidung über Jolies Anstellung bewusst ohne ihn getroffen, weil er wusste, dass Morgan auf keinen Fall zugestimmt hätte. Doch Morgans Wut beruhte nicht nur auf persönlichen Gründen – seiner Meinung nach war das Letzte, was die Jungs brauchten, eine weitere Lehrerin, die nicht bleiben würde. Und Jolie war *genau* das.

Wie es das Schicksal wollte, traten Morgan und die Jungs gerade ins Sonnenlicht, als Jolie mit ihrem himbeerroten Jeep auf den Hof der Ranch fuhr und in einer Staubwolke auf der anderen Seite zum Stehen kam. Die Türen und das Verdeck hatte sie entfernt, und sie bekamen einen klaren Blick auf ihre windzerzausten zimtfarbenen Haare.

Morgans Eingeweide verknoteten sich, und er blieb wie angewurzelt stehen, als wäre er mit dem Gesicht voran gegen einen Fahnenmast gelaufen. Als er sie ansah, fühlte es sich an, als hätte er einen Kloß von der Größe eines Wackersteins im Hals. Sie war wunderschön.

Sie hatte die Aufmerksamkeit der Jungs sofort auf sich gezogen, so voller Leben, wie sie war, und jeder Zentimeter die Weltklasse-Wettkampf-Kajakfahrerin, die sie war, lange Beine und gebräunte Haut in abgewetzten Jeans und einem orangefarbenen Tanktop. Sie sprang mit einem breiten Julia-Roberts-Lächeln aus dem Fahrzeug – und hundert Watt purer Freude schlugen in die Gruppe ein.

Für Morgan fühlte es sich eher wie ein Schlag in die Magengrube an.

„Wer ist das dann?", staunte Joseph und pfiff, als sie mit langen Schritten näher kam. Seine Bewunderung für Jolie war unverkennbar. Der Junge war schließlich siebzehn.

Wes stieß Joseph mit dem Ellbogen aus dem Weg. „Hubba, hubba, komm zu Papa", feixte er. Morgan versetzte ihm einen Klaps auf den Hinterkopf.

„Benimm dich, Hotshot", warnte er. „Ihr beide",

fügte er hinzu, als auch Joseph ihn ansah.

„Ich hab's nicht böse gemeint", sagte Wes mit verträumten blauen Augen. „Ich bin nur *verliebt*."

Joseph legte seine Hand aufs Herz, dann wandte er seine volle Aufmerksamkeit wieder Jolie zu.

„Sie ist wirklich hübsch", schwärmte Caleb, als sie näher kam.

Er hatte in jeder Hinsicht recht – Morgan konnte es nicht leugnen. Jolie hatte immer noch die Fähigkeit, ihm den Atem zu rauben.

„Hi Jungs, wie geht's?", begrüßte sie die Jugendlichen, als kannte sie sie schon alle beim Namen. Sie sah aus wie ein heller Sonnenstrahl und schien zu funkeln. Sie hatte Morgan noch nicht angesehen und ihre ganze Aufmerksamkeit auf die sechzehn völlig verzauberten Kinder gerichtet, deren Münder jetzt weit offen standen.

„Ihr Jungs müsst meine neue Klasse sein. Ich bin Jolie Sheridan, eure Lehrerin."

„Sie sind unsere Lehrerin?", staunte Sammy. Die anderen waren vollkommen sprachlos geworden.

„Die bin ich." Jolie kicherte. „Ich freue mich auf die Schule" Ihre leuchtenden grünen Augen trafen zum ersten Mal auf Morgans, und er war sich ziemlich sicher, dass er genauso grimmig aussah, wie er sich fühlte, denn ihr Lächeln verschwand.

„Wir müssen nicht heute anfangen, oder?", platzte Sammy heraus. Jolie schenkte ihnen ein weiteres verwegenes Grinsen, als sie ihre Aufmerksamkeit wieder auf die Jungs richtete.

„Keine Sorge, kleiner Mann, die Schule fängt erst am Montag an. Ihr habt heute frei und morgen … und dann gehört ihr ganz mir, ganz mir." Sie trällerte die letzten Worte und endete mit einem Augenzwinkern. „Ich richte heute nur das Klassenzimmer her."

Die Frau hatte Fähigkeiten, wenn es darum ging, eine Menschenmenge für sich zu gewinnen. Natürlich hatte sie diese zusammengewürfelte Gruppe beim ersten Hallo gehabt.

„Ich helfe Ihnen gerne", bot Joseph an, als er schließlich seine Stimme wiederfand.

Wes grinste. „Ich auch." Er hatte seine Brust so aufgeplustert, dass Morgan befürchtete, der Teenager könnte hintenüber kippen.

Ihr Eifer brachte Morgan dazu, einige Dinge zu überdenken … vielleicht war es an der Zeit, Joseph und Wes ein paar Ratschläge zu Beziehungen zu geben und was in Gegenwart eines Mädchens akzeptabel war. Nicht, dass die Jungs viel Zeit mit Mädchen verbrachten, weil sie auf der Ranch zur Schule gingen. Trotzdem gab es einheimische Mädchen in der Kirche und in der Stadt.

Jolies Augen weiteten sich angesichts ihres Angebots. „Ich würde mich über ein bisschen Hilfe freuen, wenn ihr Jungs wollt. Allerdings nur, wenn Morgan nichts mit euch vorhat."

Alle Augen richteten sich auf ihn.

„Hast du nicht, oder?" Joseph sprach ihre Frage aus.

Er wollte sagen *doch, das hatte er*. Er wollte nichts weiter, als den Kindern zu sagen, dass neben Miss Sheridan noch andere Dinge ihrer Aufmerksamkeit bedurften. Doch jeder Cowboy, der sein Geld wert war, wusste, wann er den Rückzug antreten sollte.

Das richtige – *das höfliche* – Vorgehen war, der neuen Lehrerin zu helfen und Hilfe anzubieten.

Einschließlich seiner.

Wenn es eine andere Person gewesen wäre, hätte er nicht gezögert.

„Nein", hörte er sich sagen. „Keine Pläne, die nicht warten können. Miss Sheridan zu helfen, sich einzurichten, ist, was ein Gentleman tun würde, also machen wir das zuerst und dann bauen wir den Zaun."

„Ich möchte keine Pläne stören, die ihr schon gemacht habt", beharrte sie.

Die Jungs plapperten los wie kreischende Gänse und versicherten ihr, dass es kein Problem sei. Überhaupt kein Problem.

Morgan wollte plötzlich die Jungs mitnehmen und sich so weit wie möglich von Jolie entfernen. Doch stattdessen sagte er: „Wie die Jungs gesagt haben, es ist wirklich kein Problem. Wir können den Zaun Montag nach der Schule bauen, wenn wir es heute Nachmittag nicht schaffen."

Sie lächelte ihn an, und es traf ihn wie ein Kantholz in die Eingeweide. Er fühlte sich wie ein geprügelter Hund, wenn sie in der Nähe war, ob er es zugeben wollte oder nicht.

„Also gut. Danke."

„Gern geschehen", sagte er, und sein Atem stockte ihm im Hals.

Sie zögerte, ihre Augen fixierten ihn für eine Sekunde, bevor sie sich wieder den Jungen zuwandte. Erst dann konnte Morgan atmen.

„Wenn das der Fall ist, dann folge mir, Gentlemen", sagte sie lachend. „Lasst uns sehen, welche Abenteuer uns erwarten."

Sie winkte den Jungs, ihr zu folgen, und ging zum Schulhaus mit seinen drei Klassenzimmern. Die Jungs trabten hinter ihr her und sahen aus wie ein Wurf Welpen mit heraushängender Zunge.

Morgan blickte ihnen nach. „Nennt mich einfach Jolie", hörte er sie sagen, und ihre Stimme drang wie ein längst vergessenes Lied zu ihm.

„Ich habe gehört, dass sie zurück ist." Pepper kam aus dem Stall und stellte sich neben ihn. „Deine Großmutter hat mir erzählt, dass sie gestern in der Küche vorbeigekommen ist und Hallo gesagt hat. Sie sagte, sie hätten sich wirklich nett unterhalten. Meinte aber, sie mache sich Sorgen um dich. Ich auch. Deiner finsteren Miene nach zu urteilen, hast du es erst heute Morgen erfahren."

Sogar seine Großmutter hatte es gewusst.

„Wie viele andere wussten es noch?", fragte er und versuchte nicht einmal, seine Wut zu verbergen.

„Ich werde nicht lügen. Ich habe sie gestern zufällig aus dem Büro deines Vaters kommen sehen, als du, die Jungs und Rowdy mit den Rindern gearbeitet habt. Ich habe deine Großmutter danach gefragt."

Morgan schüttelte den Kopf und beobachtete Jolie in der Ferne. Sein Magen rebellierte, als wäre er gerade von einem wilden Bronc abgeworfen worden. Was hatte er sich dabei gedacht, als er seine Hilfe angeboten hatte?

Pepper starrte besorgt unter buschigen Augenbrauen hervor und klopfte Morgan auf den Rücken. „Bleib standhaft, Morg. Grab deine Stiefel in diesen Kies und beweg' dich nicht. Ich habe einmal geholfen, dein Herz vom Boden zu kratzen, und ich will es in diesem Leben nicht nochmal tun müssen."

Morgan warf ihm einen festen Blick zu. „Um mich

brauchst du dir keine Sorgen zu machen. Ich habe meine Lektion vor langer Zeit gelernt. Ich passe heute nur auf die Jungs auf."

„Gut. Ich bin nicht oft anderer Meinung als dein Vater, aber diesmal muss ich zugeben, dass ich es bin. Er hätte dieses Mädchen nie zurückkommen lassen sollen. Es ist einfach nicht richtig, Unfall hin oder her."

Morgan wusste von dem Unfall. Seine Großmutter hatte ihm erzählt, wie Jolie bei einem Wettkampf beinahe ertrunken wäre. Es hatte ihn hart getroffen, und das tat es noch heute, selbst wenn er seine Gefühle für sie an dem Tag überwunden hatte, als sie ihm seinen Ring zurückgegeben hatte.

Er zog seinen Hut tief in die Stirn, nickte Pepper zu und machte sich auf den Weg zur Schule. Er wollte es so schnell wie möglich hinter sich bringen.

Trotz der Wut, die immer noch in ihm brodelte, beschleunigte sich sein Puls, als Jolie folgte. Und seine Stiefel gehorchten und zögerten nicht annähernd so stark, wie er dachte, dass sie es tun sollten, wenn man bedachte, dass er der Frau helfen würde, die ihn mit seinem Herzen – und seinem Verlobungsring – in der Hand zurückgelassen hatte.

KAPITEL ZWEI

*H*abe ich die richtige Wahl getroffen, nach Hause auf die Ranch zu kommen?

Seit dem Moment, als sie Morgan neben den Ställen stehen gesehen hatte, wirbelten Jolies Gefühle in ihr wie Wäsche in einem Trockner. Der Cowboy hatte ihre Welt schon immer mit seinen nachtschwarzen Haaren und den tiefblauen Augen auf den Kopf gestellt. Der eins fünfundachtzig große, schlanke texanische Cowboy mit ein paar Extrazentimetern von den Stiefeln, als ob er diesen Booster brauchte.

Er war dreizehn gewesen, als sie mit ihren Eltern auf die Ranch gezogen war. Sofort war sie davon überzeugt gewesen, dass er den Mond an den Himmel gehängt hatte. Wahrscheinlich hatte er sie für eine zehnjährige Landplage gehalten, war aber im Gegensatz zu seinem Bruder Rowdy zu höflich gewesen, sie das spüren zu lassen. Stattdessen hatte er ihre kindliche Anbetung mit einer Geduld ertragen, die sie regelmäßig auf die Probe gestellt hatte. Wie hätte sie sich nicht in ihn verlieben sollen?

„Wo soll das hin?", fragte Joseph und blickte auf ihren Schreibtisch.

„Ich glaube, das würde mir da drüben an der Wand gefallen." Jolie deutete auf die gegenüberliegende Seite des Raums, wo jetzt der schwere Eichenschreibtisch stand. Sie lächelte, fest entschlossen, sich nicht vom Rausch der Vergangenheit und der Ungewissheit der Gegenwart davon ablenken zu lassen, ihr Klassenzimmer einzurichten.

Sie war beeindruckt von der Hilfsbereitschaft der Jungen. Und erschrocken und ein wenig erschüttert darüber, dass auch Morgan seine Hilfe angeboten hatte. Vor allem, weil er nicht verschwiegen hatte, dass er unglücklich darüber war, dass sie hier war – seine Augen hatten es ihr gesagt. Sie hatte gehofft, die Zeit hätte alte Wunden geheilt, doch selbst wenn dem nicht so war, hatte sie nach Hause auf die Ranch zurückkehren müssen.

Ja, *müssen.*

Sie musste dringend die Frau wiederfinden, die sie gewesen war, die Frau, die sie irgendwo in den Tiefen des Gauley River in West Virginia verloren hatte.

Sie hatte die Sunrise Ranch von dem Moment an geliebt, als sie hierher gezogen war, als ihre Eltern als Hauseltern für eines der beiden Häuser voller Jungs auf der Ranch eingestellt worden waren. Es war ein wunderbarer Ort gewesen, um dort ihre Kindheit zu verbringen. Und sie betete, dass es jetzt ein Ort sein würde, an dem sie sich erholen und das lustige Mädchen finden könnte, das die Welt bei den Hörnern gepackt hatte, bis es im dunklen Wasser des Gauley verschwunden war.

Das Mädchen, das sie diesen Jungs gerade zu sein vorgab.

Als sie aus diesem Wasser aufgetaucht und ihre Welt bis ins Mark erschüttert worden war, hatte sie bei ihrem ersten lebensrettenden Atemzug nur gewusst, dass es an der Zeit war, sich ihrer Vergangenheit zu stellen …

Zeit, sich bei Morgan McDermott zu entschuldigen.

Als wäre Gott damit einverstanden, war ihr diese Gelegenheit in den Schoß gefallen, und hier war sie.

„Willst du ihn hier haben … Jolie?", fragte Joseph.

Sie hatte ihnen sofort gesagt, sie sollten sie Jolie nennen. Sie war einfach zu entspannt für alles andere, selbst wenn sie ihre Lehrerin war. Außerdem war die Ranch das Zuhause der Jungen. Und zu Hause sollte es nicht förmlich zugehen.

„Perfekt", sagte sie zu dem ernsten Teenager.

„Dann machen wir das so." Joseph packte die Kante des monströsen Schreibtischs, und sie war sich ziemlich sicher, dass er versuchen würde, ihn allein zu bewegen. Um ihm in nichts nachzustehen, betrachtete Wes entschlossen die vom Boden bis zur Decke reichenden Bücherregale.

„Warte einen Moment, Wes", sagte Morgan, als er durch die Tür kam und die Führung übernahm. Jolies Eingeweide vibrierten, als seine Anwesenheit den großen Raum erfüllte.

So viel stand zwischen ihnen. Sie hatte gehofft, gestern bei ihrer Ankunft mit ihm reden zu können, doch er hatte am anderen Ende der Ranch gearbeitet. Und so waren sie jetzt hier in einem Raum voller begeisterter Schüler und konnten nicht darüber sprechen, dass sie sich heute zum ersten Mal sahen, seit sie ihm seinen Verlobungsring zurückgegeben hatte.

„Wir verschieben zuerst den Schreibtisch und dann die Bücherregale, Wes", sagte Morgan, als er die andere Seite ihres Schreibtischs ergriff.

„Danke." Joseph grinste Morgan an. „Der kommt da rüber." Er nickte mit seinem braunen Schopf in Richtung Fenster.

Zusammen konnten die beiden den großen Tisch mit Leichtigkeit bewegen. Sobald das erledigt war, machten sie sich an die drei Meter hohen Bücherregale. Am Ende waren Morgan und die meisten der Jungen nötig, um sie zu verschieben.

Der Eifer aller berührte Jolies Herz.

Sie lächelte so viel, dass sie beinahe die Tatsache ignorieren konnte, dass Morgans Nähe intensiven Stress verursachte – sie konnte seine Präsenz plötzlich wie ein Gewicht auf ihren Schultern spüren.

„Wo sollen unsere Schreibtische hin, Jolie?"

Jolie blickte in die großen, braunen Augen eines kleinen Jungen. „Sammy, richtig?", fragte sie, und er nickte. Sammy schien ein nervöser kleiner Kerl zu sein. Viel zu unsicher.

„Wir müssen sie alle zu meinem Schreibtisch umdrehen. So fällt das Licht der Fenster über eure Schreibtische. Ich liebe Licht und möchte, dass ihr es bei der Arbeit genießt."

„Kann das mein Schreibtisch sein?" Seine Worte waren so schüchtern wie die zaghafte Geste, mit der er die Hand auf den Schreibtisch legte, der ihr am nächsten war, fast so, als wäre er sicher, dass sie nein sagen würde.

„Natürlich. Der schreit förmlich deinen Namen. Ich denke, jetzt ist ein guter Zeitpunkt für alle, sich ihre Schreibtische auszusuchen."

Ohne zu lächeln nickte Sammy und ließ sich auf

seinem Stuhl nieder. „Nur, bis mein Dad kommt und mich abholt", fügte er mit leiser Stimme hinzu, kaum hörbar über dem Lärm des um ihn herum ausbrechenden Chaos, als die anderen Jungen anfingen, sich um die Tische zu streiten.

Jolie beachtete kaum, was um sie herum geschah, während ihr Herz an Sammy festhielt, der so offensichtlich litt. „Absolut", versicherte sie ihm. „Der Tisch ist deiner, solange du hier bist."

Sie war sich nicht sicher, was sie sonst sagen sollte. Manchmal waren Kinder nur kurze Zeit auf der Ranch. Doch die meisten Jungen waren auf Dauer hier – die Sunrise Ranch war schon immer auf Jungen ausgerichtet gewesen, die von ihren Familien im Stich gelassen worden waren. Die Ranch wurde ihr Zuhause; die Menschen ihre Familie.

Der arme Junge hatte einen wehmütigen Ausdruck auf seinem Gesicht, dann klopfte er auf den Schreibtisch neben sich. „Du kannst den Schreibtisch haben, Joseph!", rief er Joseph zu – offensichtlich Sammys Held –, während Joseph das Rodeo beobachtete, das darüber stattfand, wer welchen Schreibtisch bekam.

„Ich bin zu groß, um in der ersten Reihe zu sitzen." Joseph strich seinen braunen Pony aus den Augen. „Einer der kleineren Jungs kann da sitzen, und ich sitze hinten, damit ich dafür sorgen kann, dass sich alle

Hohlköpfe benehmen. Hey, Hohlköpfe!", rief er und zog alle Augen in seine Richtung. „Einer von euch an jeden Tisch."

„Ja", bellte Wes, verschränkte die Arme und trat neben Joseph. „Was benehmt ihr euch wie Tiere wegen ein paar Schreibtischen?"

Es sah so aus, als hätten Wes und Joseph beschlossen, dafür zu sorgen, dass sich die Jungen benahmen. Jolie verkniff sich ein Schmunzeln – und dann begegnete sie Morgans Blick. Morgan zog eine Augenbraue hoch, seine Augen in der Farbe von dunklem Jeansstoff waren kühl.

Er hat kein Vertrauen in mich, dachte sie plötzlich. Jolie war sich ziemlich sicher, Morgan dachte, dass sie in dieser Hinsicht Hilfe brauchte – wenn er sich überhaupt daran erinnerte, wie sie an ihrem ersten Tag im Praktikum als Lehrerin die Kontrolle über ihre Klasse verloren hatte. Es war lange her, und er hätte das Lachen über die kleinen Jungen, die die Mäuse aus ihrem Käfig gelassen hatten, und die darauffolgende Hysterie vielleicht vergessen. Als sie seinem süffisanten Blick begegnete, zog sie selbst eine Augenbraue hoch. „Es wird alles gut, Jungs. Sie sind einfach nur aufgeregt. Wir werden schon klarkommen", versicherte sie Wes und Joseph und vor allem sich selbst.

„Kannst du ein Pferd reiten?", fragte Sammy und

zog ihre Aufmerksamkeit wieder auf sich. Sie war dankbar für den Themenwechsel.

„Ja, das kann ich. Und du?", fragte sie.

Er schüttelte den Kopf. „Ich habe noch nie auf einem gesessen."

„Gestern hat er uns aber geholfen, Rinder zu impfen." Morgan trat neben den Jungen und schenkte ihm ein Lächeln, das einen Pfeil direkt in Jolies Herz jagte. Morgan McDermott hatte eine Schwäche für diese Jungs.

Er legte Sammy eine Hand auf die Schulter. „Das hast du gut gemacht, Sammy."

„Ich hab' Angst gehabt. Und sie haben mich auch fast niedergetrampelt." Sammys Augen waren riesig.

„Ach, komm schon, Junge, so schlimm war es nicht!", rief Joseph aus dem hinteren Teil des Raums, wo er gerade seinen neuen Schreibtisch ausprobierte. „Wenn du bei uns bleibst, wirst du lernen, keine Angst zu haben."

Sammy schien sich dessen nicht allzu sicher zu sein.

„Ich reite", meldete sich Tony zu Wort, ein magerer Junge um die fünfzehn, der mit seinem schwarzen Haarschopf, den blauen Augen und einem schiefen Lächeln, das seine Augen zum Funkeln brachte, wie ein junger Elvis Presley aussah.

Das führte dazu, dass jeder Junge beteuerte, dass er reiten konnte. Jolie bemerkte das Aufflackern von Angst in Sammys Gesicht, als ihm klar wurde, dass er der Einzige war, der nicht reiten konnte. Sie warf Morgan einen Blick zu und stellte fest, dass er sie mit argwöhnischen Augen anstarrte.

„Wir werden morgen nach der Kirche lernen, Kälber zu wrestlen", sagte Caleb, und seine Sommersprossen funkelten bei seinem Lächeln. „Du kannst auch mitkommen, Jolie."

Sammy legte seine Hand in ihre und sah auf. „Würdest du bitte mitkommen?"

Jolies Herz schmolz genau da in der Mitte des Raumes und wurde zu einer Pfütze. „Natürlich komme ich", sagte sie. Sie war sich ziemlich sicher, dass sie aus einem Flugzeug gesprungen wäre, wenn er sie gefragt hätte. „Ich liebe Kälberwrestling und Scramble auch. Aber sie mit dem Lasso fangen mag ich am liebsten! Ich war früher eine der Besten hier auf der Ranch."

„Wirklich?" Joseph sprang auf und starrte sie quer durch den Raum an. Er und Wes tauschten ungläubige Blicke aus. „Du kannst einen Ochsen einfangen?"

Jolie hätte fast den Kopf geschüttelt. *Männer.*

„Hey, ihr seht fast so aus, als glaubtet ihr nicht, dass ich das kann!", neckte sie.

„Wir sind es einfach nicht gewohnt, dass Mädchen

– ich meine Frauen – sowas tun wollen", sagte Wes gedehnt und blickte zu Joseph und Tony.

Jolie lächelte die großspurigen, jungen Cowboys an, die ihre abgewetzten Jeans in ihre Stiefel gesteckt hatten und verstaubte T-Shirts trugen. Es war offensichtlich, dass sie an diesem Morgen gearbeitet hatten, höchstwahrscheinlich Heu geschleppt, eine tägliche Arbeit, an die sie sich gut aus der Zeit erinnerte, als sie auf der Ranch gelebt hatte. Ein Bild von Morgan in derselben Aufmachung in diesem Alter raste durch ihren Kopf, und sie blickte in seine Richtung. Er sah ungefähr so glücklich aus wie ein Grizzlybär, der aus einem wirklich guten Nickerchen geweckt worden war.

„Ich bin jetzt schon ein bisschen beleidigt! Mädchen machen sowas auch." Sie lachte, als alle schluckten und ein bisschen kleinlaut aussahen. „Ihr werdet feststellen, dass ich das Leben größtenteils mit einer *Nur zu*-Einstellung betrachte." Sie sah Morgan direkt an, bevor sie sich wieder den Jungs zuwandte. „Ich habe es schon lange nicht mehr gemacht, aber es ist zu gut, um darauf zu verzichten. Ich werde da sein." Sie sah Mr. Grizzly Bear wieder an. „Können wir kurz draußen reden?"

„Sicher", knurrte er und drehte sich zur Hintertür um. „Ihr Jungs zerlegt nichts, während wir weg sind."

Jolie dachte, Morgan machte Scherze, obwohl er so

gar nicht zum Spaßen aufgelegt zu sein schien. Sicher dachte er nicht, dass die Jungs all die Arbeit, die sie gerade investiert hatten, zerstören würden. Doch andererseits hatten sie sich wie wilde Tiere um die Schreibtische gestritten.

Als sie über ihre Schulter zurückblickte, war sie von der Gruppe überrascht. Ihr Anblick erinnerte sie an einen alten John-Wayne-Film, *Die Cowboys,* über einen Haufen bunt zusammengewürfelter Jungs, denen ein schroffer alter Cowboy Lektionen fürs Leben beibrachte. Obwohl Morgan alles andere als ein alter Cowboy war, war es offensichtlich, dass diese Jungen ihn respektierten und bewunderten. Und ihn brauchten.

Sie lächelte sie an und zwinkerte ihnen zu. „Wenn ihr jetzt noch die Schreibtische umdrehen und ausrichten würdet, wäre das großartig.“

Alle antworteten im Chor: „Ja, Ma'am.“

Sie lächelte über ihre Höflichkeit und folgte Mr. Grizzly nach draußen, ging dann an ihm vorbei und führte ihn außer Hörweite der Klasse. In der Nähe stand eine große, knorrige Eiche, die noch immer so gebeugt aussah wie vor all den Jahren. Sie blieb nicht stehen, bis sie sie erreicht hatte, und drehte sich erst um, als sie unter den weit ausladenden Ästen waren.

Morgan verschränkte die Arme und betrachtete den Baum. „Ich erinnere mich, dass ich auf diesen Baum klettern und dich beruhigen musste, nachdem du hochgeklettert und vor Angst erstarrt bist."

Sie hatte nicht erwartet, dass er alte Erinnerungen ansprechen würde – es traf sie unvorbereitet. „Ich erinnere mich, wie sauer du warst, weil du das dumme neue Gör retten musstest." Sauer? Rot vor Wut traf es besser.

Die Andeutung eines Lächelns umspielte seine Lippen und zerrte an Jolies angespannten Nerven. Es war viel, viel Zeit vergangen, seit sie dieses Lächeln zum letzten Mal gesehen hatte.

„Aber ich habe mich daran gewöhnt", sagte er mit warmer Stimme.

Sie lachte, ermutigt von seinen Neckereien. „Du hattest keine andere Wahl! Ich schätze, wenn du mich nicht gerettet hättest, hätte ich es hier nie bis zu meinen Teenagerjahren ausgehalten." Doch sie war Morgan für mehr als das dankbar. Sie war zu einem Teenager herangewachsen, der mit fast jeder Situation fertig werden konnte, einem Mädchen, das sich in seiner eigenen Haut wohlfühlte. Sie hatte keine Angst davor gehabt, irgendetwas auszuprobieren, weil sie so wahnsinnig abenteuerlustig gewesen war – und aus ihren Fehlern lernen konnte, dank Morgan und seinen Brüdern Rowdy und Tucker, die ihr immer zur Seite standen, um ihr aus der Patsche zu helfen. Sie hatte sie vergöttert, hatte gleichzeitig gewollt, dass sie aufhörten, sie zu babysitten.

Vor allem Morgan.

Natürlich war es Morgan gewesen, der sie am wütendsten gemacht hatte, und Morgan, in den sie sich verliebt hatte. Ihre Beziehung war nie einfach gewesen. Die gegenseitige Anziehung hatte begonnen, als sie Unabhängigkeit verlangt hatte, und sich dann geändert, als sie verzweifelt nach seiner Anerkennung gesucht hatte. Doch es war unglaublich kompliziert geworden, als ihr klar geworden war, dass sie seine Liebe wollte.

Und dann war die Anziehung des Wettkampf-Kajakfahrens in die Gleichung eingedrungen, als Morgan es ihr an einem faulen Sommernachmittag gezeigt hatte und alles komplizierter wurde. Sie war fünfzehn gewesen, und ihre sofortige Liebe zu dem Sport war zu groß gewesen, um sie zu ignorieren. Für eine junge Frau, die sich nach den Abenteuern sehnte, die ein Weltklasse-Wettkampf bot, erschien die Sunrise Ranch plötzlich ... zu klein. Als Morgan ihr klargemacht hatte, dass er kein Interesse daran hatte, die Ranch zu verlassen, hatte Jolie entschieden, dass ihr keine andere Wahl blieb, als allein wegzugehen. Als sie ihn jetzt ansah, überwältigte sie die Erinnerung an den inneren Kampf, den sie durchlebt und die Entscheidung getroffen hatte, zu gehen.

Es war sechs Jahre her, doch es fühlte sich an wie zwanzig.

Sie standen im Schatten der alten Eiche, zwischen ihnen summte die Elektrizität. Als das Lächeln aus Morgans Augen verschwand, holte Jolie zitternd Luft und zwang sich, sich auf den Job zu konzentrieren, für den sie eingestellt worden war. „Ich wüsste gern mehr über Sammy. Ist er schon lange hier?"

„Gerade zwei Wochen. Er ist unser neuester Rancher. Er hat immer noch emotionale Probleme, weil er verlassen wurde. Eine schwierige Situation."

„Er scheint Angst zu haben."

„Die hat er, armes Kind. Er weiß, dass sein Vater schon lange von der Bildfläche verschwunden ist. Aber seine Mutter hat ihn dem Staat überlassen, und jetzt glaubt er, dass sein Vater es erfahren und ihn holen wird. Er neigt dazu, die Wahrheit von hier bis Alaska zu biegen, also solltest du mit allem, was er sagt, vorsichtig umgehen, bis du sicher bist, dass es wahr ist."

„Er lügt?", fragte sie etwas direkter als beabsichtigt. Doch sie musste die Wahrheit wissen, wenn sie ihm helfen wollte.

Morgan verzog das Gesicht. „In gewisser Weise. Eher wie der Junge, der „Wolf" brüllt."

„Die Geschichten scheinen sich nie zu ändern, nicht

wahr, Morgan? Ich kann mir einfach nicht vorstellen, wie diese Jungs damit umgehen, dass ihre Familien sie nicht wollen. Oder sie ihren Familien nicht wichtig genug sind, um ein liebevolles Zuhause für sie zu schaffen."

In ihrer Kindheit hatte sie all ihre Zeit mit Kindern wie Sammy verbracht. Einige waren mit Wut, andere mit Leugnen mit der Situation umgegangen, doch Angst hatten sie alle gehabt. Sie verstand das auf einer sehr persönlichen Ebene – dreimal war sie diese Woche mit Alpträumen mitten in der Nacht aufgewacht. Sie verdrängte den Gedanken und betete, dass sie diesem Job gewachsen war.

„Sammy ist ein sehr gutes Beispiel dafür, wie tief diese Kinder verletzt wurden. Sie brauchen Menschen um sich herum, die sich liebevoll um sie kümmern und zu ihnen halten." Die Härte von Morgans Augen passte zur Anklage in seinen Worten. „Was machst du hier, Jolie? Warum bezwingst du nicht irgendwo weit weg von hier Stromschnellen?"

„Ich ... ich bin –" Sie stolperte über ihre Worte, sprachlos angesichts seiner Frage. „Ich habe mich für eine Weile vom Wettkampf verabschiedet. Ich hatte einen schlechten Lauf in Virginia und ich – es war schlimm." Sie schaffte es nicht auszusprechen, dass sie fast gestorben wäre, dass sie sich glücklich schätzen durfte, hier zu stehen. „Wie auch immer, dein Vater war so freundlich, mir diesen Job anzubieten."

„Ich habe von deinem Unfall gehört, und das tut mir aufrichtig leid, Jolie. Wirklich. Ich wünsche dir eine schnelle Genesung, damit du wieder da raus und das tun kannst, was du liebst. Aber warum bist du nach so langer Zeit hierher zurückgekommen? Wir sind vor langer Zeit von deinem Radar verschwunden."

„Hier ist mein Zuhause. Es ist nie von meinem Radar verschwunden." Jolie sah Wut in Morgans Augen. Nun, er hatte ein Recht darauf und auch darauf, sie auf sie zu richten. Sie hatte allerdings geglaubt, darauf vorbereitet zu sein.

Sie hatte sich geirrt.

„Morgan", flüsterte Jolie fast. „Ich hatte gehofft, wir könnten die Vergangenheit in der Vergangenheit lassen und nach vorn blicken."

Mit pochendem Herzen streckte sie die Hand aus und legte sie auf seinen Arm. Es war nur eine Berührung, doch das Gefühl, nach so langer Zeit wieder eine Verbindung mit Morgan McDermott herzustellen, erschütterte sie bis ins Mark, und plötzlich war sie sich nicht mehr so sicher, ob es die richtige Entscheidung gewesen war, nach Hause zu kommen.

* * *

Ein Stromschlag hätte Morgan nicht mehr verbrennen können als die Berührung von Jolies Hand. Mächtige Schockwellen durchfuhren ihn, und sein Mund wurde trocken. Es hatte eine Zeit gegeben, in der er alles für ihre Berührung gegeben hätte. Er schluckte schwer und wappnete sein Herz gegen einen Ausflug in die Vergangenheit.

Er war kein Kind mehr, das sein Herz in den Händen hielt. Er war ein zweiunddreißigjähriger, erwachsener Mann mit einem vernünftigen Kopf zwischen den Ohren. Oder zumindest hatte er geglaubt, den zu haben.

„Ich habe die Vergangenheit vergessen. Vor langer Zeit", versicherte er ihr, doch seine Haut brannte dort, wo ihre Hand noch lag. Er fragte sich, ob sie spürte, dass sein Puls bei ihrer Berührung zu galoppieren begonnen hatte. Sie starrten einander an, während Sekunden verstrichen.

„Natürlich hast du das ", sagte Jolie schließlich, ihre Hand drückte sanft seinen Arm, bevor sie sie zurückzog. „Doch ich hatte gehofft, dass du es mir nicht mehr nachtragen würdest."

Sein Kiefer zuckte reflexartig.

„Ich wollte dich nicht verletzen", sagte sie. „Es war wirklich nicht persönlich."

„Du hast unsere Verlobung aufgelöst und dich auf die Suche nach Besserem gemacht. Ich glaube, ich hatte das Recht, das persönlich zu nehmen."

„Das ist nicht fair."

Morgan war plötzlich überhaupt nicht wohl dabei, wohin dieses Gespräch führte.

„Ich habe nicht nach Besserem gesucht", sagte sie. „Ich konnte nicht bleiben. Ich hätte es für den Rest meines Lebens bereut, wenn ich geblieben wäre."

„Oh, dann", sagte er eisig, „dann fühle ich mich natürlich viel besser."

„Es tut mir leid", sagte sie, und ihre Augen wurden dunkel. „Morgan, es tut mir so leid, wie es an diesem Tag geendet hat. Es tut mir leid, dass wir zugelassen haben, dass es so weit gegangen ist. Ich wollte dich niemals verletzen. Ich hätte den Ring nie annehmen sollen, da ich gewusst habe, dass mein Herz hin- und hergerissen war."

„Da sind wir uns einig." Wenigstens hatte sie nicht bis zum Abend vor der Hochzeit gewartet, wie Celia, die nächste Frau, die er törichterweise um ihre Hand gebeten hatte. Zwei aufgelöste Verlobungen in Folge hatten Morgan dazu gebracht, jeden Gedanken daran, die Frage jemals wieder zu stellen, aufgegeben. Nicht, dass er überhaupt jemals hätte anfangen sollen, mit Celia auszugehen.

„Schau, Jolie, es ist lange her. Es spielt keine Rolle mehr. Jetzt gilt meine Sorge diesen Jungs. Sie sind von ihren Eltern im Stich gelassen worden, und dann hat ihr Lehrer in letzter Minute abgesagt, weil er einen besseren Job gefunden hat. Sie brauchen nicht noch jemanden, der sie im Stich lässt. Sie brauchen jemanden, auf den sie sich verlassen können, der für sie da ist."

Als sie eine Hand in ihre Hüfte stemmte, blitzte Feuer in ihren Augen auf. „Ich habe durchaus vor, meinen Vertrag für dieses Halbjahr einzuhalten, und ich werde mein Bestes tun, um jedem der Jungen auf jede erdenkliche Weise zu helfen."

Morgan begegnete ihrem Blick mit seinem eigenen Feuer. „Mir gefällt nicht, dass du hier bist, doch meine Meinung spielt keine Rolle – du *bist* hier. Ich muss nur hoffen und beten, dass alles gut endet."

Er wandte sich ab, ging zurück zum Schulhaus und ließ Jolie unter der alten Eiche stehen. Er nutzte den Weg, um sich zu beruhigen, damit er das Klassenzimmer fertig umräumen konnte. Das Letzte, was er gebrauchen konnte, war, dass die Jungs die schlechte Stimmung zwischen ihm und Jolie spürten – und wenn er nicht aufpasste, würden sie es mitbekommen, bevor er es überhaupt durch die Tür schaffte.

Wie, wollte er wissen, als er sich dem Gebäude näherte und seine Stimmung nur noch schlimmer wurde, sollte er jemals mit dieser Situation zurechtkommen?

* * *

Vertrackter Mann, dachte Jolie, während sie Morgan folgte. „Bleib genau da stehen, wo du bist, Kumpel", verlangte sie und klang, als würde sie ihn zur Schießerei am O.K. Corral auffordern. Gehege. Offensichtlich erschrocken drehte er sich am Eingang des Schulhauses um. Sie marschierte direkt auf ihn zu.

„Du hast vielleicht kein Vertrauen in mich." *Und mein Glaube an mich selbst könnte bis ins Mark erschüttert sein.* „Aber solange ich hier bin, werde ich diesen Kindern alles geben, was ich zu geben habe."

Zum ersten Mal seit dem Unfall spürte Jolie eine vertraute Kraft in sich aufwallen, und das gefiel ihr. Seit sie fast ertrunken war, hatte sie Momente gehabt, in denen sie sich so schwach wie ein Neugeborenes gefühlt hatte, doch sie hielt sich immer noch für eine starke Frau. Sie betete, dass es eine Win-win-Situation für alle werden würde, wenn sie sich darauf konzentrierte, den Jungs der Sunrise Ranch zu helfen.

39

„Die entscheidenden Worte, Jolie – *solange du hier bist.*"

„Es ist dir egal, ob ich meinen Job gut machen kann, nicht wahr, Morgan? Für dich ist es persönlich."

„Und ob es persönlich ist. Darauf kannst du Gift nehmen. Diese Jungs sind meine *persönliche* Verantwortung."

Von seinen Worten getroffen und atemlos vor Wut, funkelte sie ihn an und versuchte, die Tatsache zu ignorieren, dass der Mann nach Kiefernholz und Leder roch. Sein Geruch betörte ihre Sinne. Ihre Augen, die Verräter, wanderten tiefer und blieben an seinen Lippen hängen. Sie atmete tief ein, doch alle Luft der Welt schien ausgegangen zu sein.

Konzentrier' dich, Jolie. Konzentrier' dich.

„Denk', was du willst über mich, Morgan McDermott. Aber", sagte sie, und selbst sie konnte die Überzeugung in ihren Worten hören, „ich werde diesen Jungs alles geben, was ich ihnen geben kann."

Er trat so nah an sie heran, dass sie sich fast berührten, und sie musste ihren Kopf heben, um ihm in die Augen zu sehen. „Das ist genau das, was ich erwarte", sagte er. „Sie haben nicht weniger verdient." Sein Blick fiel auf ihre Lippen und verweilte nur einen kurzen Moment, bevor er ihr wieder in die Augen sah. Jolies Herz setzte einen Schlag aus, und Morgans Augen waren fast schwarz vor dunkler Emotion – Sehnsucht? Wut? Jolie verschlug sein finsterer Blick die Sprache. Was ging in seinem Kopf vor?

Dann drehte er sich um und ging zurück zur Schule.

Als sie ihm zur Tür folgte, war sie sich einer Sache und *nur* einer Sache sicher: Zum ersten Mal seit Wochen war sie von einer großen Zielstrebigkeit erfüllt. Was die Zukunft für sie und Morgan bereithielt, wusste sie nicht. Doch Gott hatte Pläne für sie in der Schule der Sunrise Ranch, und sie war entschlossen, sich Ihm zu beweisen.

Das würde wahrscheinlich viel einfacher werden, als sich Morgan gegenüber zu beweisen.

KAPITEL DREI

Als Jolie wenige Augenblicke nach Morgan das Hauptklassenzimmer erreichte, sah sie, wie Joseph Morgans Großmutter Ruby Ann „Nana" McDermott die Haustür aufhielt. Nana war das Rückgrat der Ranch, eine ehemalige Barrel Racerin, die die Kantine wie eine gut geschmierte Maschine leitete. Ihre Vision war ausschlaggebend für die Verwirklichung von Lydia McDermotts Traum, und ihr Herz war ausschlaggebend dafür, die Ranch zu dem zu machen, was sie heute war.

Jolie wusste, dass Nana seit Lydias Tod die Mutterrolle für Morgan genauso übernommen hatte wie für die zahllosen jungen Ranchbewohner, die ihre Liebe brauchten. Jolie hatte Nana geliebt und verehrt, und Nana sie. Nana war Ende sechzig und hatte tiefblaue, weit auseinanderstehende Augen, hohe Wangenknochen und ein kantiges Kinn, und es war nicht zu leugnen, dass ihr Sohn Randolph und ihre drei Enkel Morgan, Rowdy und Tucker aus ihrem Genpool stammten. Bevor ihr dicker Pferdeschwanz die Farbe von hellem Stahl angenommen hatte, war er pechschwarz gewesen wie der von Morgan und Randolph – ein Geschenk aus längst vergangener Zeit und des Cherokee-Bluts von Nanas Vorfahren.

Gestern war Jolie von Nana mit offenen Armen empfangen worden – an Umarmungen hatte es bei Nana nie gemangelt. Heute eilte Nana ins Zimmer wie eine Frau auf einer Mission, ihren Pferdeschwanz schwingend, als sie ihren Jungs Kekse brachte – und nach Morgan und „ihrem Mädchen" sah, wie sie Jolie immer noch nannte.

Sie stellte das große Tablett auf einem Arbeitstisch neben dem Computer ab, während der verführerische Duft von Schokolade und Zimt den Raum einnahm. Nanas Lächeln war genauso warm und süß wie die Kekse auf dem Tablett.

„Ihr habt heute wirklich hart gearbeitet, also habe ich ein paar eurer Lieblingskekse gezaubert."

Sobald sie zurücktrat, war das Buffet eröffnet, und die Jungs stürzten sich auf die Schokoladenkekse und vertilgten sie, als hätten sie den ganzen Morgen nichts gegessen.

„Schön, dass du heute gekommen bist, Jolie", sagte

sie, während Jolie sie umarmte.

„Ich dachte, es wäre das Beste, zu kommen und, du weißt schon –", sie stockte, als sie Morgan ansah, der sie finster beobachtete, „– mich mit den Jungs bekannt zu machen, meine ich, und alles vorzubereiten."

Morgan sah aus, als hätte er gerade mitangesehen, wie sie eine Bank überfiel oder so etwas, und er kniff misstrauisch die Augen zusammen. Jolie schluckte und sah Nana an.

„Danke für die Kekse. Diese Jungs haben sie verdient – wie du gesagt hast, sie haben hart gearbeitet."

Nana winkte ab. „Diese Jungs brauchen immer Kekse." Sie stemmte ihre Fäuste in die Hüften und ließ den Blick kurz über Jolie und Morgan schweifen. „Als ich aus der Kantine gekommen bin, habe ich euch beide hinter dem Gebäude herumgehen sehen." Nana warf Morgan einen Blick zu, und Jolie glaubte, Sorge in ihren Augen zu sehen.

„Ähm, wir hatten was zu besprechen", erklärte Jolie. Was sollte sie sonst sagen?

„Morgan, wie läuft dein Tag bisher?", fragte Nana, als offensichtlich war, dass die Jungs zu sehr ins Keksessen vertieft waren, um ihre Unterhaltung zu belauschen.

Verzweiflung blitzte in Morgans Augen auf. „Was denkst du, Nana? Hat heute Morgen mit einem richtigen

Knall in Dads Büro angefangen."

Nana errötete – was Jolie überraschte, da sie nicht der Typ war, der rot wurde – und beugte sich dicht zu Morgan vor. „Wenn du dich dadurch besser fühlst, ich habe Randolph gesagt, dass er dich vorwarnen muss."

„Und was ist mit dir?", fragte er.

„Ich … nun", sagte sie und tätschelte seinen Arm. „Darüber reden wir später."

Jolie war sich nicht sicher, was los war, doch es hörte sich an, als hätte Morgan nicht gewusst, dass sie kommen würde. War das möglich? Der Gedanke ließ sie praktisch nach Luft schnappen. Wenn dem so war, war es kein Wunder, dass er so feindselig war. Sein Vater hatte die Entscheidung, sie einzustellen, nicht nur allein getroffen, sondern auch geheim gehalten – bis heute.

„Du wusstest es nicht?", flüsterte sie.

Er presste seine Lippen zu einer harten Linie zusammen, und seine linke Augenbraue hob sich ein

Jolie holte tief Luft und blickte von Morgan zu Nana. Es war so – Randolph hatte es ihm nicht gesagt!

Nana drehte sich zu den Jungs um, die die Kekse verschlangen, als gäbe es kein Morgen. „Wusstet ihr, dass Jolie eine Weltklasse-Kajakfahrerin ist? Sie wird von Sponsoren dafür bezahlt, um die ganze Welt zu reisen und mit ihrer Ausrüstung an Wettkämpfen teilzunehmen. Nicht wahr, Jolie?"

„Im Ernst. Wirklich?", sagte Wes und zog sich vom Keksgetümmel zurück.

Jolie nickte, und ihr Magen sackte auf ihre Füße, als die Übelkeit sie plötzlich wie eine Welle überrollte. *Bitte nicht. Ich kann das jetzt nicht mehr vertragen, nicht mit allem anderen.*

Sie hatte gewusst, dass es lächerlich war zu hoffen, dass niemand über ihre Kajak-Karriere reden würde, doch genau das hatte sie gehofft. Sie lächelte schwach. „Ich habe ein paar Wettbewerbe gewonnen."

„Ha!", lachte Nana. „Sie gehört zu den Top Ten des Landes."

Morgan verschränkte die Arme, sein Gesichtsausdruck stürmisch.

„Top Ten!", schwärmte Wes und sah plötzlich viel jünger als siebzehn aus.

„Wirklich?", mischte Tony sich ein, und seine Augen leuchteten vor Erwartung.

Alarmglocken schrillten in Jolie.

„Was ist Kajakfahren?", fragte Caleb, als er und die anderen kleineren Jungs von ihren Keksen aufsahen.

„Es ist eine Art Plastikkanu, in dem eine Person Platz hat, und es geht darum, einen Fluss mit Stromschnellen und so runterzufahren." Joseph war näher gekommen, genauso begeistert wie Wes und Tony. „Wir haben hier ein paar Stromschnellen im

Fluss. Weißt du das?"

Sie wusste, was als Nächstes kommen würde. Sie wusste es und war sich nicht einmal sicher, ob sie antworten könnte. Doch sie nickte und rang um Worte, während die Säure in ihrem Magen brodelte. „Ich – ich habe mit diesen Stromschnellen angefangen, als ich ein Kind war. Morgan hat sie mir gezeigt."

Das war genau die Ermutigung, die die Jungs brauchten. Sie brachen sofort in Aufregung aus.

„Cool! Kannst du es uns beibringen?", fragte Joseph über die begeisterten Stimmen der anderen hinweg. Jolie betete im Stillen zu Gott, ihr zu helfen.

„Ich wollte das schon immer lernen", schwärmte Wes und strahlte, als hätte er gerade im Lotto gewonnen. „Kannst du es uns zeigen?", wiederholte er, als die anderen sich einmischten.

Jolies Sicht verschwamm – wo war die ganze Luft hin verschwunden? Ihr wurde plötzlich unerträglich heiß, als alle im Raum sie anstarrten. Ihr Puls hämmerte in ihren Schläfen wie das Tosen der weißen Stromschnellen, die sie jetzt fürchtete. Schwarze Flecken fingen an, ihr vor ihren Augen zu tanzen. Sie schwankte benommen, und ihr Blick wanderte zu Morgan – wozu? Um um Hilfe zu flehen?

Ich kann diesen Jungs nicht das Kajakfahren beibringen!

Atme, befahl sie sich, gerade, als ihre Knie nachgaben.

„Jolie!"

Morgans Stimme dröhnte durch einen langen Tunnel, als Jolie wie ein Stein versank.

Im einen Moment stand sie noch, und im nächsten wurde sie von starken Armen aufgehoben. *Seinen* starken Armen. Den Armen von Morgan McDermott.

Den Armen, nach denen sie sich gesehnt hatte, seit sie die Sunrise Ranch verlassen hatte ... vor sechs langen Jahren ...

Stimmen drangen durch einen dunklen Nebel zu Jolie.

„Sie ist in Ohnmacht gefallen", keuchte Caleb.

„Einfach so aus den Latschen gekippt", bemerkte Sammy mit gedämpfter Stimme.

„Ich habe in meinem ganzen langen Leben noch nie jemanden ohnmächtig werden sehen", flüsterte B.J.

Obwohl sie im Nebel verloren war, spürte Jolie klar und sehr deutlich, dass ihr Kopf an Morgans Brust ruhte. Sein Herzschlag gegen ihre Schläfe war so heftig, dass es kein Wunder war, dass sie so schnell zu sich gekommen war.

„Gut, dass du sie aufgefangen hast, Morgan", fuhr B.J. fort.

Jolie war überrascht, wie leicht sie die Jungen

schon am Klang ihrer Stimmen identifizieren konnte.

„Ja, sonst wäre sie vielleicht gestorben", sagte Sammy ernst.

„Caleb und Sammy, wie wäre es, wenn ihr ein Glas Wasser und einen kalten Lappen besorgt?", drängte Nana leise.

„Sicher! Ich hole den Lappen", meldete sich Caleb freiwillig.

„Ich hole das Wasser", quietschte Sammy. Ihren Stimmen folgte sofort das Trampeln von Füßen.

„Jolie, kannst du mich hören?", fragte Morgan sanft.

Jolie öffnete die Augen und zwang sich, ihren Kopf von Morgans Herz wegzuziehen. Schamesröte erhitzte ihr Gesicht. Jemand, der in Ohnmacht fiel, war keine Beschreibung, die auf das Mädchen passte, das in den Schlund des Gorillas geblickt hatte – die stürmischsten Stromschnellen im härtesten aller Extrem-Kajakwettbewerbe der Welt – und nur einen Adrenalinschub und Aufregung verspürt hatte. Sie war kein Weichei. Ohnmacht gehörte nicht zu ihrem Vokabular … oder zumindest nicht, bis sie fast ertrunken wäre.

„Tretet ein Stück zurück, sonst bekommt sie keine Luft, Jungs", mahnte Nana, kam näher und fächelte Jolie mit einer Broschüre zu, die sie aus dem

Bücherregal gezogen haben musste. „Honey, du bist weißer als Walter Peppers Haar!"

Jolie hätte darüber gelächelt, wenn sie in diesem Moment dazu in der Lage gewesen wäre.

„Wie fühlst du dich?", fragte Morgan, seine Stimme schroff auf eine Weise, die ihr Herz schneller schlagen ließ.

„Mir geht's gut", versicherte Jolie ihnen und sah Morgan an. Seine Augen waren voller Sorge – und Fragen. Sie war dankbar, dass sie von den Jungen umringt waren – Jungen, die schwiegen und ein bisschen verängstigt aussahen. Sie musste aufstehen und ihnen zeigen, dass es ihr gutging.

Auch wenn sie zu einem Weichei wurde, musste sie es sicherlich nicht zeigen.

„Bist du dir sicher?" Morgan half ihr auf die Füße und hielt sie weiter in den Armen. „Vielleicht solltest du dich setzen."

Vielleicht sollte ich in deinen Armen bleiben —
Reiß dich zusammen!

„Nein, schon gut. Ich kann stehen", sagte sie entschlossen und zwang sich, von Morgan wegzutreten.

Die Sorge in seinen Augen machte sie fertig.

Das war der Mann, in den sie sich verliebt hatte, als sie sechzehn Jahre alt gewesen war. Das war ein sanfterer Mann, nicht der harte Mann, mit dem sie es in den letzten paar Stunden zu tun gehabt hatte. Leider wusste sie, dass sie teilweise für die harte Kruste verantwortlich war, hinter der Morgan sich verschanzte.

Betend, dass ihre Knie nicht wieder nachgeben würden, war sie froh, als sie sicher stand. Jetzt musste sie nur noch eine Erklärung dafür finden, warum sie den Jungen nicht das Kajakfahren beibringen konnte.

Sammy und Caleb kamen von der Rückseite des Gebäudes angerannt. Caleb wedelte mit einem Waschlappen, und Sammy schwappte Wasser aus dem Glas, während er rannte, die Hand fest auf dem Glas, was jedoch nicht verhinderte, dass das Wasser über den Boden tropfte. Seine großen Augen waren riesig vor Angst. Es tat ihr leid, dass sie ihn beunruhigt hatte, wo ihn doch auch so schon so viele Dinge beschäftigten.

„Setz dich", forderte Morgan sie auf und schob sie auf den nächsten Stuhl. B.J. stellte sich sofort neben sie.

„Du bist weißer als ein Marshmallow", bemerkte Caleb und drückte ihr den Waschlappen in die Hand.

„Mir geht's gut", versicherte sie ihm und den anderen, als sie alle anfingen, darüber zu diskutieren, wie blass sie war.

„Wegen dir bekomme ich jetzt graue Haare", sagte Sammy und klang wie ein Erwachsener.

Jolie musste bei seinem Ton kichern.

„Sammy, bis du graue Haare bekommst, vergeht

noch eine Weile. Du bist erst Zehn."

Sammy runzelte die Stirn. „Aber sie hat mich erschreckt."

Caleb blinzelte heftig. „Du hast mir auch Angst gemacht."

Jolies Herz wurde warm angesichts ihrer Sorge. „Ich bin ehrlich zu euch, Jungs. Es hat mich auch ein bisschen erschreckt. Ich meine, wirklich, ich bin ohnmächtig geworden und in Mr. Morgans Armen aufgewacht – das ist schon eine beängstigende Sache!"

Sie erntete eine Runde Lachen von allen Jungs und verdrängte damit den Grund ihrer Ohnmacht. Das Letzte, was sie wollte, war, dass einer von ihnen noch einmal nach dem Kajakfahren fragte.

Sie ertappte Morgan dabei, wie er sie beobachtete, und ihr Magen sackte direkt auf ihre Zehen. Sie zwang ihr Kinn nach oben, schenkte ihm ein Lächeln und hielt ihr Gleichgewicht, während sie aufstand.

Joseph runzelte die Stirn, sein mageres Gesicht ein wenig seltsam ohne das Lächeln, das normalerweise immer darauf strahlte. „Du bist so wackelig wie das Stutfohlen, dessen Geburt wir gerade beobachtet haben."

„Mir geht's gut." Sie zwang jedes Zittern aus ihrer Stimme. „Reden wir jetzt über den Wettbewerb, den ich morgen gewinnen werde."

„Gewinnen?" Joseph grinste zweifelnd und sah wieder mehr aus wie er selbst. „Das glaube ich nicht. Ich mache auch mit."

„Ich auch", sagte Wes mit herausforderndem Blick. „Was bedeutet, dass ihr alle hier den Gewinner anseht." Er deutete mit beiden Daumen auf seine Brust und grinste breit.

Jolie lachte und spürte, dass sie zurückkehrte. „Ihr Jungs müsst lernen, niemals eure Gegner zu unterschätzen." Sie ließ ihren Blick zu Morgan wandern. Er verschränkte die Arme und neigte den Kopf zur Seite, seine Augen blieben fest, während er sie abschätzte.

Sie wusste, dass sie ihn nicht täuschen konnte. Sie wusste auch, dass es nicht lange dauern würde, bis er sie fragen würde, was es mit der Ohnmacht auf sich hatte.

Sie fragte sich, ob er aus reiner Sorge fragen würde, wie es jeder anständige Mensch tun würde, oder ob er fragen würde, weil er irgendwo hinter der harten Schale, die er zur Schau trug, immer noch Gefühle für sie hatte. Sie würde einfach abwarten und sehen müssen.

Doch in der Zwischenzeit sollte sie wahrscheinlich herausfinden, was sie gegen die Tatsache unternehmen sollte, dass sie unbedingt Letzteres wollte.

KAPITEL VIER

Ein wenig aus der Fassung von ihrem Nachmittag ging Jolie direkt zum *Spotted Cow Café*, um ihre langjährige Freundin Miss Jo zu besuchen. Als sie durch die zitronenkuchengelbe Tür trat, herrschte im Café Nachmittagsflaute. Sie wurde sofort vom Muhen der eins zwanzig großen Plüschkuh gleich hinter dem Eingang begrüßt. Das Fell der Kuh hatte kahle Stellen, weil Kinder sie jahrelang gestreichelt hatten, doch sie muhte nach wie vor wie ein Kälbchen, das nach seiner Mama schrie.

Jolie hatte gute Erinnerungen an dieses Diner.

Die zartgelben Wände zierten alle möglichen gefleckten Kuhgeschenke, die Gäste mitgebracht hatten: Kuhfiguren, Rinderhörner und muhende Kuhuhren überall. Es war gelinde gesagt ein einzigartiger Laden. Sogar der polierte Betonboden war mit großen, unregelmäßig geformten braunen Flecken bemalt. Sie sollten das Fell einer gefleckten Kuh darstellen, sahen aber eher wie Kuhfladen aus, weshalb Chili Crump und Drewbaker Macintosh, ein paar Einheimische, dem Diner den Spitznamen *Cow Patty Café* gegeben hatten. Das gefiel Miss Jo natürlich gar nicht.

Jolie ging zu dem altmodischen Getränkespender im Hintergrund, und ihr lief das Wasser im Mund zusammen, sobald die Vitrine mit den köstlichen Kuchen in Sicht kam. Ihr Magen knurrte und erinnerte sie daran, dass sie den ganzen Tag nichts gegessen hatte.

Ein Kuchen klang nach dem Tag, den sie gehabt hatte, nach der perfekten Mahlzeit.

„Die machen dich fett", warnte Edwina, die langjährige Kellnerin, die mit Tellern mit Hamburgern und Fritten aus der Küche geeilt kam. Sie hielt inne, um Jolie ein schiefes Grinsen zuzuwerfen. „Aber es ist jede Kalorie wert und mehr. Du kannst an meinen Hüften sehen, dass ich sie gern und oft esse."

Jolie kicherte. Edwina war eine Frau, die schon jahrelang für Miss Jo arbeitete. Haut so zäh wie Stiefelleder und eine Persönlichkeit, die dazu passte. Edwina liebte es, Lügengeschichten zu erzählen. So rau sie auch war, sie war Teil der Atmosphäre und so zuverlässig wie alle Kuhuhren zusammen.

„Bist du hier, um Miss Jo zu sehen?", fragte sie. „Sie steckt bis zu den Achseln in Kuchenteig – okay, vielleicht nicht bis zu den Achseln, aber sie ist mit Kuchenbacken beschäftigt, wenn du Hallo sagen willst."

Jolie grinste. „Danke, Ed. Benehmen sich die Cowboys heute?"

Edwina schnaubte und ging auf die beiden Cowboys zu, die am Fenster saßen. „Verrückte Männer; Ich habe ihnen gesagt, dass sie hier nicht willkommen sind, aber sie kommen immer wieder. Ich weiß, es ist nicht das Essen oder meine einnehmende Persönlichkeit, also muss es meine Schönheit sein. Sie ist ein Fluch."

Lachend ging Jolie durch die Schwingtüren. Sie hatte Miss Jo wütend gemacht, als sie in die Stadt gekommen war und sich nur die Zeit genommen hatte, im Dew Drop Inn einzuchecken, bevor sie sich auf den Weg zu Randolph gemacht hatte. Sie hatte gewusst, dass Harvey, der Rezeptionist, es die ganze Stadt wissen lassen würde, dass sie zurück war. Als Jolie gestern Nachmittag hereingekommen war, war Miss Jo bereits informiert gewesen und nicht erfreut, dass Jolie nicht früher vorbeigekommen war, um sie zu besuchen. Wahrscheinlich war sie heute noch ein bisschen angesäuert darüber.

Jolie ging durch den Vorhang in die große, makellose Küche und winkte T-Bone, ihrem Koch, zu, als sie am Grill vorbei und dorthin ging, wo Miss Jo mit Backen beschäftigt war. Miss Jo, eine kompakte kleine Frau mit kurzen braunen Haaren, die sich um die Ohren kräuselten, bearbeitete den Teig mit einem Nudelholz. Ihre wachsamen, haselnussbraunen Augen durchbohrten Jolie, seit sie den Raum betreten hatte.

„Ich kenne diesen Blick", witzelte sie und wedelte mit dem Nudelholz in Jolies Richtung. „Du hast dich mit Morgan getroffen, nicht wahr?"

Jolie nickte müde, als sie an die Begegnung dachte. Es war schwierig gewesen, für die Kinder fröhlich zu bleiben, und sie war emotional ausgelaugt.

„So, wie du aussiehst, ist es nicht gut gelaufen." Sie deutete mit dem Nudelholz auf den Hocker neben der Arbeitsfläche und verlangte: „Setz dich und erzähl mir alles." Sie ging zum Waschbecken und wusch ihre Hände unter dem Wasserhahn. „Wie hat Morgan darauf reagiert, dich zu sehen?"

Jolie zeichnete Kreise in ein Häufchen Mehl, das auf der Arbeitsfläche lag. „Er ist nicht glücklich. Überhaupt nicht."

„Was hast du erwartet? Blumen? Du hast ihm seinen Ring zurückgegeben, bevor du dich auf den Weg in die große weite Welt gemacht hast."

„Wow, danke für die Unterstützung."

„Du weißt, dass ich dich liebe, aber ich mache mir Sorgen, dass du auf dem besten Weg bist, dich in die Nesseln zu setzen."

„Ich habe mich entschuldigt, und er hat es nicht gut aufgenommen." Sie erwähnte den Ohnmachtsanfall nicht. Das Letzte, worüber sie sprechen wollte, war ihre Reaktion gewesen, als sie in seinen Armen aufgewacht war.

Kluge Augen hielten Jolies Blick fest. „Du hast Morgan verletzt, als du gegangen bist. Und dann, als er sich erholt hatte, hätte dieser dumme Junge fast Celia Simpson geheiratet. Und sie hat ihn direkt nach dem Probedurchlauf der Trauung verlassen." Miss Jo schnalzte mit der Zunge. „Mir würde gar nicht gefallen, zusehen zu müssen, wie du Morgan wieder auf den falschen Weg führst."

„Das würde ich niemals tun. Außerdem kann er es kaum ertragen, mich auch nur anzusehen."

„Du weißt, dass du mein Liebling bist, Jolie. Das erinnert mich ein bisschen an meinen Clovis. Er hat Gefühle, die wirklich tief sitzen, und es braucht mehr als Worte, um zu beweisen, dass es dir leidtut. Aber vielleicht hilft es, dass du mit diesen Jungs arbeitest, die er so liebt."

Jolie war froh, dass Miss Jo ihr nicht gesagt hatte,

dass es leicht werden würde – sie wussten beide, dass dem nicht so sein würde.

Miss Jo holte einen Kuchen aus dem Kühlschrank. „Wie wäre es, wenn du und ich eine Pause machen und uns ein Stück von diesem Zitronenkuchen und einen Kaffee gönnen?"

Jolie richtete sich auf. „Da fragst du noch?", sagte sie und fragte sich, ob Kuchen helfen würde, das Gefühl von Morgans Armen um sich herum loszuwerden. Ihr Herz pochte unberechenbar, wenn sie nur daran dachte, wie sie sich an sein Herz geschmiegt gefühlt hatte …

„Ich denke, diese Situation wird auch das eine oder andere Gebet erfordern. Um der Jungen willen müsst ihr beide miteinander reden. Ihr müsst euch nicht versöhnen und küssen oder so – Gott weiß, das würde die Situation nur in die falsche Richtung führen. Begrabt einfach das Kriegsbeil, und bringt es hinter euch."

„Leichter gesagt als getan, denke ich."

„Ganz ehrlich, das könnte das Beste für Morgan sein." Miss Jos Miene hellte sich auf. „Vielleicht hilft es ihm, darüber hinwegzukommen, und eine Frau zu finden, die ihn dann auch wirklich heiratet. Scheint eine solche Verschwendung für einen Cowboy seines Kalibers zu sein, niemanden an seiner Seite zu haben."

Jolie spießte ein riesiges Stück Zitronenkuchen auf ihre Gabel, atmete den köstlichen Duft ein und schob es sich in den Mund, damit sie nichts sagen musste.

Denn selbst nach all dieser Zeit wollte Jolie bei der Vorstellung von Morgan mit einer anderen Frau einen ganzen Kuchen essen.

* * *

„Wie geht es dir, Morg, Bruderherz?", fragte Rowdy am Sonntagnachmittag.

Rowdy, Morgans jüngerer Bruder, leitete den Viehbetrieb der Ranch, und sie sortierten gemeinsam die Jungbullen für das Minitournier. „Hat mir fast die Stiefel ausgezogen, als Dad mir erzählt hat, was er getan hat."

„Du denkst, du bist ausgeflippt", knurrte Morgan.

Rowdy, der sonst immer so aussah, als wäre er zum Feiern aufgelegt, mit Mundwinkeln, die immer nach oben zeigten, und Augen voller Schalk, sah jetzt so besorgt aus, wie Morgan ihn noch nie gesehen hatte. „Also, wie ist es gelaufen? Die Jungs haben mir beim Mittagessen das Ohr abgekaut. Sie sind beeindruckt, nur für den Fall, dass du es nicht wusstest."

„Danke, aber das habe ich schon so mitbekommen, als sie wie Karpfen dagestanden und sie angestarrt haben. Und Wes und Joseph wollten unbedingt demonstrieren, wie stark sie sind."

Rowdys Lippen zuckten. „Sollte heute Abend eine gute Show geben. Aber wie geht's dir?"

Morgan stellte einen Stiefel auf die unterste Sprosse der Arena und betrachtete die Kälber genau. „Was denkst du? Ich habe keine andere Wahl, als damit klarzukommen."

„Vielleicht ist das auch gut so." Rowdy zuckte mit einer Schulter. „Du datest nicht, Morg. Du benimmst dich, als wärst du mit der Schule verheiratet. Das zwischen euch ist nicht abgeschlossen, und es ist Zeit, es zu beenden, auf die eine oder andere Weise."

Morgan grunzte und sagte nichts.

„Nun sieh sich einer das an." Rowdy pfiff über das Muhen der Rinder hinweg. „Der kleine Quälgeist sieht gut aus."

Morgan drehte sich um und sah Jolie aus ihrem Jeep steigen. „Ja", brummte er. „Erzähl mir etwas, das ich noch nicht weiß."

Rowdy lachte, verschränkte die Arme und lehnte sich gegen den Zaun, um Jolie zu beobachten. Morgan warf ihm einen finsteren Blick zu. Er mochte das Funkeln in den Augen seines Bruders nicht.

„Ich dachte, du hättest gesagt, es geht dir gut", sagte Rowdy.

„Ich bin nicht in Stimmung, Rowdy."

„Touché. Versteh mich nicht falsch, ich bin auf deiner Seite. Du hast ziemlich in den Kuhfladen gelangt, aber vielleicht war das alles, was sie dir damals zu bieten hatte. Wie schon gesagt, das könnte eine gute Sache sein."

„Vielleicht will ich jetzt nicht darüber reden."

Rowdy lachte wieder. „Wie schon gesagt, Touché. Ich muss mir eine Umarmung holen." Er stieß sich vom Zaun ab und ging auf Jolie zu, die stehengeblieben war, um mit ihrem Vater zu sprechen.

Tucker, der älteste der McDermott-Jungs, war der County-Sheriff. Er hatte mit Nana gesprochen, und jetzt gingen sie alle auf Jolie zu.

Morgan rieb sich den kratzigen Kiefer – es war eine lange Nacht gewesen, in der er einem neuen Fohlen auf die Welt geholfen hatte. Er hatte nicht viel geschlafen und heute Morgen hatte er die Kirche verpasst. Er war wirklich nicht in Stimmung für sowas.

„Hey, Quälgeist", sagte Rowdy gedehnt – das war der Kosename, den er Jolie vor langer Zeit gegeben hatte. „Siehst gut aus, ein bisschen dünn vielleicht. Isst du nicht da draußen, während du Geld scheffelst, wenn du dich in deiner gelben Banane fotografieren lässt?"

„Rowdy!", rief Jolie, als er einen Arm um ihre Schultern legte und sie umarmte, als wäre sie seine lange vermisste Schwester.

„Jolie." Tucker begrüßte sie ebenfalls mit einer Umarmung.

Morgan bekam fast einen Kieferkrampf, während

er mit den Backenzähnen knirschte und zusah, wie sein Vater grinste, als hätte er gerade die Familie wieder vereint.

Zehntausend Morgen Ranchland im Westen von Texas fühlten sich plötzlich nicht mehr groß genug an. Dieses „Wiedersehen" reichte aus, um einen Mann dazu zu bringen, in den Sonnenuntergang reiten und niemals zurückblicken zu wollen.

„Hey Morgan." Chet, einer der besten Ranchhelfer, rief von den Viehställen auf der anderen Seite der Scheune. „Hast du einen Moment?"

Chet, ein paar Jahre jünger als er, war als Pflegekind auf der Ranch aufgewachsen und dort geblieben. Wie die anderen fünfzehn Cowboys, die auf der Ranch arbeiteten, kannte er Morgans Geschichte mit Jolie … und Celia. Bisher hatte es keine Hänseleien gegeben, und allein diese Tatsache sagte ihm, dass sie alle dachten, dass er jetzt, wo Jolie zurück war, auf wackeligen Beinen stand.

Es war peinlich.

„Wie ich höre, bist du gestern in Ohnmacht gefallen", sagte sein Dad, während Morgan quer über den Hof zu Chet eilte.

Jolies Ohnmachtsanfall war ihm, seit er passiert war, nicht aus dem Kopf gegangen. Irgendetwas stimmte nicht mit ihr, und er nahm an, dass das Letzte, was sie tun sollte, war, in der Arena auf und ab zu rennen und zu versuchen, einen Jährling mit bloßen Händen auf den Rücken zu werfen. Natürlich lebte sie in einer Welt, in der sie jedes Mal ihr Leben riskierte, wenn sie in ihr Kajak stieg und durch tosendes Wildwasser und lächerliche Wasserfälle hinunter pflügte, die nicht dazu gedacht waren, dass Menschen sich hinunterstürzten, und schon gar nicht absichtlich.

Und zu glauben, dass er derjenige gewesen war, der ihr diesen selbstmörderischen Sport gezeigt hatte. Er hatte nicht geahnt, dass sie es auf die Spitze treiben und eine der Besten werden würde. Als er sie als Kind zum Kajakfahren mitgenommen hatte, waren es träge, friedliche Flüsse gewesen, nichts Lebensbedrohliches –

Er unterbrach seine Gedanken.

Jolie war nicht mehr seine Sorge – seit dem Tag, an dem sie weggegangen war und das Kajakfahren ihm vorgezogen hatte.

„Was gibt's?", knurrte er, als er Chet erreichte.

Chet schob seinen Stetson von der Stirn und begegnete Morgans Blick mit offenen braunen Augen. „All die Liebe bei dieser Wiedersehensfeier da drüben ist ja kaum zu ertragen", sagte er gedehnt und deutete dann auf einen der Stiere. „Der hier hat ein verletztes Bein. Ich dachte, du wirst ihn heute nicht mitmachen lassen wollen."

Das war der nüchterne Chet. Sagte, was er loswerden wollte, und wandte sich dann der Arbeit zu.

Morgan grinste fast. Chet war niemand, der sich in die Angelegenheiten anderer einmischte –und unterstützte ihn, indem er gesagt hatte, was Morgan gerade viel bedeutete.

Morgan betrachtete das hinkende Tier. „Ja, bring ihn raus."

„Wird gemacht, Boss." Chet nickte einem der anderen Cowboys zu, die am Tor arbeiteten, damit er es öffnete. Er und Morgan flankierten den Stier, um ihn durch das Tor zu schicken, und einer der anderen Cowboys trieb ihn auf eine kleine Weide.

„Zeit für ein bisschen Spaß."

Chet nickte. „Hört sich gut an."

Morgan sah ihm nach, als er sich auf den Weg machte, um die Männer zusammenzurufen, und wusste, dass Chet hinter ihm stand. Das war mehr, als er über seine eigene Familie sagen konnte. Obwohl vielleicht die Zuneigung seiner Brüder für Jolie hilfreich sein könnte. Vielleicht wollte sie ihm nichts von der Ohnmacht erzählen, doch das bedeutete nicht, dass sie nicht mit Rowdy oder Tucker darüber reden würde. Unabhängig davon war Morgan entschlossen herauszufinden, was los war, ob Jolie es wollte oder nicht.

KAPITEL FÜNF

Der vertraute Geruch von Erde und Vieh lag in der Luft, als Jolie sich bemühte, Morgan nicht anzusehen. Es war ein fast unmögliches Unterfangen – der Mann war in den letzten sechs Jahren nur noch attraktiver geworden. Sein schwarzes Haar spähte unter seinem Hut hervor und streifte sein blaues Hemd. Die Farbe ließ seine Augen dunkler aussehen als je zuvor. Und er war in seinem Element, als er mit Rowdy und den anderen Cowboys in der Arena hin- und herging und alles für das Mini-Tournier vorbereitete.

„Einmal bin ich von einer Kuh getreten worden. Deshalb habe ich Angst, da rauszugehen", sagte Sammy zu Jolie. Er war ihr Schatten, seit sie in der Arena angekommen war.

Irgendetwas an dem Jungen sprach sie an, und sie fragte sich, warum er von ihr angezogen zu werden schien. Sie konnte nicht umhin zu denken, dass die Angst der Grund war, warum er immer wieder zu ihr kam. Vielleicht hatte er auf einer unbewussten Ebene eine Art verwandten Geist erkannt.

Weil ihre Angst sie auch auffraß.

Und Letzteres irritierte sie sehr. So sehr, dass sie sich trotz Schlafmangels aus dem Bett gequält und es mit nur einer Tasse Kaffee in die Kirche geschafft hatte. Ihre Nacht war, gelinde gesagt, schrecklich gewesen – einfach nur schrecklich.

Die Nacht hatte mit Gedanken an Morgan angefangen – vor allem dem Gefühl seiner Arme um sie und dem Pochen seines Herzens in ihrem Ohr. Diese Empfindungen hatten sie die halbe Nacht wachgehalten. Als sie endlich eingeschlafen war, waren die Alpträume gekommen. Warum, oh, warum hatte sie geglaubt, dass nach Hause zu kommen ihr helfen würde, sie loszuwerden?

Sie waren nicht weniger geworden.

Stattdessen kamen sie so intensiv wie immer, wenn nicht sogar noch mehr. Immer dasselbe, sie war kopfüber in einem wütenden Strudel gefangen und kämpfte darum, an die Oberfläche zu gelangen. Immer gefangen und um ihr Leben kämpfend.

Irgendwann in den frühen Morgenstunden hatte sie den Versuch aufgegeben zu schlafen und schweißgebadet, in Laken verheddert und erschöpft dagelegen. In dem Monat seit dem Unfall war das ihr Normalzustand geworden. Meistens las sie dann in ihrer Bibel und suchte dort nach Trost und Frieden. Obwohl Frieden schwer zu finden war, kannte sie Gott, und Gott hatte sie aus dem nassen Grab herausgeholt.

Man könnte denken, wenn sie wusste, dass Gott sie aus diesem trüben Wasser gerettet hatte, gab es keinen Grund, so voller Angst zu sein – doch sie war es. Und sie wusste nicht, was sie dagegen tun sollte.

„Du hast Angst?" Morgan hatte sie gewarnt, dass Sammy zu Übertreibungen neigte, also war sie sich nicht sicher, was sie von seiner Bemerkung halten sollte, dass er getreten worden war, doch sie erkannte Angst, wenn sie sie sah. Und sie war wie ein blinkendes rotes Leuchtfeuer in seinen Augen.

Er nickte. „Große Angst."

„Das ist absolut verständlich. Hat die Kuh dir sehr wehgetan?"

Sein Blick glitt nach links und dann zurück zu den etwa eins zwanzig großen Jungochsen. „Hat mein Bein gebrochen. Mein Dad hat sich aber wirklich gut um mich gekümmert. Und meine Mom." Er hielt inne und schluckte. „Sie hat geweint, es hat sie so erschreckt." Er seufzte wehmütig. „Sie haben mich so sehr geliebt, dass es schlimm für sie war, dabei zuzusehen."

Mein Herz! – Jolie war plötzlich verzweifelt dankbar für die Liebe und Zuneigung ihrer Eltern. Sie wollte das Kind umarmen – und gleichzeitig seinen Eltern körperlich wehtun, weil sie ihn aufgegeben hatten.

„Ich bin mir sicher, dass sie es getan haben." Jolie fragte sich, ob ihm überhaupt aufgefallen war, dass er in der Vergangenheitsform von seinen Eltern gesprochen hatte. „Ich möchte, dass du weißt, dass du jederzeit zu mir kommen kannst, wenn du über sie oder irgendetwas, das dir Angst macht, reden musst. Wenn du das willst", fügte sie hinzu.

Ein schiefes Lächeln erschien auf seinem Gesicht, eines, das eines Tages Frauenherzen zum Stillstand bringen würde.

Was für ein süßes Kind. Und was für einen harten Weg er hinter sich hatte. So wie die meisten dieser Jungen.

Ein Kalb löste sich am Ende der Arena aus der Herde und rannte wie wild den Zaun direkt vor ihnen entlang.

Sammys Kopf schwang schnell herum, als er dem schwarzen Fleck folgte. Dann wandte er sich sofort wieder ihr zu. „Willst du wirklich da raus gehen?", fragte er mit besorgt gerunzelter Stirn.

Jolie verkniff sich ein Lachen. Nach allem, was sie

in ihrem Kajak erlebt hatte, machten ihr ein paar halbwüchsige Rinder keine Angst. Nicht, dass sie es wagen würde, Sammy das zu sagen.

„Darauf kannst du wetten, dass ich da raus gehen werde!", rief sie. „Es macht Spaß. Wenn man lernt, wie man es richtig macht, kann man ein Kalb sogar auf den Rücken werfen, wenn man klein ist."

Er sah überhaupt nicht überzeugt aus.

„Du schaffst das, Sammy. Es kommt nur auf die Technik an."

„Wir gehen in zwei Gruppen rein!", rief Morgan. Joseph kletterte über das Geländer und sprang von der obersten Sprosse zu Boden. Sofort sprangen fünf weitere Jungen über die Sprossen und folgten Joseph.

Jolie hoffte wirklich, dass sie es immer noch draufhatte – sie war seit Jahren nicht mehr in einer Arena Kälbern hinterhergerannt. Ihr wurde klar, dass sie, wenn sie hoffte, Sammy heute überhaupt zur Teilnahme bewegen zu können, in der ersten Gruppe sein und mit gutem Beispiel vorangehen musste. Sie kletterte über den Zaun und ließ sich auf der anderen Seite herunter.

„Nein!", schrie Sammy und griff nach ihrem Blusenärmel durch das Geländer, als ob er fürchtete, er würde sie nie wieder sehen. „Bitte geh nicht", flehte er sie an.

„Alles wird gut, Sammy. Das verspreche ich dir. Du wirst sehen, Honey", sagte sie.

Adrenalin durchströmte sie, ein Gefühl, das sie genoss. Sie tätschelte Sammys Hand ein letztes Mal beruhigend und zog dann ihre zurück. Sie hatte sich nie von Angst zurückhalten lassen – bis zu ihrem Unfall. Doch heute gab es in der Arena nichts, was ihr auch nur im Entferntesten Angst machte.

Tatsächlich fühlte sie sich so lebendig wie lange nicht. Das war, was sie puren Spaß nannte.

Es war viel zu lange her.

Mit strahlendem, albernem Grinsen johlten die Jungs und winkten sie zu sich herüber. Lächelnd joggte sie ihnen entgegen.

„Ich laufe auch mit!", rief sie Morgan zu. Sie rieb sich die Hände und gesellte sich zu den Jungen hinter der Linie, die jemand in den Arenaboden gezogen hatte. Im Geiste ging sie die Namen der Jungen in der Gruppe durch – Joseph, Wes, Tony, Caleb und Micah, der sechzehn Jahre alt war. Er hatte rostbraunes Haar, ein schmales Gesicht und Augen in der Farbe ausgewaschener Jeans. Sie grinsten alle von Ohr zu Ohr, als sie sie ansahen.

Jolie klopfte Caleb, dem Jüngsten, auf die Schulter. „Hey, bist du nicht Mr. Braveheart?", neckte sie ihn, und sein Strahlen wurde breiter und reichte von Ohr zu

Ohr.

Sie fing gerade an, sich zu amüsieren, als sie Morgan ansah. Sein finsterer Blick verriet ihr, dass er überhaupt nicht glücklich darüber war, dass sie hier war.

Was gab es sonst noch Neues?

„Bist du sicher, dass du das machen willst? Es ist lange her, und gestern …"

Jolie unterbrach ihn. „Mir geht's gut, und ich bin mir sicher. Lasst uns anfangen!"

„Wenn sie Stromschnellen reiten kann, wette ich, dass sie ein Kalb auf den Rücken werfen kann." Joseph grinste und spuckte eine Sonnenblumenkernschale auf den Boden.

„Vielen Dank, Joseph", lächelte sie und warf Morgan einen triumphierenden Blick zu.

Er sah den Teenager stirnrunzelnd an. „Vielleicht solltest du dich um deine eigenen Angelegenheiten kümmern."

Joseph kicherte. „Du bist seit ein paar Tagen wirklich grantig, Morg."

„Ja", stimmte Wes zu. „Total mürrisch."

Morgans finsterer Blick vertiefte sich. „Darf ich dich kurz sprechen?", fragte er durch zusammengebissene Zähne. Er schlang seine Hand um ihren Bizeps und begann, sie von der Gruppe wegzuführen.

Als sie ein gutes Stück von allen entfernt waren, ließ er ihren Arm los und ihre Haut von seiner Berührung prickeln. Sie empfand einen Anflug von Enttäuschung, war sich aber nicht sicher, ob sie enttäuscht war, dass sie ein Kribbeln gespürt oder dass er seine Hand weggenommen hatte.

„Ich kann mitmachen, wenn mir danach ist, Morgan McDermott." Das war eines der Probleme, die sie vor sechs Jahren veranlasst hatte, ihre Koffer zu packen – der Mann war herrisch.

„Du bist gestern ohnmächtig geworden. Das sieht dir nicht ähnlich. Ich habe die ganze Nacht darüber nachgedacht und bin zu dem Schluss gekommen, dass irgendwas nicht stimmt. Willst du mir sagen, was es ist?"

Ich habe die ganze Nacht darüber nachgedacht. Er hatte sich Gedanken über sie gemacht – das Wissen sandte ihr einen Freudenstrahl direkt ins Herz. Sie funkelte ihn jedoch weiter an, weil sie es nie gemocht hatte, wenn er sie herumkommandierte. Jetzt fiel ihr alles wieder ein. Nachdem er ihr seinen Ring an den Finger gesteckt hatte, hatte er versucht, ihr Leben zu diktieren – versucht, sie in Watte zu packen und sie zu beschützen. Das war, weil er sich Sorgen gemacht hatte, doch sie war keine Porzellanpuppe und weigerte sich, sich wie eine behandeln zu lassen.

Auch wenn sie sich gerade ein bisschen angeschlagen fühlte.

„Ich bin nicht ohnmächtig geworden. Mir war ein bisschen schwindelig, das ist alles."

„Du wärst wie ein Stein zu Boden gegangen, wenn ich dich nicht aufgefangen hätte."

„Vielleicht, aber –"

„Jolie, ich mache keine Witze. Du kommst nach all dieser Zeit hierher zurück, und hast aufgehört, Kajak zu fahren. Du bist fast gestorben – ja, ich weiß, dass du das nicht näher ausgeführt hast, aber Nana ist meine Großmutter, also weiß ich davon. Ich weiß, wie knapp es war. Ich bin nicht blind, und ich bin nicht dumm, Jolie. Irgendwas stimmt nicht mit dir, und ich möchte wissen, was es ist."

Der Mann war unmöglich. „Das ist nicht deine Angelegenheit."

Er ragte über ihr auf, sein Duft erfüllte ihre Sinne. „Ich bin für alle hier draußen verantwortlich, und wenn du irgendeine Krankheit hast, muss ich es wissen. Du bist ohne meine Zustimmung auf dieser Ranch angeheuert worden, aber weißt du was? Das macht deine Angelegenheiten zu meinen, besonders wenn das, was vor sich geht, Auswirkungen auf deinen Job hat."

Also interessierte er sich dafür, was mit ihr nicht stimmte, weil sie für ihn *arbeitete*. Es war nichts

Persönliches. Trotzdem gab sie unter seinem Blick nach und platzte heraus: „Ich habe seit dem Unfall Schlafstörungen. Ich habe Alpträume."

„Alpträume", wiederholte er sichtlich überrascht. Dann wurde sein Gesichtsausdruck weicher. „Ich denke, das ist nach dem, was du durchgemacht hast, verständlich."

Jolie wollte ihm plötzlich mehr erzählen, war sich aber bewusst, dass alle Augen auf sie gerichtet waren, während sie praktisch Nase an Nase standen. Das war weder die richtige Zeit noch der richtige Ort dafür. Und jetzt, wo sie darüber nachdachte, wollte sie kein Mitgefühl von ihm.

„Ich arbeite daran", schnaubte sie, „deshalb habe ich mir eine Auszeit vom Profisport genommen. Können wir jetzt anfangen?", fragte sie.

„Gut, mach, was du willst", knurrte er. „Nur, und ich meine nur, wenn du sicher bist, dass du nicht umkippst und niedergetrampelt wirst."

„Was für ein lieblicher Gedanke", antwortete sie zuckersüß, als sie ihre Hand zum Schwur hob. „Pfadfinderehrenwort."

Sie drehte sich um und rannte zu den Jungs zurück. Energie vibrierte in ihr. Sie war am Leben und hatte keine Angst, und Morgan McDermott konnte ihr nicht sagen, was sie zu tun oder zu lassen hatte.

Sie gab den Jungs High Fives.

„Lasst uns loslegen", lachte sie, bevor sie ihre Aufmerksamkeit den halbwüchsigen Rindern zuwandte, die aneinandergedrängt herumliefen. Sie betrachtete alle und konzentrierte sich dann auf ihre Wahl, einen kräftigen schwarzen Angus, der eine gewisse Herausforderung in seinen Augen hatte. Sicher, es gab ein paar sanftmütige Tiere in der Herde, doch sie war nie den einfachen Weg gegangen.

„Nur damit ihr es wisst, ich bin hier, um zu gewinnen", warnte sie.

„Gewinnen?", schnaubte Wes ungläubig.

„Gewinnen", nickte sie. Sein Unglaube war die einzige Herausforderung, die sie brauchte. Es hatte ihr schon immer Spaß gemacht, anderen etwas zu beweisen.

„Hier bitte, Hotshot. Nur zu", sagte Morgan und sprach seine eigene Herausforderung aus, als er ihr ein Seil reichte.

Jolie schob das Lasso in ihren hinteren Hosenbund und grinste die Jungs an, nur um sie anzustacheln, weil sie sie ansahen, als hätte sie den Verstand verloren.

„Also gut", sagte Morgan. „Das ist unsere Version eines Mini-Rodeos. Ihr alle werdet gleichzeitig gehen, und der erste Mann – die erste *Person* –, der oder die einen Jungochsen bei den Hörnern packt und zu Boden ringt, ist der Sieger dieser Gruppe. Sobald wir den Sieger dieses Laufs ermittelt haben, wird jemand dem Kalb die Beine zusammenbinden, und wir nehmen die Zeit. Wir machen dasselbe mit der zweiten Gruppe, und der Gesamtsieger wird nach Zeit ermittelt. Denkt daran, dass wir in ein paar Wochen ein Roping-Event haben, und ihr solltet bis dahin besser im Roping und Binden geübt sein, denn dazu bringen wir die größeren Jungochsen raus." Diese Informationen sorgten für allgemeines Grinsen und eine Menge Getuschel.

„Alle hinter die Linie, dann fangen wir an. Auf die Plätze, fertig", rief Morgan, „los!"

Alle rannten los. Dreck flog, Kälber rannten, und Jubelschreie drohten, das Dach vom Gebäude zu heben, als Jolie und die fünf Jungen hinaus in die Arena rannten. Jolie konzentrierte sich auf ihr Ziel – das aussah, als wollte es die Flucht ergreifen. Seine Bewegungen vorausahnend, rannte sie hinter ihm her. Als das Kalb kehrtmachte, stürzte sie sich auf es – und landete mit dem Gesicht voran in der roten Erde.

Den bitteren, körnigen Dreck ausspuckend war sie blitzschnell wieder auf den Beinen. Sie streckte die Hände zu beiden Seiten aus und winkte das Kalb zurück, als es nach links ausweichen wollte. Sie bemühte sich um Halt, warf sich nach rechts, hechtete dann erneut auf das Tier zu und packte es.

„Erwischt, großer Junge", ächzte sie und schloss ihre Ellbogen um die stumpfen Hörner des Jungochsen. Instinkte aus Jahren auf der Ranch erwachten. Einen Arm um die Hörner geschlungen packte sie den Kiefer des Tieres, grub ihre Stiefel in den Dreck und verdrehte den Kopf des Stiers, während sie sich auf ihre Fersen zurücklehnte. Als sie spürte, wie sich sein Gewicht verlagerte, hielt sie sich fest, zog stärker und ließ sich rückwärts fallen. Das Tier kam mit ihr und landete auf seiner Seite. Erst dann begann sie, die Schreie und Jubelrufe wahrzunehmen.

Sie hielt die Hörner des verärgerten Kalbs an ihre Brust und wartete darauf, dass jemand seine Beine fesselte. Ein Schatten verdeckte das Deckenlicht, und Morgan grinste sie an.

„Ich schätze, du bist doch nicht ganz aus der Übung", sagte er gedehnt.

Ihn so anzusehen fühlte sich so vertraut an, als wären sie Teenager und das war ein normaler Teil ihrer wöchentlichen Routine. Der Jungochse wand sich und erinnerte sie daran, dass sie ihn immer noch bei den Hörnern hatte. Zum Glück rannte Joseph herbei und hatte innerhalb von Sekunden drei Beine gefesselt.

Jolie rutschte unter dem Tier hervor, stand auf und klopfte sich den Po ab. „Wenn ihr mich fragt", sagte sie mit einem Pokerface, als Rowdy sich der Gruppe anschloss, „war das ziemlich langsam."

Das brachte ihr ein Schmunzeln von Morgan ein. Sie grinste ihn direkt an, und für einen Moment ließ die Spannung zwischen ihnen nach, und sie spürte, wie ihr Herz schneller schlug.

Rowdy joggte auf sie zu und stupste sie am Arm an. „Nicht zu schäbig, Quälgeist. Für ein Mädchen."

„Ein Mädchen, das glorreiche Momente hatte, als es euch beide das eine oder andere Mal geschlagen hat."

„Ich bin beeindruckt", sagte Wes und wischte sich mit dem Handrücken den Schweiß von der Stirn.

„Du hast es geschafft!", rief Sammy, drängte sich durch die Gruppe, packte sie um die Taille und drückte sie fest an sich.

„Hey, ich hab' dir doch gesagt, dass ich es schaffen werde." Sie erwiderte seine Umarmung. Ein warmes Gefühl wuchs in ihrer Brust wie ein Heißluftballon und hob ihre Stimmung. Vor Freude strahlend, begegnete Jolie Morgans gefährlichem indigoblauem Blick … und *schwupps*, einfach so, verflüchtigten sich alle zusammenhängenden Gedanken genau dort unter den großen Lichtern.

* * *

Morgan war erschüttert von der Anziehung, die er spürte, als er Jolie beobachtete. Es war, als wären sie in die Vergangenheit zurückgekehrt und die Welt war

79

wieder in Ordnung.

Er war auch mehr als nur ein bisschen erschrocken darüber, wie schnell und mit welcher Begeisterung Sammy sich an sie gewöhnt hatte. Seine Gedanken stockten, als sie ihn mit ihren tanzenden grünen Augen ansah.

Er räusperte sich, versuchte, seinen Kopf freizubekommen, und richtete seinen Blick auf den Jungen.

Sammy hatte auf einer Ebene eine Beziehung zu Jolie aufgebaut, die er in seiner kurzen Zeit hier auch nicht annähernd zu irgendjemandem sonst entwickelt hatte. Morgan konnte sehen, dass der Junge bereit war, sich ihr gegenüber zu öffnen. Und das erinnerte Morgan sofort daran, dass es ein Fehler war, dass sie hier war – ganz gleich, was er vor wenigen Minuten für Jolie empfunden hatte.

Oh ja, ein großer Fehler – von gigantischen Ausmaßen.

Der Junge brauchte Stabilität – er sollte sich nicht in Jolie verlieben und sie dann nach ein paar kurzen Monaten aus seinem Leben verschwinden sehen. Doch Morgan konnte nichts dagegen tun. Jolie war die Art von Mensch, die andere anzog – kein Zweifel. Ihm war klar, dass es sowieso schon zu spät war – Sammy hing an ihr, und zwar sehr.

„Morgan, hast du Jolie gesehen?" Sammy zerrte an

seinem Ärmel, um seine Aufmerksamkeit zu erregen, zu jung, um zu erkennen, dass Morgan Jolie nicht eine Sekunde aus den Augen gelassen hatte, während sie da draußen gewesen war.

„Ja, das habe ich. Sie ist das geborene Cowgirl." Seine Worte kamen heraus, bevor er sie aufhalten konnte. Geboren, um ein Cowgirl auf einem Pferd zu sein – doch schließlich war sie Stromschnellen geritten. Der Nervenkitzel war eindeutig viel aufregender da draußen, wenn sie Wildwasser an Orten zähmte, die er nicht aussprechen, geschweige denn mit ihnen konkurrieren konnte.

„Ich habe alles, was ich weiß, von Morgan gelernt, also mach, was er dir sagt, und du kannst nichts falsch machen."

Ihre leuchtenden Augen ruhten auf ihm und zogen ihn an wie eine Flamme eine arme Motte. Nach allem, was passiert war, konnte er sich immer noch in ihren wunderschönen Augen verlieren.

„*Ha!*", rief Joseph und zog dankenswerterweise Morgans Aufmerksamkeit auf sich. „Morg hat es mir beigebracht, und du hast mich *trotzdem* geschlagen."

Jolies Lachen klimperte wie ein Windspiel. „Das Kalb muss auch kooperieren, weißt du? Dieser kleine Kerl wollte von mir erwischt werden, glaube ich."

„Oh ja", sagte Wes gedehnt. „Wer würde das nicht wollen?" Das brachte ihm Gelächter und Zustimmung von allen ein und ein breites, albernes Grinsen, das in Jolies Gegenwart alltäglich wurde.

Jolie legte eine Hand auf ihr Herz und lächelte den Jungen an. „Oh, das ist so süß."

Sie war dafür geboren, Menschen um sich herum zu bezaubern. Morgan wurde klar, dass sie es doch irgendwie geschafft hatte, dass sich die Jungs gut fühlten, obwohl sie sie fair und anständig geschlagen hatte. Das gefiel ihm, und er wusste es zu schätzen.

Doch was ihm nicht gefiel, war, dass er spürte, wie der Schutzschild, den er um seine Gefühle aufgebaut hatte, schwächer wurde, als seine Bewunderung für sie mit voller Kraft zurückkehrte – er fühlte sich selbst ziemlich bezaubert.

Nein, das gefiel ihm nicht. Gar nicht.

Sie war noch nicht einmal drei Tage zurück, und er fing schon an, sie wieder großartig zu finden. Er rieb sich den Nacken und fing Rowdys amüsierten Blick auf.

Kopfschüttelnd drehte sich Morgan um und ging zum Ausgang. Während sie sich auf den Lauf der nächsten Gruppe vorbereiteten, musste er etwas Abstand zwischen sich und Jolie bringen.

So mancher armer Cowboy lernte es einfach nie.

KAPITEL SECHS

Du kannst nicht nach Hause zurück.

Die Worte hallten nach dem Mini-Rodeo den ganzen Weg zurück in die Stadt in Jolies Kopf wider. Sie hatte nie damit gerechnet, nach jenem Tag vor sechs Jahren, als sie aufs Gaspedal getreten und den Horizont anvisiert hatte, jemals wieder in die Stadt, in der sie aufgewachsen war, zurückzukehren. Sie war in einem Nebel aus Verwirrung und Tränen gegangen, hin- und hergerissen zwischen zwei Welten. Nun war sie hier, so erstaunlich es auch schien, und im Begriff, auf der Sunrise Ranch zu unterrichten.

Die Jungs auf der Ranch hatten sofort einen Platz in ihrem Herzen erobert – und die Schule hatte noch nicht einmal angefangen. Es fühlte sich an, als würde sie sie länger als zwei Tage kennen. Sie hing so sehr an ihnen, wie sie an ihr, und sie wusste, dass es Morgan nervös machte.

Alles an ihr machte Morgan nervös, wie es schien. Aber es war wirklich nett gewesen, ihm ein ehrliches Lächeln zu entlocken, nachdem sie den Jungochsen zu Boden gerungen hatte. Sie hatte dieses Lächeln bis in ihre Zehen gespürt. Es war schwer gewesen, sich zu konzentrieren, nachdem er aus der Arena gestapft war, doch sie hatte es geschafft und ihr Bestes gegeben, um Sammy davon zu überzeugen, es zu versuchen, und sogar angeboten, mitzugehen und ihm zu helfen, doch er hatte sich geweigert. Sie hatte nicht versucht, ihn zu zwingen – hoffentlich würde die Zeit seine emotionalen Wunden heilen.

Die Zeit würde hoffentlich auch die Spannung zwischen ihr und Morgan lindern.

Jolie hielt an der freien Stelle vor dem dreistöckigen Dew Drop Inn an. Das alte Backsteingebäude war im 18. Jahrhundert ursprünglich ein Tanzsaal gewesen. Es hatte im Laufe der Jahre auch eine ganze Reihe anderer Nutzungen gehabt, darunter Bestattungsinstitut, Pension und Restaurant. Es hieß, dass viele berühmte Leute – und ebenso viele berüchtigte Leute – zu der einen oder anderen Zeit dort abgestiegen waren.

Dann war das Gebäude jahrelang mit Brettern vernagelt gewesen und verfallen, bevor Mabel Tilsbee es gekauft und ihre Seele hineingegossen hatte. Und seit über dreißig Jahren war es das Dew Drop Inn. Schwarze Verandapfosten hielten einen Balkon im ersten Stock, und Mabel hatte zwei Blumentöpfe mit riesigen Farnen auf beiden Seiten der verzierten Doppeltüren mit Bleiglasfenstern und schweren Messingbeschlägen aufgestellt.

Im Inneren waren Holzdielen mit Teppichen bedeckt, die zwischenzeitlich ziemlich abgenutzt waren, aber immer noch einen schönen Charme hatten und dem Haus ein einladendes Gefühl verliehen. Für Jolie war das Inn ihr Zuhause, bis sie eine Mietwohnung fand oder sich entschied, in das kleine Haus auf der Ranch einzuziehen, von dem Randolph ihr gesagt hatte, dass es dem jeweiligen Lehrer der Schule kostenlos zur Verfügung stand.

Die Entscheidung wurde natürlich dadurch erschwert, dass Morgan auf der Ranch war. Sie war sich nicht sicher, ob es eine gute Idee war, die ganze Zeit da draußen – in seiner Nähe – zu sein, besonders weil offensichtlich war, dass er sie nicht dort haben wollte. Trotzdem hatte es schon Momente gegeben – atemlose Momente –, in denen Elektrizität zwischen ihnen geknistert hatte.

„Wow", flüsterte sie beim Gedanken daran. Obwohl Morgan das Knistern fast so schnell beendet hatte, wie es passiert war, war nicht zu leugnen, dass sie es beide gespürt hatten. Und infolgedessen war sie sich ziemlich sicher, dass er es nicht begrüßen würde, wenn sie dort draußen wohnen würde.

Es war ein Dilemma.

Sie schwang ihre Beine aus dem türlosen Jeep und hielt inne, um ihren schmerzenden Rücken zu strecken – ein Kalb zu Boden zu ringen strapazierte die Muskeln – und den Rest der Stadt anzusehen, die sie vor Jahren zurückgelassen hatte.

Es gab nur zwei größere Straßen, die sich kreuzten, und kleinere, von Bäumen gesäumte Sträßchen, die zu altmodischen Häusern mit großen Höfen führten. Das war das Dew Drop ihrer Jugend. Das Zeitungsbüro lag am anderen Ende der Stadt, zusammen mit dem Eisenwarenladen und dem Friseursalon. Auf dem Bürgersteig zwischen den beiden Läden stand eine Holzbank, auf der die älteren Männer der Stadt zusammenkamen, um die Probleme der Welt zu lösen. Chili Crump und Drewbaker Macintosh, die sie am Morgen in der Kirche umarmt hatte, saßen gerade dort. Mit Mitte siebzig hatten sie den Platz von Snoot Pickens und Sargent Hanes übernommen, zwei Senioren des Ortes, die beide gestorben waren, deren Legenden jedoch in den Geschichten vieler weiterlebten.

Eine leichte Brise flatterte über Jolie, wie ein

Flüstern aus vergangenen Jahren. Ja, sie war sich sicher, dass sich die Gespräche auf dieser Bank viele Male um sie gedreht hatten – sie konnte sich gut vorstellen, wie es gewesen war, nachdem sie Morgan seinen Ring zurückgegeben hatte und weggegangen war.

Armer Morgan. Sie hatte nicht wirklich darüber nachgedacht, was er hatte ertragen müssen, nachdem sie ihre Verlobung gelöst hatte. Sie hatte hauptsächlich über ihren eigenen Schmerz nachgedacht und ihre Frustration darüber, dass er ihre Entscheidung, ihren Traum zu verwirklichen, nicht unterstützen wollte.

Sie schluckte, während die Brise immer noch in ihren Ohren flüsterte. Die Reue über den Schmerz, den sie verursacht hatte, setzte sich wie ein Stein in ihrem Magen fest.

Sie war sich sicher, dass sie wieder einmal das heiße Thema auf dieser Bank und überall sonst in der Stadt war. Sie hatte sich darauf vorbereitet, als sie beschlossen hatte, nach Hause zu kommen. Doch ihnen etwas zum Reden zu geben war ein geringer Preis, wenn sie das zwischen sich und Morgan in Ordnung bringen, sich dafür entschuldigen könnte, dass sie ihn verletzt hatte. Sie musste sich immer wieder daran erinnern, dass sie aus diesem Grund hier war. Sich entschuldigen und ihre Alpträume überwinden – das war der Plan gewesen, doch das Gefühl seiner Arme, nachdem sie in

Ohnmacht gefallen war, hatte sie aus der Bahn geworfen und ihre Prioritäten durcheinandergewirbelt.

Sie fragte sich, wie Morgan sich dabei fühlte, im Zentrum der Aufmerksamkeit zu stehen, und sie war sich sicher, dass sie ihn dorthin gestoßen hatte, als sie in die Stadt zurückgekommen war. Die Leute wollten nichts Böses, doch Morgan war ein ziemlich zurückhaltender Mann, der dank ihr … und Celia bereits viel mehr Aufmerksamkeit bekommen hatte, als er sich je gewünscht hatte. Wenn sie raten müsste, würde sie sagen, dass er weniger als erfreut war, dass sie nach Hause gekommen war und ihn wieder auf den heißen Stuhl gesetzt hatte.

Als sie sich den Rest der Stadt ansah, blieb ihr Blick auf dem *Spotted Cow Café* hängen. Leuchtend rote Geranien blühten am Eingang, und die gelbe Tür leuchtete wie ein einladendes Leuchtfeuer. Sie war diejenige gewesen, die vor all den Jahren auf die Idee gekommen war, die Tür zitronenkuchengelb zu streichen. Jolies Magen knurrte, als sie sie ansah. Offensichtlich erfüllte die Tür ihren Zweck, und zwar gut.

Hinter ihr klingelten fröhlich die Glöckchen über der Tür des Dew Drop Inn. Jolie drehte sich wieder um.

„Du meine Güte! Wenn das nicht Jolie Sheridan ist! Honey, ist aber auch Zeit, dass du nach Hause kommst!", rief Mabel Tilsbee und eilte aus dem Gebäude. Die Besitzerin des Dew Drop Inn umarmte Jolie und hob sie hoch. Die Arme an ihre Seiten geklemmt und ihre Füße an Mabels Schienbeinen baumelnd, spürte Jolie, wie ihr Körper im Wind zitterte. Mabel hatte schon immer eine besondere Schwäche für Jolie gehabt. Sie war auch diejenige gewesen, die Jolie gesagt hatte, dass sie niemals glücklich sein würde, wenn sie mit Reue lebte.

„Ich freue mich so, dass du hier bist!", sagte Mabel, während sie das Leben aus Jolie herausquetschte. „Meine Güte, das ist die beste Überraschung aller Zeiten. Als ich vor ein paar Stunden in die Stadt zurückgekommen bin und gehört habe, dass du eingecheckt hast, konnte ich es nicht glauben!"

„Auch schön, dich zu sehen", keuchte Jolie und versuchte, ihre Arme zu bewegen. Mabel fing an, auf und ab zu springen – für eine Frau Mitte sechzig war sie so stark wie ein Elch.

„Mabel, komm schon, lass das arme Mädchen los", bellte Miss Jo hinter Jolie. Mabel hörte auf ihre Freundin und ließ sie los.

Jolie fühlte sich wie ein trocken ausgewrungener Spüllappen und griff nach dem Verandapfosten, um sich abzustützen. „Danke", keuchte sie. „Ich habe gehört, dass du auf einer Missionsreise nach Haiti warst."

„Es war ein Segen für mich, dorthin zu gehen, und ich hoffe, ich war ein Segen für andere, während ich dort war." Die Hände in die Hüften gestemmt, musterte Mabel Jolie und strahlte übers ganze Gesicht. „Jo, ist sie nicht eine Augenweide? Ich habe deine Karriere verfolgt", sagte sie und hielt nicht lange genug inne, um Miss Jo ihre Frage beantworten zu lassen. „Und ich habe diesen schrecklichen Unfall gesehen. Einfach schrecklich. Es ist furchtbar, mir vorzustellen, wie du unter diesem reißenden Wasser gefangen warst. Es ist ein Wunder, dass du lebst. Ein reines Wunder, und vergiss das nie. Gott hat Pläne für dich, Honey – ja, so ist es. Dein Oberteil hat sich da unten irgendwo verhakt, nicht wahr?"

Jolie nickte, doch ihr Magen drehte sich. Es hätte ein normales Rollmanöver sein sollen, etwas, das sie tausende Male im Wasser gemacht hatte. Doch ihr Oberteil blieb unter Wasser an einem Ast hängen und alles ging schief. Jolies Puls wurde flach und stolperte, und sie fürchtete einen weiteren Ohnmachtsanfall. Es war schrecklich, sich so verdammt schwach zu fühlen.

„Ich bin dankbar, am Leben zu sein." Sie lächelte und versuchte, die Starke zu spielen, in der Hoffnung, dass sie sie nicht durchschauen würden.

„Und jetzt bist du hier", sagte Miss Jo, und ihre wissenden Augen fingen alles auf. „Zu Hause, um dich von Mabel hier auf der Hauptstraße zerquetschen zu lassen."

„Ach, sei still!", schimpfte Mabel. „Ich hab' mich nur gefreut, sie zu sehen."

„Toller Grund, das arme Mädchen in zwei Hälften zu quetschen." Mabel hob ihr Kinn, warf ihrer Freundin einen scheltenden Blick zu und richtete ihre Aufmerksamkeit dann wieder auf Jolie. „Also, wie geht's dir? Jo hat mir gesagt, dass du deswegen ein paar Probleme hattest." Natürlich hatte Miss Jo Mabel davon erzählt.

Vielleicht hatte sie auch etwas zu Nana gesagt. Nun, dagegen konnte sie jetzt auch nichts mehr tun.

„Ja, ein bisschen." Sie zuckte zusammen. „Es war beängstigend, das gebe ich zu, und ich, na ja, ich dachte, es ist Zeit, eine Atempause einzulegen." Sie sah von der einen älteren Frau zur anderen. „Und die Wahrheit ist, dass ich den Ort vermisst habe und alle …" Sie verstummte.

Mabel nickte mit einfühlsamer Miene. „Jo hat mir erzählt, dass du auf der Ranch arbeitest. Um Himmels willen, das war ein Schock! Wie läuft das? Ich meine, wo du da draußen bist und Morgan auch?"

Mabel war noch nie jemand gewesen, der um den Elefanten im Zimmer herumtanzte. Sie ging einfach darauf zu und packte ihn am Rüssel.

„Er sieht gut aus – gut wie immer." Junge, war das eine Untertreibung! „Er ist nicht sehr erfreut, mich zu sehen, wie du dir vorstellen kannst. Wie ist es dir ergangen?", fragte Jolie. Zeit, das Thema zu wechseln.

„Grantig wie immer", brummte Miss Jo.

Jolie kicherte. „Sorgst du immer noch dafür, dass Nana und Miss Jo nicht aus der Reihe tanzen?"

„Ha – ich bin die Grantige? Diese beiden sind diejenigen, die sich nicht aus Ärger raushalten können."

„Genau das hat Nana über dich auch gesagt", neckte Jolie und dachte an ihren Besuch bei Nana. Sie war sich sicher, dass Nana ihre beiden Freundinnen nach ihrem Besuch bei ihr über alles auf dem Laufenden gehalten hatte, wahrscheinlich weil sie sich alle Sorgen machten, dass Jolie Morgan wieder das Herz brechen würde. Doch natürlich hatte der Mann Mauern aus Stahl errichtet – sein Herz war nicht in Gefahr.

„Wo ist der Spaß daran, sich aus Ärger rauszuhalten?", fragte Miss Jo mit einem Lächeln.

Jolie kicherte – es fühlte sich so gut an, ihre alten Freundinnen zu sehen. Es war seltsam gewesen aufzuwachsen und nicht wirklich Mädchen in ihrem Alter zu kennen. Sie hatte die Jungs auf der Ranch gehabt und diese Frauen – Freundinnen ihrer Mutter –, die sie als Großmütter betrachtet hatte.

Ein großer weißer Pickup kam die Straße entlang

und hielt direkt vor ihnen auf dem Parkplatz an. Nana lächelte und winkte aus dem offenen Fenster, ihre meerblauen Augen leuchteten in der frühen Abendsonne. „Hallo, Mädels. Seid ihr bereit? Hey, Jolie-Süße."

„Bereit wie immer, Ruby Ann", sagte Miss Jo.

„Wir machen uns auf den Weg, um die Blumenbeete bei der Kirche zu jäten. Komm doch mit", schlug Mabel vor.

„Ja, komm", sagte Nana und schwenkte ihren pinkfarbenen Cowgirlhut aus Stroh mit einem Hutband aus Pfauenfedern, das zu ihren Augen passte. „Es ergibt keinen Sinn, den Abend allein in deinem Zimmer zu verbringen. Und ich habe Snacks mitgebracht." Das waren magische Worte, denn obwohl ihre schlanke Figur es nicht verriet, war Nana eine Meisterin in der Küche und machte Paula Deen mit ihren köstlichen Snacks Konkurrenz.

„Hast du meinen Lieblings-Gewürzkuchen als Willkommen-zurück-Geschenk für mich mitgebracht?", fragte Mabel und zwinkerte Jolie zu.

Jolies Herz erwärmte sich angesichts der Einladung, und ihr lief das Wasser im Munde zusammen, als Nana sagte, dass sie tatsächlich den berühmten Gewürzkuchen mitgebracht hatte.

„Hört sich an wie ein Plan", sagte Jolie und fühlte

sich so glücklich wie lange nicht. Das Einzige, was diesen Moment noch schöner gemacht hätte, wäre gewesen, wenn ihre Mutter auch hier gewesen wäre. Ihre Eltern waren vor ein paar Jahren in Richtung Houston gezogen, um sich um ihre Großmutter zu kümmern, und sie sah sie nicht mehr oft.

„Auf keinen Fall lasse ich mir Kuchen entgehen und ihr seid großartige Gesellschaft." Sie sah ihre staubige Kleidung an. „Ich habe mich heute schon am Boden gewälzt, warum also nicht noch ein bisschen umgraben?"

„Das ist mein Mädchen." Miss Jo nahm ihren Arm. „Dann lass uns gehen."

Kichernd und lachend stiegen sie in Nanas Truck ein und machten sich auf den Weg. *Vielleicht kannst du doch nach Hause zurückkehren.* Der Gedanke kreiste wie ein Ohrwurm in Jolies Kopf, als sie sich zu Mabel auf den Rücksitz setzte, die den Gewürzkuchen im Weidenkorb auf dem Sitz zwischen ihnen beäugte und der Versuchung offensichtlich kaum widerstehen konnte.

Sie fuhren an Chili und Drewbaker vorbei, die auf ihrer Bank saßen, und Nana hupte.

„Hupst du deinen Freund an, Ruby Ann?", neckte Miss Jo und erntete eine hochgezogene Augenbraue von Nana.

„Ha!", schnaubte Nana und kicherte genau wie der Rest von ihnen. „Chili bellt den falschen Baum an, was dieses alte Mädchen angeht. Aber es macht mir Spaß, ihn zu necken." Danach unterhielten sie sich, und Jolie fühlte sich gut, als sie erkannte, dass Dew Drop nach allem, was sie durchgemacht hatte, immer noch der herzliche, wundervolle und einladende Ort war, der es immer gewesen war.

Das war tröstlich, und trotz ihrer verwirrten Gedanken über Morgan stellte Jolie sich auf einen lustigen Abend mit den Frauen ein. Vielleicht würde die Unterhaltung mit ihren weisen Freundinnen ihr die dringend benötigte Klarheit verschaffen.

* * *

Der Montagmorgen begann mit der überwältigenden Bestätigung, dass Morgan nicht nur geträumt hatte, dass Jolie wieder in der Stadt war und auf der Ranch unterrichtete. Wie schlimme Kopfschmerzen, die hinter seinen Augen hämmerten, war sie die ganze Nacht in seinen Gedanken geblieben, nachdem sie das Kalb zu Boden gerungen und die Herzen aller Jungen auf der Ranch erobert hatte.

Und der Erwachsenen.

Natürlich war er nicht gerade bester Laune, als er vor der Kantine parkte. Wie es der Zufall wollte, kam Jolie gerade aus dem Gebäude, eine Tasse Kaffee in der Hand.

Er kratzte seine Entschlossenheit zusammen, stieg aus dem Truck und lüftete seinen Hut in ihre Richtung. „Morgen", sagte er und bemerkte die Aufregung in ihren Augen, trotz der dunklen Ringe, die sie versucht hatte, mit Make-up zu verbergen.

„Guten Morgen. Da drin geht's wild zu." Sie deutete auf die Kantine. „Ich dachte, ich gehe besser und kriege meinen Kopf klar, bevor sie in die Schule kommen."

Das plötzliche Bedürfnis, sie an sich zu ziehen, sie an sein Herz gepresst zu spüren, überkam ihn erneut, als er die Ringe unter ihren Augen betrachtete. Sie brauchte ein bisschen Ruhe. Sie hatte gesagt, sie hätte Alpträume – wie schlimm waren sie? Offensichtlich schlimm genug, um dunkle Augenringe zu provozieren.

„Hört sich gut an. Sie werden bald genug rüber kommen und dann geht's rund. Falls du Probleme hast, ich bin fast den ganzen Tag in meinem Büro."

Ihr Lächeln ließ seinen Atem stocken. „Sie werden keine Probleme machen. Ich verspreche es – auch wenn ich seit dem Praktikum nicht mehr unterrichtet habe, lasse ich mich nicht mehr so leicht um den Finger wickeln. Alles wird gut."

Sie zwinkerte ihm zu und ging den Weg entlang, der an der Kantine entlang führte. Er stand einfach nur da, wie ein Narr, unfähig, sich zu bewegen.

Am Ende des Weges trat sie auf den Kies, blieb stehen, drehte sich um und lächelte dann zögernd. „Danke, Morgan."

Er sah ihr nach. Ihr langes, zimtfarbenes Haar war heute offen und fiel wie Wellen warmen Gewürztees auf ihren Rücken.

Sein Kiefer spannte sich an. Er brauchte einen Moment, um wieder zu Atem zu kommen und den Blick abzuwenden. Er war ein kranker Cowboy – das war die Wahrheit.

In der Kantine war es laut, als er hineinging. Aufgeregte Gespräche wehten herüber, als er zur Theke ging – „Jolie" hier, „Jolie" dort. Ihre neue Lehrerin war überall.

Sie hatte bei ihrem kleinen Rodeo nicht nur Joseph geschlagen – etwas, das alle Jungen anstrebten –, sie waren auch begeistert von ihrer Karriere im Kajaksport, genau wie er vermutet hatte. Ja, es war mehr als klar, dass sie sie für ziemlich großartig hielten.

Doch würden sie sie immer noch für großartig

halten, wenn sie in den Sonnenuntergang ritt und sie alle zurückließ?

Ein plötzlicher Stoß in die Rippen stoppte seine negativen Gedanken. Als er sich umdrehte, stand dort seine Großmutter mit einem Pfannenwender in der Hand.

„Deine Augenbrauen werden zusammenwachsen, wenn du sie noch näher zusammenkneifst. Und eine so finstere Miene so früh am Morgen ist nie ein gutes Zeichen."

Morgan brummte. „Morgen, Nana. Es riecht wirklich gut hier drin."

Nanas Wangen waren von der Hitze in der Küche gerötet. Sie neigte ihren Kopf zur Seite und verschränkte die Arme über einer Schürze, auf der stand: *Mit Liebe gekocht – also umarme mich!*

„Wenigstens ist es dir aufgefallen." Ein neckender Unterton passte zu dem Funkeln in ihren Augen. „Ich war mir nicht sicher, ob du überhaupt hier bei uns bist. Hab gesehen, wie du da draußen mit Jolie geredet hast. Wenn ihre Rückkehr dich so aufgewühlt hat, dann bin ich mir nicht sicher, ob du es bis zum Ende des Semesters schaffen wirst."

„Nana."

„Niemand hat mich gehört. Jetzt wirklich, geht's

dir gut?" Ihr texanischer Akzent war so dick wie der Sirup, um den sich die Jungs am Ende des Buffets stritten.

„Nur besorgt um die Jungs."

„Denen geht's gut. Hör auf, dir Sorgen zu machen." Sie sah zu Sammy und B.J. hinüber, deren Sirup-Tauziehen ein wenig außer Kontrolle geraten war. „Darüber reden wir später", sagte Nana und wandte sich dann den Jungen zu. „Hey, Jungs, benehmt euch! Glaubt ihr, dass dieser Sirup der letzte Sirup auf Erden ist?"

Die Jungen hielten inne und blinzelten Nana verwirrt an, während sie immer noch die Sirupflasche umklammert hielten. „Jetzt blinzelt mich nicht an wie ein paar Eulen. Beantwortet meine Frage. Sammy, was denkst du? Ist das die letzte Sirupflasche der Welt?"

Der Junge schluckte, als hätte er einen Keks im Hals stecken. „Das glaube ich nicht."

„Ma'am", erinnerte ihn Nana.

„Ma'am", fügte Sammy schnell hinzu.

„Und was ist mit dir, B.J. – was sagst du?"

Der Jüngere räusperte sich. „Ma'am, Miss Nana, wahrscheinlich nicht. Aber es ist die einzige, die ich sehe."

Nana stemmte die Hände in die Hüften, und ihre Mundwinkel zuckten. „Ihr habt beide recht. Es gibt viel mehr Sirup in der Küche, also denke ich nicht, dass ihr euch streiten müsst. Dankt dem lieben Gott für seinen Segen und teilt, sonst esst ihr beide eure Pfannkuchen heute ohne Sirup."

Sammy ließ als Erster los. „Ja, Ma'am. Sind Sie sicher, dass es genug gibt?"

Morgan klopfte Sammy auf die Schulter. „Es gibt mehr als genug, also kein Streit mehr."

„Sammy hat angefangen", protestierte B.J. und überschüttete seine Pfannkuchen. „Aber er ist neu und hat noch nicht gelernt, dass wir es hier gut haben."

Nana begegnete Morgans Blick mit dankbaren Augen. Er wusste, dass es ihr viel bedeutete, für diese Jungen und all die anderen, die als Pflegekinder bei ihnen untergekommen waren, hier zu sein, um hier bei ihnen zu leben. Er empfand genauso. Doch er wusste, dass mit Sammy eine Menge Arbeit auf ihn wartete.

Er musste das Kind an die Ranch gewöhnen. Kleinigkeiten wie der Streit um den Sirup störten Morgan nicht. Doch dass es dem Jungen schwerfiel, sich einzufügen, schon. Er hatte den Ausdruck in Sammys Augen gesehen, als er den Sirup losgelassen hatte. Angst begleitete alles, was der Junge tat. Irgendetwas an Sammy schien anders zu sein als bei den anderen Jungen, doch Morgan konnte nicht genau sagen, was.

Vielleicht könnte Jolie ihm helfen. Dieser Gedanke war so ganz anders als das, was er seit ihrer Ankunft gedacht hatte. Er war immer noch besorgt darüber, dass sie wieder gehen würde –viel mehr sogar, seit er gesehen hatte, wie sehr die Jungs, besonders Sammy, sie mochten.

Doch er wusste, dass er sich entspannen musste. Tatsache war, dass Jolie hier war und er nichts dagegen tun konnte. Außer zu beten, dass sie mehr Gutes bewirkte, als Schaden anzurichten, bevor sie ging – und dass sein Herz noch intakt war, wenn es so weit war.

KAPITEL SIEBEN

Die Woche verging für Jolie wie im Flug. Die Jungs und sie gewöhnten sich an eine Routine, obwohl sie ein bisschen gewöhnungsbedürftig war. Jolie unterrichtete nicht nur ein oder zwei Fächer oder eine Klasse. Sie unterrichtete sechzehn Jungen in den Klassen eins bis zwölf in allen Fächern, alle auf unterschiedlichen Niveaus – im selben Klassenzimmer.

Sie hatte jedoch jedes verfügbare Lehrmittel zur Hand und Zugang zu allem, was sie brauchte. Der Zweck dieser kleinen Privatschule war es, diesen Jungen unter die Arme zu greifen, wenn es um akademische Leistungen ging. Einige von ihnen hatten ein so schreckliches Leben zu Hause gehabt, bevor sie auf die Sunrise Ranch gekommen waren, dass sie entweder nicht viel zur Schule gegangen oder sie in mehreren Fächern durchgefallen waren. Morgans

Mutter hatte davon geträumt, Jungen nicht nur die Möglichkeit zu geben, auf dieser wunderschönen Ranch zu leben und das Leben hier zu erleben, sondern sich auch um ihre spirituellen Bedürfnisse zu kümmern und ihnen die Chance zu geben, in allen Aspekten des Lebens erfolgreich zu sein. Die Jungen, mit denen Jolie zur Schule gegangen war, waren später Ärzte, Anwälte, Geschäftsleute, Viehzüchter und Rodeo-Champions geworden – um nur einige zu nennen. Es waren sogar ein paar Pastoren dabei und auch ein Missionar. Lydias Vision war in vielerlei Hinsicht ein Segen gewesen, und diese Woche hatte Jolie sie von der anderen Seite des Schreibtischs aus erleben dürfen.

Sie war müde, doch ihr Geist fühlte sich friedlich an. Sie hatte den Entschluss gefasst, dass sie in das Haus ziehen würde, das Randolph ihr angeboten hatte. Vielleicht würde es ihr helfen, ihre Alpträume zu mildern, wenn sie sich für ein paar Monate in einem richtigen Zuhause niederlassen würde und sie dort etwas dringend benötigte Ruhe bekam. Trotz der anhaltenden Sorge, dass Morgan ein Problem mit ihrem Umzug auf die Ranch haben könnte, freute sie sich darauf, an diesem Abend einzuziehen.

Der Freitag war schnell gekommen. Sie wischte gerade die Tafel, bevor sie zum Inn fahren würde, um ihre mageren Habseligkeiten zu holen. Das Knarren der

Tür ließ sie über ihre Schulter blicken, wo sie Morgan sah.

Sofort setzte ihr Puls aus, wie jedes Mal beim Kaffeeholen in der Kantine. Nicht ein einziges Mal hatte sie nicht einschätzen können, was hinter seinen tiefblauen Augen vor sich ging.

Ihre Nerven lagen blank, und es fühlte sich an, als ob Schmetterlinge in ihrem Bauch flatterten.

„Hey", sagte er und schloss die Tür hinter sich. Mit ein paar schnellen Schritten durchquerte er den Raum und blieb mit seinem Hut in den Händen neben ihrem Schreibtisch stehen. „Bist du für heute fertig?"

Die Schmetterlinge flatterten mehr. Morgan McDermott hatte immer noch die Fähigkeit, ihre Welt aufzurütteln. Es war zum Verrücktwerden – sowas sollte verboten sein. Gekleidet in abgewetzte Jeans und ein türkisblaues Hemd mit hochgerollten Ärmeln, die seine muskulösen Unterarme zur Schau stellten … Morgan war durch und durch Cowboy.

„Ja", zwang sie sich zu antworten und versuchte, sich von dem gutaussehenden Mann abzulenken. „Und ich möchte hinzufügen, dass meine erste Woche als Lehrerin ein Erfolg war. Es hat mir Spaß gemacht." Sie sprach weiter und ignorierte die Schmetterlinge. „Es fühlt sich so gut an, Wege zu finden, die Neugier in diesen Köpfen zu wecken." Sie schlang ihre Arme um ihre Taille und versuchte, die richtigen Worte zu finden, um ihre Gefühle auszudrücken. „Deine Mutter hatte eine wunderbare Vision, Morgan. Ich bin einfach so froh, diese Gelegenheit zu haben."

Sie glaubte, Schock in seinen Augen aufblitzen zu sehen, doch der Schild, den er zu tragen schien, wenn er in ihrer Nähe war, rastete fast sofort ein. Abgesehen von ihren morgendlichen Begegnungen in der Kantine, hatte er sich seit dem Rodeo von ihr ferngehalten. Die Verbindung, die sie zwischen ihnen gespürt hatte – wenn auch nur für einen Moment – war genauso verschwunden wie er.

„Ich habe von den Jungs gehört, dass du eine coole Lehrerin bist."

„Ooh", schnurrte sie und warf ihm eine neckende Grimasse zu. „Ich weiß, es muss dir wehgetan haben, das zu hören. Schlimmer noch, es wiederholen zu müssen."

Das brachte ihr tatsächlich ein Lächeln ein, das sie innerlich kitzelte – und plötzlich erinnerte sie sich an Morgans Küsse.

Als ob sie sie jemals vergessen hätte.

Sie war im Laufe der Jahre ein paarmal von Männern geküsst worden, mit denen sie ausgegangen war, doch es waren nicht viele gewesen, und ihre Küsse waren wie abgestandene Cola gewesen. Niemand hatte sie je so angesprochen – oder eine solche Wirkung gehabt – wie Morgan. Ihr Blick wanderte zu seinen Lippen, und ihr Puls setzte aus. Sie bewegte sich ein wenig auf ihn zu, angezogen von einer unsichtbaren Schnur.

„Die Jungs haben zum Ausdruck gebracht, worüber ich mir Sorgen gemacht habe, seit ich von diesem Deal erfahren habe, den du und mein Dad ausgehandelt habt", sagte Morgan.

Jolie betete um Geduld. Es sah so aus, als gäbe es doch keinen Grund für sie, an Morgan McDermotts Küsse zu denken.

„Morgan, komm schon. Diese schlechte Einstellung …" Sie ließ ihre Worte verklingen. Sie hatte wenig geschlafen und keine Geduld dafür.

„Ich mache mir nur Sorgen –"

Sie fixierte ihn mit einem finsteren Blick und schnitt ihm das Wort ab. „Ich verstehe, dass du dir Sorgen machst, dass ich weglaufe und sie sich verlassen fühlen werden. Aber ich bin hier, um ihnen zu helfen, nicht, um sie zu verletzen. Ich habe einen Vertrag für das Halbjahr unterschrieben, und den werde ich auch einhalten."

Er presste die Lippen aufeinander und sagte nichts, stattdessen strich er geistesabwesend mit einem Finger über die Kante ihres Schreibtischs. Trotz ihrer Wut zitterte Jolie, als sie daran dachte, wie seine Finger über ihre Wange gestrichen waren, wie sie es vor so langer Zeit so oft getan hatten. Als er zu ihr aufblickte, war sein Gesichtsausdruck weniger zurückhaltend.

„Schau, es tut mir leid. Ich bin nicht hierhergekommen, um mich zu streiten. Ich habe Sammy seit dem Rodeo beobachtet, und ich denke, du tust ihm gut", gab er zu.

Hatte sie richtig gehört?

„Ich bin gekommen, um dir zu sagen, dass ich alles tun werde, um dir zu helfen, ihm zu helfen", fuhr Morgan fort. Seine erstaunlichen blauen Augen wurden weicher – er lenkte tatsächlich ein.

„G-gut", stammelte Jolie. Sie dachte daran, sich noch einmal zu entschuldigen und ihm zu sagen, dass sie ihn nicht hatte verletzen wollen. Doch sie wusste, dass er nur leugnen würde, dass sie ihn überhaupt verletzt hatte. „So sollte es sein. Unsere Vergangenheit, was zwischen uns passiert ist …"

„Ist Vergangenheit", sagte er bestimmt.

„Ja. Wir sollten diesen Jungs immer noch helfen können, auch wenn wir mal Gefühle füreinander gehabt haben und es nicht geklappt hat."

Was sollte sie sonst sagen? Sie war bei ihm einfach gegen eine Wand nach der anderen gelaufen – er hatte deutlich gemacht, dass es keinen Sinn hatte, alte

Geschichte aufzuwärmen, die er nicht noch einmal durchgehen wollte. Also hörte sie auf, es zu versuchen. Für den Moment.

Sie starrten einander an, als versuchten beide herauszufinden, wo es von jetzt aus für sie hingehen sollte. Er fuhr sich mit den Fingern durch sein schwarzes Haar, und sie konnte sie fast auf ihrer Haut spüren.

Er klopfte seinen Hut gegen den Oberschenkel, nickte und ging dann zur Tür hinaus. Auf der Treppe drehte er sich noch einmal zu ihr um.

„Wie ich höre, hast du beschlossen, in das Lehrerhaus einzuziehen." Thema geändert. „Brauchst du Hilfe beim Umzug?"

„Nein, ich komme schon klar. Ich habe nicht viel mitgebracht, und dein Vater hat mir gesagt, es sei teilmöbliert."

„Ja, es sollte reichen, um bis zu deiner Abreise am Ende des Halbjahrs dort zu wohnen. Falls du merken solltest, dass du Hilfe brauchst, ruf' an, und ich bringe ein paar Jungs vorbei, die dir helfen werden."

Jolie rieb sich die Schläfe und sah ihm nach, als Morgan ging. Oh, was für ein verworrenes Netz sie gewebt hatten. Sie vermisste ihn. Sie hatte nicht nur ihren Verlobten aufgegeben, sondern auch ihren besten Freund. Hatte sie damals den falschen Weg gewählt?

Die Frage war irrelevant – sie hatte gehen müssen. Sie wünschte nur, es hätte sie nicht ihre Freundschaft gekostet. Sie hatte gehofft, dass sie durch ihre Rückkehr auch ihn als Freund zurückbekommen würde.

Ein leises Rumpeln und dann ein Knarren drangen aus dem kleinen Lagerraum hinten. Sie machte sich auf den Weg, um nachzusehen, und fand die Hintertür offen. Jemand hatte sie nicht richtig zugezogen, dachte sie mit einem Lächeln. Kinder.

Sie beschloss, dass es an der Zeit war, pragmatisch zu sein – nicht mehr in der Vergangenheit zu schwelgen –, schloss sie ab und machte sich auf den Weg nach draußen. Sie hatte ein Haus, in das sie einziehen konnte, und einen Mann aus ihren Gedanken zu kicken.

Gut, dass sie heute ihre Reitstiefel trug.

* * *

„Leute! Hey … Leute", keuchte Caleb, als er es endlich zum Pferdestall schaffte, wo die anderen Jungen sich um ihre Pferde kümmerten. „Sammy …" Er hielt inne und holte tief Luft. „Ich glaube, Morgan mag Jolie!"

Joseph wirbelte herum, die Bürste, mit der er sein Pferd gestriegelt hatte, immer noch in der Hand. „Whoa, langsamer, Mann."

„Ja", drängte Wes und legte Caleb eine Hand auf die Schulter. „Atme, Alter, bevor du umkippst."

Caleb schnappte nach Luft und hatte das Gefühl, als würden ihm gleich die Augen aus dem Kopf springen, so außer Atem war er. Er musste es loswerden, wollte, dass sie es begriffen!

„Also, was hast du gesagt?", fragte Wes, nachdem Caleb ein paarmal tief Luft geholt und sich ein wenig beruhigt hatte.

„Okay", sagte Caleb langsam, sah sich in der Gruppe um und versuchte, sich zu beruhigen. „Ich war drüben in der Schule und habe Morgan und Jolie reden gehört."

„Und?", hakte Joseph nach.

„Und dreimal darfst du raten! Ich glaube, sie hatten mal was miteinander."

„Sie hatten was?", fragte Sammy. „Was hatten sie?"

„Ja, was?", fragte Wes.

Caleb grunzte, ungeduldig, da sie es nicht begriffen. „Ihr wisst schon, sie hatten was, miteinander. Damals, als sie jünger waren."

Caleb bemerkte, dass Joseph und Wes einander ernst ansahen.

„Bist du dir da sicher? Was hast du gehört?"

„Jolie, sie hat gesagt – sie hat mit Morgan gesprochen und gesagt, nur weil sie sich früher gemocht haben und es nicht geklappt hat, sollte sie das nicht davon abhalten, uns zu helfen."

„Was du nicht sagst." Joseph verschränkte die Arme und bekam diesen Ausdruck in seinen Augen, der Caleb sagte, dass er darüber nachdachte.

„Nicht schlecht." Wes grinste.

Joseph sah nachdenklich aus. „Weißt du, Morgan ist für uns schon lange wie ein Vater, und er hat noch nie was mit einer Frau gehabt."

„Na ja, da war diese Frau, mit der wir ihn das eine Mal in der Stadt gesehen haben." Wes hakte seine Daumen in die Gürtelschlaufen. „Wir haben sie nie wieder gesehen, also denke ich, dass daraus nichts geworden ist."

Joseph nickte. „Ja, er spricht nie über jemanden."

„Ich habe gehört, dass er mal am Altar oder so sitzengelassen worden ist und es ihm das das Herz gebrochen hat", mischte sich Tony ein. „Ich sage nur, ich meine, denkt ihr, es könnte Jolie gewesen sein?"

„Nee, sie würde sowas nicht tun", schnaubte Wes.

„Aber ich frage mich schon." Josephs Augen weiteten sich. „Ich habe Nana sagen hören, dass sie vor sechs Jahren gegangen ist, und dann bin ich hier angekommen, kurz nachdem sie gegangen ist. Und wisst ihr, damals haben wir nicht viel von Morgan gesehen."

Caleb wedelte mit den Händen. „Ich weiß nicht viel darüber, wie Liebe aussieht. Aber ich kann euch sagen, dass Jolie wirklich traurig ausgesehen hat. Und na ja, Morgan, er hat irgendwie komisch ausgesehen, als hätte er gerade einen widerlichen Hustensaft genommen. Dann hat er zu ihr gesagt, dass das Vergangenheit ist und da bleiben soll."

Wes pfiff. „Das ist gut. Ich spüre *Liebe* in der Luft."

„Das wäre cool." Joseph grinste Caleb an, als alle anderen Kinder anfingen, durcheinanderzureden.

„Du meinst, als ob sie sich verliebt hätten", sagte Sammy und blickte auch seltsam drein.

„Aber", meldete sich B.J. zu Wort. „Du hast gesagt, Morgan will, dass es in der Vergangenheit bleibt, und er hat total wütend ausgesehen."

„Ihr hättet Jolie sehen sollen, wie sie die Schultern hat hängenlassen, als hätte sie gerade das Rodeo verloren. Sie war traurig. Das ist alles, was ich weiß, denn da habe ich mich verzogen. Schnell."

„Hört sich gut an." Wes wackelte mit den Augenbrauen.

„Ja." Caleb lächelte. „Ich denke, es wäre nett,

Morgan mit einer Freundin zu sehen. Oh! Sie zieht auch in das Lehrerhaus, und Morgan hat was davon gesagt, dass das okay ist, bis sie am Ende des Semesters wieder geht."

„Das wäre, als hätten wir eine Mutter", sagte B.J.

Caleb hörte den Wunsch in seiner Stimme und wusste, was er meinte. Morgan und sein Vater waren wie ihre Väter – sie waren diejenigen, die am Pflegeprogramm beteiligt waren. Die Hauseltern waren nett, aber sie waren eher Großeltern als Väter. Es wäre schön, eine Mutter auf der Ranch zu haben.

„Ja, bis meiner zurückkommt, um mich zu holen", sagte Sammy. „Ich mag Jolie."

Caleb hatte Mitleid mit Sammy. Alle wussten, dass seine Eltern nicht zurückkommen würden. Irgendwann würde er es begreifen, genau wie sie alle.

„Dann sind wir uns einig." Von einem Ohr zum anderen grinsend sah Joseph alle an. „Also dann machen wir es so."

Gut. Joseph hatte einen Plan. Den hatte er immer – darauf verließen sich die Jungs.

„Was machen wir jetzt?", fragte Sammy, und Caleb nickte, weil er es auch wissen wollte.

„Was auch immer nötig ist." Wes hob eine Augenbraue und sah Joseph an, der lachte.

„Ja, genau das ist es. Wir werden dafür sorgen, dass die beiden so viel Zeit wie möglich miteinander verbringen." Joseph zwinkerte Sammy zu. „Kurzer, wenn du Jolie magst, sorgen wir dafür, dass sie hier bleibt."

Tony, der tougher war als alle anderen zusammen, runzelte die Stirn. „Meine Schwester hat diesen alten Film über diese Zwillinge geliebt, die alles Mögliche angestellt haben, um ihre geschiedenen Eltern wieder zusammenzubringen. Ich glaube, meine Schwester war überzeugt, es würde bei unseren Eltern auch funktionieren. Doch nichts hätte diese Kernschmelze aufhalten können."

„Seht ihr, das ist das Ding. Wenn Morgan sich in Jolie verliebt, dann bleibt sie vielleicht, und wir hätten auf Dauer eine coole Lehrerin. Vielleicht bringt sie uns dann auch das Kajakfahren bei." Wes hatte seit ihrer Ankunft viel über Kajakfahren gesprochen. Er sehnte sich nach Abenteuern und wollte Bullen reiten, doch das war das Einzige, was die Jungs auf der Ranch nicht durften.

„Das hast du gut gemacht, Caleb", sagte Joseph und klopfte ihm auf den Rücken. „Echt gut."

Caleb strahlte und hatte das Gefühl, als ob seine Brust gleich platzen würde. „Glaubt ihr wirklich, wir schaffen das?"

Wes und Joseph zogen ihre Augenbrauen hoch, bevor sie die anderen ansahen.

„Wir werden unser Bestes geben", sagte Joseph.

„Darauf kannst du Gift nehmen." Wes hatte ein Funkeln in den Augen, das eines bedeutete: Sie würden Spaß haben, was auch immer sie tun würden. Dieses Funkeln war ein Versprechen.

Und hoffentlich würde es ihnen gelingen, Jolie und Morgan wieder zusammenzubringen, damit sich die Sunrise Ranch noch mehr wie ein Zuhause anfühlte, mit einem Vater … und einer Mutter.

KAPITEL ACHT

Jolie betrachtete Salty, die schwarze Stute, die sie gleich reiten würde. Sie hatte seit Jahren nicht mehr auf einem Pferd gesessen und hoffte, dass sie sich nicht blamieren würde.

„Du lässt dir wirklich Zeit, dich in den Sattel zu schwingen."

Morgan trat neben sie und sah mit seinem verdrückten Cowboyhut und dem karierten Hemd viel zu gut aus. Auf seinem Kiefer lag ein Fünf-Uhr-Schatten und in seinen Augen eine gewisse Herausforderung, als er sie ansah.

„Ich bin im Begriff, das zu tun. Ich frage mich nur, ob du mir vielleicht ein größeres Pferd zum Reiten hättest geben können." Salty war nicht gerade klein – mindestens eins sechzig groß und sehr breit.

„Sie ist ein gutes Pferd. Nicht mehr so zickig wie

früher." Seine Lippen verzogen sich zu einem Grinsen. „Du kannst mit ihr umgehen, und das weißt du."

„Wenn es wie Fahrradfahren ist, dann ja, dann komme ich zurecht."

Er wurde ernst, als er sie betrachtete. „Du siehst erschöpft aus, Jolie. Hast du immer noch Alpträume?"

In den letzten Tagen hatte Jolie hart gegen den Drang gekämpft, die Mauern einzureißen, die Morgan zwischen ihnen errichtet hatte. Sie wusste, dass sie sich wünschte, es gäbe keine Wände zwischen ihnen. Wünschte, sie hätte das Gefühl, sie könnte mit ihm reden. Aber wäre das ein Fehler? Wenn es keine Mauern gäbe, könnte sie sich wieder in ihn verlieben, und wo würde sie dann stehen … sie beide? Doch als er sie so besorgt ansah, wusste sie trotz ihrer Unsicherheit, dass sie einen aussichtslosen Kampf führte, die Mauer zwischen ihnen aufrecht zu erhalten. „Darüber möchte ich jetzt nicht reden", antwortete sie. „Ich würde gerne auf dieses Pferd steigen und sehen, ob ich noch das Zeug zum Cowgirl habe."

„Äh, ja – du bist ein bisschen zu bescheiden. Du bist ein geborenes Cowgirl, und das ändert sich nie."

Sie stieß ein misstönendes Lachen aus. „Meine Fassung ist ein bisschen erschüttert, also ist das ein Grund mehr, auf dieses Baby zu steigen und bei diesem Trieb mitzumachen. Die Jungs haben ziemlich hartnäckig versucht, mich zum Mitkommen zu überreden. Sammy wollte wirklich kein Nein als Antwort akzeptieren."

„Das ist der Grund, warum er jetzt auf Cupcake sitzt und aussieht, als müsste er sich gleich übergeben."

Sie lachte. „Armes Kind. Das Gute ist, dass er es tut, und das ist ein wirklich großer Schritt für ihn. Wenn meine Hilfe beim Viehtrieb ihn dazu bringt, sich selbst zu pushen, dann bin ich dabei."

Morgan deutete mit seinem Hut auf sie. „Gut so. Steig auf. Bist du sicher, dass du keine Hilfe brauchst?"

Das Funkeln in seinen Augen traf sie für einen Moment unvorbereitet. Neckte er sie oder … flirtete er? Den alten Morgan für eine Sekunde zu sehen, machte sie sprachlos. „Ich denke, ich schaff' das. Brauchst du eine helfende Hand?"

Er lachte über ihr Angebot, zwinkerte ihr zu und stapfte davon. Als sie sah, wie er sich in den Sattel schwang, seufzte sie. Sie schalt sich, rammte ihren Stiefel in den Steigbügel, packte das Sattelhorn und zog sich mit Leichtigkeit hoch. Es fühlte sich an wie in alten Zeiten. Vorfreude überkam sie – das würde ein guter Tag werden.

Erst nachdem sie die Zügel ergriffen hatte, bemerkte sie, dass die Jungen sie beobachteten. Vielleicht war es Einbildung, aber sie schienen sich diese Woche während des Unterrichts sehr für ihre Vergangenheit auf der Ranch zu interessieren. Sie hatten alle möglichen Fragen gestellt, sogar ein paar über das Kajakfahren. Sie war froh, dass sie es geschafft hatte zu antworten, ohne noch einmal ohnmächtig zu werden.

Sie hatte ihre Bitten um Kajakunterricht abwiegeln können, doch das würde nicht ewig so bleiben – die Jungs wollten lernen. Sie hoffte, dass sie irgendwann einen Weg finden würde, sie zu unterrichten.

Zusammen mit diesen Fragen waren einige über ihre Kindheit auf der Ranch gekommen. Obwohl sie ihnen nicht alles erzählt hatte, hatte sie ihnen kleine Einblicke in ihr Leben gegeben. Und ihr Leben auf der Ranch wäre ohne Geschichten über Morgan nicht zu erklären. Sie waren als Kinder unzertrennlich gewesen, lange bevor er sie als Teenager „bemerkt" hatte. Lange bevor die Panik in ihr erwacht war, dass sie nie herausfinden würde, wer sie wirklich war und was sie vom Leben wollte, wenn sie auf der Ranch blieb.

Lange bevor sie sich in das Gefühl verliebt hatte, einen reißenden Fluss zu erobern, und lange bevor sie den Fehler begangen hatte, sich in Morgan zu verlieben, was ihre Träume, die Welt einen Fluss nach dem anderen kennenzulernen, in Gefahr gebracht hatte.

Die Jungs gingen ihr klar unter die Haut. Auf

keinen Fall konnte sie in ihre grinsenden Gesichter sehen und ihnen sagen, dass sie nicht den ganzen Tag mit Morgan abhängen wollte. Also hatte sie zugestimmt mitzukommen, und jetzt litt sie unter den Folgen, indem sie das Flattern ihres Herzens unter Kontrolle bringen musste, wenn er in der Nähe war. Kein Zweifel, die Jungs hatten sie fest um ihre cleveren kleinen Finger gewickelt.

Sie zeigte allen Daumen hoch und wurde mit einem Grinsen von Sammy belohnt. B.J. kicherte, und Joseph erwiderte die Geste, dann tippte er an seinen Hut und imitierte Morgan. Der Junge war entschlossen, in Morgans Stiefelabdrücken zu wandeln. Jolie konnte es ihm nicht verübeln – Morgan war ein guter, guter Mann.

„Auf geht's!", rief Morgan. Jolie holte tief Luft und machte sich auf den Weg, einen ganzen Tag mit Morgan zu verbringen. Sie hoffte nur, dass ihr Herz es überstehen würde.

Ein paar Stunden später ritt Jolie neben Sammy und Morgan, gerade als Joseph einem Kalb hinterher ritt, das ausgebrochen war und auf die Schlucht zulief.

„Fang ihn ein, Joseph!", schrie Sammy, erschreckte die Jungochsen um sich herum und ließ sein Pferd scheuen.

Jolies Herz setzte ein paar Schläge aus, beruhigte sich aber, als Morgan die Zügel von Sammys Stute packte, bevor sie durchgehen konnte.

„Ganz ruhig, Sammy." Sanfte Sorge, die Jolie das Herz zerriss, grollte in seiner leisen Stimme. „Du darfst nicht so schreien und an den Zügeln zerren. Damit machst du ihr Angst. Verstehst du, Junge?"

„Ja, Sir." Sammys Fingerknöchel waren weiß, während er das Sattelhorn umklammerte. „Ich bin nur aufgeregt. Ich wünschte wirklich, ich könnte wie Joseph reiten."

„Das wirst du eines Tages. Aber bis du sicherer im Sattel sitzt, musst du daran denken, es ruhig angehen zu lassen, vor allem hier inmitten einer Rinderherde."

Sie alle sahen zu, wie Joseph auf der Jagd nach dem Ausreißer durch das hohe Gras und um struppige Mesquite-Bäume herum ritt. Als Joseph sein Seil vom Sattel nahm, drehte seine Schlaufe sofort Kreise über seinem Kopf, als er dem Jungochsen nachjagte.

„Er ist wirklich gut", sagte Jolie und beobachtete, wie das Seil in einem anmutigen Bogen um den Hals des Ausreißers landete.

„Wow!", flüsterte Sammy laut.

„Er ist ein Naturtalent", stimmte Morgan zu. „Joseph ist zum Cowboy geboren wie eine Ente für das Wasser. Ein bisschen wie jemand anderes, den ich kenne. Doch sie hatte einfach mehr Ente als Cowgirl in sich."

Jolie strich sich eine verirrte Haarsträhne hinters Ohr, als sie seine halb neckenden, halb ernsten Worte hörte. „Komisch. Aber da ist etwas Wahres dran."

Er nickte. „Glaub mir, ich weiß es."

Besser als die meisten. Obwohl er es nicht aussprach, hörte Jolie sie laut und deutlich.

Den ganzen Morgen hatte sie den alten Morgan gesehen, doch jetzt rasteten seine Schilde wieder ein.

„Wohl wahr", sagte sie. Das war alles, was sie sagen konnte, weil sie beide wussten, dass es die Wahrheit war.

Ihre Blicke begegneten einander, wie Magnete, die unaufhörlich zueinander hingezogen wurden.

Jolie wollte Morgan so viel sagen –

„Wirst du uns das Kajakfahren beibringen?" Sammys Frage unterbrach den Moment – und das war auch gut so.

„Ich bin mir nicht sicher, Sammy. Wie ich im Unterricht bereits sagte: Ich muss sehen, wie alles läuft."

„Wie was läuft?", bohrte er. „Wes hat gesagt, es sieht aus, als würde es wirklich Spaß machen. Wir haben ein Video von dir am Computer angesehen, und es war cool."

Ihr wurde bewusst, dass er gebeten hatte, ihnen das

Kajakfahren beizubringen. Der kleine Junge wurde offensichtlich mutiger.

„Es ist sehr gefährlich." Sie zwang sich, ruhig zu bleiben. Sie *sprachen* nur übers Kajakfahren, erinnerte sie sich. Sie war nicht im Wasser, nicht einmal in der Nähe davon …

Sie kämpfte nicht unter Wasser um ihr Leben und fand den Nervenkitzel des wilden Ritts auf dem Fluss nicht so aufregend, wenn sie dafür ihr Leben in die Waagschale werfen musste.

Sammy tätschelte Cupcake. „Wes hat gesagt, ich bin zu ängstlich, um durch die Stromschnellen zu fahren."

„Das war nicht nett von Wes, das zu sagen", warf Morgan ein, und sein Ton sagte, dass er mit Wes darüber reden würde. „Er ist viel größer als du und tut gerne Dinge, die riskant sind. Du musst tun, was für dich okay ist, Sammy. Nicht das, was jemand anderes von dir will."

„Das stimmt", sagte Jolie, erleichtert, dass das Gespräch vom Kajakfahren wegführte. „Wir freuen uns, dass du heute Morgen auf einem Pferd reitest und beim Viehtrieb hilfst. Wenn das jedoch etwas gewesen wäre, das du wirklich nicht tun willst, dann hätten wir deine Entscheidung respektiert."

Sammy sah ernst aus. „Meine Mutter wollte mir ein Pferd kaufen, wenn ich älter bin – ich meine, sie *wird* mir ein Pferd kaufen. Wahrscheinlich versucht sie gerade, das Geld dafür aufzutreiben. Also – also muss ich reiten lernen, damit ich bereit bin."

Jolie wusste nicht, was sie sagen sollte. Vielleicht hatte seine Mutter ihm gesagt, dass sie ihm ein Pferd kaufen würde. Und welches Recht hatte Jolie ihm zu sagen, dass er seine Mutter vielleicht nie wiedersehen würde?

Morgan rutschte in seinem Sattel herum. „Es ist gut, reiten zu lernen. Es wird dir dabei helfen, dich mit den anderen anzufreunden. Jetzt reite an den linken Rand der Herde und bleib am äußeren Rand. Das wird helfen, das Vieh vorwärts und nicht zur Seite zu treiben. Wenn ein Streuner ausbricht, lässt du Joseph oder Wes sich darum kümmern. Verstanden? Heute ist deine Aufgabe nur, dich an den Sattel und das Vieh zu gewöhnen."

Sammy ließ das Sattelhorn los und nahm die Zügel. Er nickte und betrachtete die Tiere um sich herum aufmerksam. „Ich werde es versuchen."

„Du wirst es gut machen. Tu einfach, was ich sage und mach nichts Unüberlegtes. Okay?"

„Okay, Morgan, Sir."

Jolie lächelte ihn an. „Ich bin so stolz auf dich, Sammy. Du machst das großartig."

Sammys Augen weiteten sich, als hätte er noch nie ein Kompliment gehört.

„Danke. Ich habe wegen meiner Angst zu Gott gebetet, genau, wie du es mir gesagt hast. *Wenn ich Angst habe, werde ich auf dich vertrauen, o Herr!*" Als er den Vers wiederholte, den Jolie ihm beigebracht hatte, endete er wie ein leidenschaftlicher Prediger.

Jolie lachte, und Sammy ritt grinsend davon.

Als Jolie ihm nachblickte, stieg Stolz in ihr auf, als wäre er ihr eigenes Kind.

Morgan brachte sein Pferd näher an ihres heran, als sie sich mit dem Vieh bewegten und Sammy in der Nähe hielten. „Willst du mir den wirklichen Grund sagen, warum du den Jungs nicht das Kajakfahren beibringen willst?"

Jolie hatte gewusst, dass das kommen würde. Sie hatte es gewusst, seit sie ohnmächtig geworden war.

„Ich habe Vorbehalte, es ihnen beizubringen, das ist alles."

„So viel war mir auch schon klar. Aber irgendwas stimmt hier nicht. Wie ich in der Arena gesagt habe, du legst deine Karriere auf Eis, du hast Alpträume, und du siehst aus, als hättest du seit Monaten nicht richtig geschlafen. Bei der Erwähnung des Kajakfahrens wirst du schwach – ja, ich habe genau gemerkt, worüber wir gesprochen haben, als du ohnmächtig geworden bist. Und jetzt vermeidest du es sogar, darüber zu reden, den Kindern das beizubringen, was dich antreibt."

Sein Gesichtsausdruck war härter geworden, als er gesprochen hatte, und seine Worte waren sachlich. Es war, als hätte er sie in ein Glasgefäß gesteckt und blickte von außen ohne Emotionen hinein.

Sie hasste es.

Und die Erkenntnis, dass sie es hasste, traf sie wie eine Kanonenkugel.

„Wie ich schon sagte, ich habe ein Problemchen."

„Und?", fragte er. Er hatte immer gewusst, wie man ihr die Wahrheit entlockte, wenn er es wollte.

„Ich fürchte –" Sie brachte nicht mehr heraus, da sie Geschrei vor dem Viehtrieb hörten. Ein weiterer Jungochse hatte sich aus der Herde gelöst und rannte auf die Hügel zu. Diesmal war es Wes, der ihm folgte, das Lasso bereits in der Luft. Plötzlich bäumte sich sein Pferd auf und begann dann wild zu buckeln. Wes grub seine Fersen ein und hielt sich fest. Er behielt die Zügel in der Hand und bemühte sich, das Tier zu bändigen, das sich plötzlich in einen bockenden Bronc verwandelt hatte.

In dem Moment, in dem der Aufruhr begann, trieb Morgan sein Pferd an, ebenso wie Joseph und Rowdy. Jolie wusste instinktiv, was im Gras war, bevor sie sah, dass die Klapperschlange die Beine des Pferdes angriff.

Sie war riesig –ihr Kopf war so groß wie ihre Faust!

Das Pferd bockte weit genug weg, dass die Schlange ihr Ziel verfehlte. Morgan zog sein Gewehr aus der Halterung und feuerte, bevor ihr jemand zu nahe kommen konnte.

Er verfehlte sein Ziel nicht.

Morgan war immer ein guter Schütze gewesen, genau wie sein Vater und seine Brüder. Es war eine bekannte Tatsache, dass es hier draußen manchmal eine Kugel brauchte, um die Herde zu beschützen. Oder die Kinder.

„Yee-haw!", rief Wes. Er brachte sein Pferd unter Kontrolle, zog seinen Hut und grinste, als hätte er gerade das Bronc-Busting-Event bei den National Finals gewonnen. Sie erinnerte sich, dass Wes erwähnt hatte, dass er Bullen reiten wolle, doch das sei auf der Ranch nicht erlaubt. Obwohl sie vollkommen verstand, warum Morgan die Jungs nicht so in Gefahr bringen würde, fragte sie sich, wie gut er wäre, wenn er die Gelegenheit bekäme.

Morgans Waffe hing wieder am Sattel, bevor sich

der Rauch verzog und Jolie erleichtert aufatmete und ein Dankesgebet gen Himmel schickte. Es war knapp gewesen. Wenn Wes kein so guter Reiter gewesen wäre wie er, wäre er neben die Klapperschlange gefallen, und die Situation hätte schnell wirklich schlimm werden können. Natürlich war für ihn alles ein großes Abenteuer.

Sie erinnerte sich daran, dass sie auch einmal so gewesen war. Vor dem Unfall.

Jolie ließ sich von der Vorstellung von Gottes Güte und Schutz einhüllen. Sie wusste, dass er für sie da gewesen war, doch sie konnte ihre Angst immer noch nicht loslassen. Sie fragte sich, was wohl nötig war, damit sie ihren Mut wiederfand.

Sie ritt neben Sammy her, der sein Pferd angehalten und erstarrt zugesehen hatte, wie sich die Szene vor ihm abspielte.

„Bist du okay?", fragte sie.

Sein Lächeln überraschte sie. „Das war *Wahnsinn*! Hast du das gesehen? Hast du gesehen, wie Morgan die Schlange erschossen hat?"

Jolie schmunzelte. „Ja, ich denke, es war ziemlich großartig." Weiter vorn legte Morgan eine Hand auf Wes' Schulter und grinste. Jetzt, wo alle gesund und munter und sicher waren, musste Jolie zustimmen, dass es wie eine Szene aus den Filmen gewesen war. So wie Morgan zu Wes' Rettung geritten war – er beschützte die Jungen, die in seiner Obhut waren, als wären sie sein eigenes Fleisch und Blut.

Er *war* großartig.

Eingefangen von seinem Blick über die Distanz, schien ihr ganzes Sein zu summen. Ihr stockte der Atem, und sie fühlte sich plötzlich verloren. Warum war sie wirklich nach Hause gekommen? Um sich bei Morgan zu entschuldigen? Oder wollte sie herausfinden, ob sie überhaupt einen Fehler gemacht hatte?

Und die größte Frage von allen: War es möglich, dass sie immer noch in Morgan McDermott verliebt war?

KAPITEL NEUN

Morgan hätte fast einen Herzinfarkt bekommen, als Wes' Pferd scheute. Als er dort stand und mit dem Jungen sprach, dankte er Gott dafür, dass die Schlange das Pferd nicht gebissen hatte und Wes nicht abgeworfen worden war.

„Das war ein toller Ritt", sagte Rowdy zu Wes. „Darauf kannst du stolz sein. Daran besteht kein Zweifel."

„Ja, das kannst du", fügte Morgan hinzu. „Das zeigt, warum es gut ist, mit seinen Fähigkeiten vorbereitet zu sein. Und Gott hatte auch ein Auge auf dich. Vergiss das nicht."

„Das werde ich nicht, Sir." Wes' Grinsen verschwand für einen Moment. „Ich bin geritten und habe gleichzeitig gebetet." Sein Lächeln kehrte zurück. „Ich habe gebetet: ‚Guter Gott, hol mich hier raus!'" Er kicherte, wie nur Wes es konnte, und die anderen taten es auch.

Nach der Aufregung konnte Morgan sein Gespräch mit Jolie nicht beenden. Er und Rowdy teilten sich auf, ritten jeweils um die Herde herum, weg von den Jungen, und hielten Ausschau nach anderen Schlangen. Als sie es bis zur letzten Wasserstelle geschafft hatten, war es ein langer Tag gewesen. Sie hatten noch einen weiten Weg vor sich, doch der längste Teil des Triebs war geschafft.

Die Jungs waren müde und hungrig und das Vieh war durstig.

Nana und ihr „Truckwagen", wie sie ihre Version des Planwagens genannt hatten, waren ein willkommener Anblick. Die Ladefläche des Trucks war mit allem Nötigen ausgestattet, um draußen auf der Weide eine Mahlzeit zuzubereiten, und Nana hatte auch einen Grill dabei. Der heutige Morgen hatte mit einem herzhaften Frühstück in der Kantine begonnen, doch zum Mittagessen hatten sie nur Trockenfleisch und Wasser gehabt. Der köstliche Geruch von gebratenem Fleisch und Bohnen wehte durch die Luft, als Morgan abstieg.

„Soll ich dein Pferd zum Trinken zum Fluss bringen?", fragte Sammy.

Morgan bemerkte, dass er mit etwas mehr

Selbstvertrauen ritt als zu Beginn des Tages.

Morgan übergab seine Zügel. „Danke."

„Ich glaube, Jolie ist krank", sagte der Junge mit besorgter Stimme. „Sie sah nicht so aus, als würde sie sich gut fühlen, als sie von ihrem Pferd gestiegen ist. Caleb hat es für sie zum Fluss gebracht."

Morgan blickte auf und sah, wie Jolie versuchte, ihr Hinken zu verbergen, als sie auf Nana zuging. „Danke, dass du mir das gesagt hast, Sammy. Ich werde nach ihr sehen."

Sammy grinste. „*Ja!* Ich meine gut. Das wäre eine *wirklich* gute Idee."

Morgan beobachtete, wie der Junge die Pferde zum Fluss führte, ein bisschen verwirrt, aber vor allem amüsiert über die übertriebene Reaktion des Jungen. Dann ging er auf Jolie zu. Er ahnte, dass sie sich bei diesem langen Ritt mehr zugemutet hatte, als heute gut für sie war. Sie war in großartiger Form, daran bestand kein Zweifel, doch es war ein Unterschied, ob man über Stromschnellen fuhr oder den ganzen Tag auf einem Pferd ritt. Ein kürzerer Ritt wäre für den Anfang besser gewesen. Doch sie hatte sich von den Jungs überreden lassen, heute mitzukommen, obwohl sie wusste, dass es anstrengend werden würde. Der Gedanke, dass sie bereit war, das für sie zu tun – nun, es tat seinem Herzen gut. Wirklich gut.

„Muskelkater?", fragte er, trat neben sie und nahm sich einen Pappbecher, um sich Nanas süßen Tee einzuschenken, der ein Segen war.

Jolie zuckte zusammen. „Ein bisschen."

Nana schnalzte mit der Zunge. „ Honey, ich werde nicht sagen, *Ich hab's dir ja gesagt*, aber ich werde sagen, dass du morgen wahrscheinlich nicht laufen können wirst. Ein langes Meersalz-Bad heute Abend könnte dich retten."

„Oh ja", stöhnte Jolie. „Ich träume schon von einem heißen Bad."

Morgans Hand schloss sich fester um seinen Becher. Dem Schmerz ins Gesicht zu lachen war typisch für Jolie – die Jolie, in die er sich verliebt hatte. Er unterbrach den Gedanken und verdrängte ihn aus seinem Kopf.

Sie massierte ihren Oberschenkel, rümpfte die Nase und grinste ihn an. „Es gibt nur einige Muskeln, die nur beim Reiten gebraucht werden."

„Ja." Morgan kämpfte mit aller Kraft dagegen an, von diesem Grinsen angezogen zu werden. „Ich muss sagen, du bist ein echter Kämpfer. Aber Sammy macht sich Sorgen um dich."

Sie schlug sich mit der Hand an die Stirn. „Er hat gesehen, wie ich mich aus dem Sattel runtergelassen habe. Ich habe versucht, mein Bein über das Horn zu werfen und abzuspringen, aber das Bein wollte nicht mitmachen. Es war ziemlich erbärmlich."

Nana reichte ihr den Teller, den sie während des Gesprächs für sie beladen hatte. „Nimm das mit runter zum Fluss, und häng' die Füße ins Wasser, während du isst. Entspann' dich."

Jolie nahm den Teller. „Ich wollte dir helfen, Nana."

„Das wirst du nicht tun." Nana scheuchte sie davon. „Du hast den ganzen Tag gearbeitet. Das hier ist Selbstbedienung für alle und wenig Arbeit für mich. Jetzt geh." Sie machte wieder eine Scheuchbewegung mit den Händen. Mit einem dankbaren Blick ging sie nicht auf den Fluss zu, sondern weg von ihm zu einer Baumgruppe, die kühle Schatten warf.

Nana belud schnell einen weiteren Teller mit Ochsenbrust und Bohnen, drückte ihn Morgan in die Hände und befahl: „Du gehst mit ihr."

Stur schob er das Kinn vor, was einen strengen Blick von Nana provozierte und ihm keine andere Wahl ließ als zu gehen. Als er über die Weide ging, bemerkte er einige der Jungen, die ihn beobachteten.

„Viel Spaß", sagte Rowdy mit einem Grinsen.

Morgan machte sich nicht die Mühe, auf Rowdys Neckerei zu antworten – er war zu sehr darauf konzentriert, sein Gespräch mit Jolie fortzusetzen. Sie hatte ihm gerade sagen wollen, warum sie den Jungen das Kajakfahren nicht beibringen wollte und wovor sie

Angst hatte. Er hatte den ganzen Nachmittag darüber nachgedacht.

Joseph kreuzte seinen Weg, bevor er zu Jolie kam. Der Junge bemühte sich, ein Grinsen zu unterdrücken, und hatte ein seltsames Glitzern in den Augen, als er Morgan ein „Daumen hoch" zeigte.

Worum ging es?

Als er weiter auf Jolie zuging, bemerkte er Caleb, der so damit beschäftigt war, Morgan zu beobachten, dass er über einen Baumstamm stolperte und mit dem Gesicht voran ins Gras fiel. Der schlaksige Junge sprang auf und klopfte sich den Staub ab, während er Morgan angrinste.

Hier stimmte offensichtlich etwas nicht. Alle sahen zu ... glücklich aus und beobachteten ihn.

Er setzte sich neben Jolie und stellte dann seinen Becher mit dem Tee zwischen sie auf den flachen Stein.

„Ich glaube, Nana hat recht. Ich werde mich morgen nicht bewegen können, selbst nach einem Salzbad."

Morgan spießte ein Stück Fleisch auf. „Ich bin sicher, du bist nach einer Fahrt den Fluss runter auch ziemlich fertig."

„Oh ja", antwortete sie und rollte mit den Augen, während sie eine Gabel Bohnen in ihren Mund schob und kaute. „Die sind so gut."

Er beobachtete ein paar ausgedehnte Momente

lang, wie sie ihr Essen genoss, und plötzlich fühlte er sich wie ein Goldfisch in einem sehr kleinen Aquarium. Als er sich umsah, bemerkte er, dass die Jungen ihn beobachteten, obwohl sie sofort sehr beschäftigt wirkten, als sie sahen, dass er ihre neugierigen Blicke bemerkte.

Was sollte das?

Er ignorierte sie und kam zu der Frage, die ihm den ganzen Tag durch den Kopf gegangen war. „Du hast gesagt, bevor Wes sich mit der Klapperschlange angelegt hat, dass du Probleme hattest und Angst auch." Jolie schluckte den Köder nicht und ignorierte die Frage.

Leise fuhr er fort: „Wovor hast du Angst, Jolie? Was belastet dich so sehr, dass du mit Alpträumen kämpfst?"

Sie spielte mit dem Fleisch auf ihrem Teller und atmete schließlich gereizt aus. „Okay, ich erzähle dir das nur, weil wir mal … gute Freunde waren. Und ich weiß, dass du nicht aufhören wirst, bis ich es dir sage. Und wenn nicht, spielst du wahrscheinlich die Boss-Karte."

„Darauf kannst du wetten." Ein Mundwinkel hob sich – sie kannte ihn zu gut.

„Dann kommt sie hier also – die hässliche Wahrheit. Ich kann mich nicht überwinden, wieder in mein Kajak zu steigen."

Was?

Sie hätte ihn nicht mehr überraschen können, wenn sie ihn geschlagen hätte. Sie lebte und atmete das Kajakfahren seit dem Tag, als er es ihr mit zwölf das erste Mal gezeigt hatte – und da hatte sie ihm schon ein ganzes Jahr im Nacken gesessen, dass er es ihr beibringen sollte. Er wusste, wie gefährlich es war, wenn das Wasser hoch war, und hatte sich geweigert, sie mit auf den Fluss zu nehmen, aber schließlich hatte sie ihn überredet, und sie hatten während der Trockenzeit, als der Fluss niedrig und langsam gewesen war, mit den kleinen Stromschnellen gespielt. Er stand nicht auf verrückten Nervenkitzel – er hatte sein Kajak eher zum Angeln benutzt –, doch er hatte dem Mädchen ein paar Dinge beigebracht. Nichts Besonderes, weil er keine besonderen Techniken kannte. Und er hatte sie gewarnt, sich von den Stromschnellen fernzuhalten, wenn der Regen kam.

Im nächsten Sommer, als der Fluss hoch war, hatte sie sich ins Wasser geschlichen und auf eigene Faust experimentiert. Er hatte mehr gekocht als geschmolzene Lava, als sie ihm erzählt hatte, dass sie sich das Rollen – was keine Kleinigkeit war – und ein paar andere Tricks selbst beigebracht hatte.

Aber was hätte er tun sollen? Sie war nicht mehr aufzuhalten. Sie hatte keine Angst vor dem Wasser gehabt und sich unbesiegbar gefühlt.

Bis jetzt.

Als er ihr in die umwölkten Augen starrte, wurde ihm klar, dass er keine Ahnung hatte, wie sehr sie ihre Begegnung mit dem Tod in diesem Fluss in West Virginia getroffen hatte.

Er studierte ihr Gesicht. „Ich wusste, dass es schlimm war", sagte er leise. „Aber so schlimm, dass es dir Angst vor dem Wasser macht? Das kann ich nicht fassen."

Sie lachte humorlos. „Ja, unglaublich, nicht? Das Mädchen, das du nicht vom Wasser fernhalten konntest, hat jetzt Angst, auch nur in die Nähe zu gehen." Sie stieß einen tiefen Seufzer aus und rieb sich die Schläfen. „Ich kann das hier drin nicht rational überwinden. Mein Kopf ist so durcheinander. Ich laufe Gefahr, meine Sponsoren zu verlieren, wenn ich nicht bald weitermache."

Wie das schnelle Knallen einer Peitsche durchzuckte die Wut ihn. „Verstehen sie denn nicht, was du durchgemacht hast?"

„Ich bin ein Profi. Sie bezahlen mich dafür, mit ihrem Logo auf den Klamotten bei Wettbewerben anzutreten. Ich bin für sie eine Werbetafel, und wenn ich nicht auf dem Wasser bin oder für einen bevorstehenden Wettbewerb Pressetermine wahrnehme, bekommen sie nichts für ihre Investition zurück. Es ist also verständlich."

„*Verständlich?* Ja, ich verstehe. Du bist fast

gestorben! Dafür sollten sie Verständnis haben."

„Das haben sie bis zu einem gewissen Punkt. Bis Weihnachten muss ich zurück sein, bereit, einen Werbespot zu drehen und ein neues Kajak für meinen größten Sponsor zu testen. Wir werden reisen, um in einem warmen Klima zu drehen, also müssen sie mit den Vorbereitungen anfangen."

Er musste zugeben, dass ihr Leben interessant war. Sie wurde still und starrte auf den Fluss, der von ihrem Sitzplatz aus kaum zu sehen war.

„Wenn du Angst hast, ins Wasser zu gehen", fragte er sanft, „wie willst du trainieren?"

„Ich trainiere immer noch mit Gewichten und laufe jeden Tag vor der Arbeit."

„Aber du musst ins Wasser. Man muss darauf konditioniert bleiben." Sogar er wusste, dass es Selbstmord wäre, wieder ins Wasser zu gehen, ohne ganz da zu sein.

Jolie ließ ihre Gabel sinken. „Ich weiß nicht, ob ich jemals wieder in der Lage sein werde, ins Wasser zu gehen, Morgan. Ich – ich habe etwas *verloren,* als ich mich unter Wasser verhakt habe und nicht auftauchen konnte. Ich habe einen Teil von mir da unten gelassen. Es ist schon früher ein paarmal knapp gewesen – das ist Teil des Sports. Diesmal – ja, diesmal war anders. Es ist, als hätte ich mein Herz unter Wasser verloren."

Ihre Augen waren riesig, gehetzt. Und er reagierte

eher instinktiv, als er seinen Arm um ihre Schultern legte und sie an sich zog. Sie reagierte, indem sie ihren Kopf auf seine Schulter legte. „Alles wird gut werden, Jolie. Hierherzukommen, von allem weg, war wahrscheinlich eine gute Idee. Für mich hört sich das an, als wäre Abstand gut für dich.”

Es traf ihn, dass er so weitermachen könnte. Wenn er sie wieder in seinem Leben haben wollte, dann konnte er ihre Angst benutzen – und sie dazu bringen, hier auf der Ranch zu bleiben.

Seine Gedanken erschreckten ihn. Wollte er das?

Er hatte immer noch Gefühle für sie – das konnte er nicht länger leugnen. Er hatte sie vielleicht tief vergraben, doch im Moment hämmerten sie gegen die Stahlplatten, die sein Herz umgab.

Konnte er endlich das haben, was er sich vor sechs Jahren gewünscht hatte? Konnte er ihr ausreden, wieder auf dem Wasser zu leben?

Sein Gewissen meldete sich zu Wort. So würde er nicht mit ihr zusammen sein wollen, egal, wie verlockend diese Möglichkeit war. Es war nicht ehrenhaft, und er hatte Gott versprochen, ein ehrenhafter Mann zu sein.

„Es wird alles gut. Du bist das toughste Mädchen, das ich kenne, und ich habe noch nie gesehen, dass dich irgendwas am Boden oder lange zurückgehalten hat.”

Sie richtete sich auf und hob ihren Kopf von seiner

Schulter. „Danke, dass du an mich glaubst. Ich bin mir nur nicht sicher, ob ich weitermachen will." Ihre schönen grünen Augen schimmerten. „Ich bin zurückgekommen, um mein Leben neu zu bewerten. Und ich bin mir nicht sicher, Morgan, aber ich glaube, ich habe einen Fehler gemacht, als ich vor sechs Jahren hier weggegangen bin."

Einen *Fehler*? Morgan starrte sie an, erschüttert von den Emotionen, die in ihm aufloderten. Sein Herz hämmerte, als er versuchte, eine zusammenhängende Wortfolge zu bilden. Es gelang ihm nicht. Sie *dachte*, sie hätte einen Fehler gemacht, als sie ihm sein Herz zurückgegeben hatte – begriff sie es? Hatte sie begriffen, dass sie sein Herz in ihren Händen gehalten hatte, als sie ihm den Ring zurückgegeben hatte?

Er stand eilig auf. „Ich muss nach den Pferden sehen", brachte er halbwegs ruhig hervor. Dann, bevor er etwas Dummes sagen konnte, ging er.

Es gab Momente im Leben eines Mannes, in denen es am besten war, den Mund zu halten.

Dies war einer davon.

KAPITEL ZEHN

Jolies Worte beschäftigten Morgan den Rest der Woche. Nachdem sie ihre Bombe hatte platzen lassen, hatte er sich so schnell er konnte zurückgezogen.

Und sich seitdem von ihr ferngehalten.

Genau genommen hatte er sich von so ziemlich jedem ferngehalten. Weil es Zeiten gab, in denen ein Mann seine Wut nicht verbergen konnte.

Vier Tage nach dem Viehtrieb traf er auf seinen Vater, als er aus seinem Büro kam.

„Du warst die ganze Woche über so unruhig wie der Hengst, den wir letztes Jahr verkauft haben. Welche Laus ist dir über die Leber gelaufen?"

„Du hast sie hierher gebracht", schnappte er und blickte seinen Vater finster an. „Was denkst du?"

Randolph fuhr sich frustriert mit der Hand durch die Haare. „Hör zu, ich weiß, dass das eine schwierige

Situation ist. Trotzdem vertraue ich darauf, dass sich alles von selbst regelt."

„Das ist wirklich nett von dir", brummte Morgan und fühlte sich nach der Antwort seines Vaters nicht besser. Er war derjenige, der ihm das angetan hatte; er sollte derjenige sein, der es reparierte.

„Morgan." Die Stimme seines Vaters hielt ihn auf, als er gehen wollte. „Du wirst ihr vergeben müssen, weißt du? Um deinetwillen."

Morgan ging weiter zu seinem Truck, ließ den Motor an und fuhr los. Er musste einfach weg.

Ihr vergeben? Sein Vater hatte keine Ahnung, was Jolie zu ihm gesagt hatte. Sie *dachte*, sie hätte einen Fehler gemacht. *Einen Fehler*! Also, was, wenn er sie zurück in sein Herz ließ, während sie hier war, und sie dann – sowas aber auch! – merken würde, dass das Wasser sie wieder lockte? Wo wäre er dann?

Genau dort, wo du warst, als sie das erste Mal gegangen ist.

Nach einer gefühlten Ewigkeit kam er in Tuckers Büro in Dew Drop an.

Sein Bruder hatte sich entschieden, für das Amt des Sheriffs zu kandidieren, nachdem seine Auslandseinsätze mit den Marines in Afghanistan beendet waren. In der winzigen Stadt war nicht viel los, doch Gesetzesvertreter wurden immer noch gebraucht, da der Landkreis ziemlich groß war. Er hatte mehrere Deputys, und Tucker führte sie gut. Er war so beständig wie ein Fels und der Bruder zu dem Morgan ging, wenn er guten, soliden Rat brauchte. Rowdy war leichtsinniger – und das Letzte, was er jetzt brauchte, war Leichtsinn. Morgan betrat das Sheriff's Department, ging direkt zu Tuckers Büro und klopfte an die offene Tür. Tucker goss sich gerade eine Tasse Kaffee ein.

„Hey, Tucker, hast du ein paar Minuten Zeit?"

Sein Bruder grinste und hielt die Kanne hoch. „Dein Timing ist perfekt. Willst du eine Tasse?"

„Da fragst du?" Er betrat den Raum und ließ sich auf einem der zwei hart gepolsterten Stühle nieder. Tucker füllte zwei Tassen mit schwarzem Kaffee und reichte ihm eine, bevor er sich hinter den Schreibtisch setzte.

„Wie läuft's da draußen?", fragte er, da er niemand war, der um den heißen Brei herumredete.

Morgan wusste, dass er Jolie meinte. „Ist es so offensichtlich, warum ich hier bin?"

Tucker zuckte eine Schulter. „Du siehst aus, als wärst du von einem D-Zug überfahren worden. Aber andererseits bin ich darauf trainiert, aufmerksam zu sein." Er deutete auf die Wand mit Ausbildungsnachweisen hinter sich und warf Morgan ein schiefes Grinsen zu, bevor er einen Schluck von seinem Kaffee trank. „Sprich mit mir, bevor du explodierst."

Morgan erzählte ihm im Vertrauen einiges von dem, was Jolie ihm offenbart hatte. Er brauchte Tuckers Schwarz-Weiß-Sicht auf die Situation. Schon bevor er zur Polizei gegangen war, hatte Tucker immer einen klaren Blick auf die Welt um sich herum gehabt.

„Das ist eine schwierige Frage", sagte Tucker, nachdem er einen langen Pfiff ausgestoßen hatte. „Es muss Jolie wirklich zugesetzt haben, wenn sie so denkt. Ein Trauma, das tief geht. Sowas kann einen Menschen grundlegend verändern."

Tucker hatte Erfahrung damit – er hatte viele Einsätze auf feindlichem Boden mitgemacht und bei einem besonders brutalen Angriff Kameraden verloren. Er hinkte immer noch leicht von der Kugel, die ihn nach Hause geschickt hatte, und hatte Narben, über die er mit niemandem sprach. Nicht einmal mit Morgan.

„Sie hat Angst und schläft nicht gut. Aber wenn die Jungs nicht gerade betteln, dass sie ihnen das Kajakfahren beibringen soll, ist sie sie selbst. Na ja fast. Aber ich weiß nicht, ob ich es noch einmal versuchen kann – oder will."

Tucker nickte, obwohl er ihn nicht unterbrach.

„Aber wenn ich es wollte, könnte ich sie davon

überzeugen, dass es das Richtige ist, aufzuhören. Tucker, diese Angst könnte garantieren, dass sie hier auf der Ranch bleibt."

„Hört sich so an." Tucker runzelte die Stirn über seinen ernsten McDermott-blauen Augen. „Dann hättest du es geschafft.

Morgan stellte seinen Kaffee auf den Schreibtisch, stand auf und ging zum Fenster, wo er auf die Hauptstraße von Dew Drop starrte. Von hier aus konnte er das *Spotted Cow Café* an der Ecke sehen. Als sie Teenager waren, hatte er dort jede Menge Kuchen gekauft, nur damit er Jolie ärgern konnte, während sie arbeitete. Sie hatte es geliebt. Damals war das Leben perfekt gewesen. Er hatte geglaubt, dass sie eine Zukunft vor sich hatten.

„Ich würde lügen, wenn ich sagen würde, dass dieser Gedanke nicht in meinem Kopf herumschwirrt, doch das wäre ziemlich erbärmlich." Er wirbelte herum, als Tucker lachte.

„Ja. Also, was wirst du tun? Nein, was *willst* du tun?"

Morgan kniff die Augen zusammen. „Hey, du solltest mir einen Rat geben und nicht den Seelenklempner spielen."

„Du machst das auch ohne mich ganz gut. Also?", drängte Tucker.

Morgan schüttelte den Kopf und hasste, was er sagen wollte. „Sie muss zurück ins Wasser, sonst wird sie es für den Rest ihres Lebens bereuen."

„Ganz meine Meinung. Klingt, als bräuchte sie Hilfe von einem Freund."

War er dieser Freund? Morgan senkte den Kopf und spürte, wie sich seine Brust zusammenzog. Als er aufsah, begegnete er Tuckers wachsamem Blick. „Doch das Wasser hat sie mir überhaupt erst genommen."

„Ja." Tuckers Augen verdunkelten sich, und er schien einen Moment lang in Gedanken versunken zu sein. „Das Leben dreht sich manchmal im Kreis. Das könnte schwer werden."

Morgan nickte nur und ließ die Wahrheit auf sich wirken.

„Du kannst damit umgehen. Morgan, sie ist aus einem bestimmten Grund hierher zurückgekommen. Sie hätte zu ihrer Familie nach Houston gehen können, aber sie ist hierhergekommen. Das sagt mir was." Tucker starrte ein paar Sekunden lang in seine Kaffeetasse und dann wieder zu Morgan. „Als ich da draußen war – als wir im Hinterhalt saßen und ich dachte, ich würde sterben, bevor mich jemand rausholen könnte – konnte ich nur daran denken, hierher zurückzukehren. Nach Hause zu kommen. Es war nicht nur die Ranch. Verstehst du es nicht, Bruder? Jolie ist nach Hause gekommen. Vielleicht weiß sie nicht einmal warum, aber sie ist hierhergekommen. Also schau, wo es hinführt. Man lebt schließlich nur einmal. Vielleicht musst du ein Risiko eingehen und nichts bereuen."

Morgan wusste, dass Tucker recht hatte. Doch das hieß nicht, dass es leicht werden würde, zu tun, was er vorschlug. Tatsächlich würde es wahrscheinlich das Schwierigste werden, was er je in seinem ganzen Leben getan hatte.

* * *

Seit dem Viehtrieb waren Tage vergangen, und Jolie wusste nicht, was sie tun sollte, seit Morgan nach ihrer Unterhaltung geflohen war. Die Jungs hatten mehrmals versucht, sie zu anderen Aktivitäten mit Morgan zu überreden, doch sie hatte immer etwas anderes zu tun gehabt, was ihr eine ehrliche Entschuldigung ermöglichte. Das Letzte, was sie wollte, war, Morgan wieder unbehaglich zu machen.

Es war keine besondere Menschenkenntnis nötig gewesen, um zu sehen, dass ihm nicht gefallen hatte, was sie gesagt hatte. Der Mann war ruckartig aufgestanden und so weit von ihr weg gestapft wie er konnte – und dort war er geblieben.

Sie machte ihm nicht wirklich einen Vorwurf

daraus. Sie war selbst verwirrt. Sie hatte nicht einmal sagen wollen, was sie gesagt hatte – die Worte waren einfach herausgekommen, als hätten sie einen eigenen Willen.

Doch es hatte sich einfach so richtig angefühlt, mit ihm da zu sitzen wie in alten Zeiten. Es war so tröstlich gewesen, bei ihm zu sein, ihm zu erzählen, was sie durchmachte.

Und dann war sie zu weit gegangen.

Hatte zu viel offenbart.

Nun, zumindest wusste sie jetzt, dass ihre Rückkehr auf die Sunrise Ranch sein Herz für sie überhaupt nicht erweicht hatte. Das war eine nützliche Information.

Also hatte sie heute Morgen beschlossen, sich in den Unterricht zu stürzen, um sich abzulenken, und es war der perfekte Tag dafür – es war Wissenschaftstag, und sie brachte den Jungen bei, wie man einen Vulkan baute.

„Einen Vulkan!", rief Sammy, als Jolie ihnen sagte, was sie tun würden.

Da sie nie zuvor Naturwissenschaften unterrichtet hatte – oder jemals daran gedacht hatte, Naturwissenschaften unterrichten zu müssen –, war Jolie von diesem Fach ein wenig eingeschüchtert gewesen. Doch der Unterricht machte tatsächlich Spaß. Sie sagte ihnen, dass sie den Vulkan mit nur einer Zwei-

Liter-Flasche Diätlimonade, Sand und Wasser bauen würden. Und sie stürzten sich direkt auf die Aufgabe und formten den nassen Sand um die Flasche herum, was nicht nur einen Vulkan zum Ergebnis hatte, sondern auch ein paar schlammige Teenager.

Nachdem der Berg getrocknet war, stieß Joseph ihn an. „Hey, das sieht gut aus. Ich habe aber gehört, dass die Limonade kaum Schaum macht."

„Deshalb werfen wir diese Kaubonbons in die Limonade. Ich habe online gelesen, dass es den Ausbruch ein bisschen spannender machen wird", sagte Jolie mit einem Augenzwinkern.

„Wirklich? Was passiert dann?", fragte Sammy, ganz auf das Projekt konzentriert.

Er war Jolies persönlicher Helfer geworden, und die Tatsache, wie glücklich es ihn zu machen schien, half ihrem Herzen. Sie lächelte sie an und öffnete die Mentos-Packung.

„Dann lasst uns sehen, was passiert, wenn man die Mentos in die Limonade wirft."

„Ein Ausbruch!", rief Kaleb. Er war so aufgeregt, den Ausbruch zu sehen, dass er kaum stillsitzen konnte.

„Tretet erst einmal alle zurück", sagte sie und sah sich um.

Doch die Jungen drängten sich eher näher.

Wes wich zurück und zwinkerte ihr zu. „Feuer

frei!", feixte er.

Joseph zeigte ihr sein typisches „Daumen hoch" und lachte: „Feuer frei."

Die jüngeren Kinder kicherten begeistert, als sie die ganze Packung Kaubonbons in die Mündung des Vulkans warf. Er brach sofort aus – und spie überall hin! Schaum und Schlamm sprühten an die Decke und regneten auf alle herunter. Jolie kreischte, und die Jungs jauchzten vor Begeisterung.

Genau in diesem Moment betrat Morgan das Klassenzimmer.

„Was ist denn los?", rief er über das Gelächter der Jungen hinweg.

„Er ist explodiert, Morgan! Schau!", rief Sammy, zeigte an die Decke und wischte sich Schaum aus dem Gesicht.

Morgan blickte gerade noch rechtzeitig auf – als ein Schaumklumpen mitten auf seine Stirn fiel. Mit lodernden Augen wischte er ihn mit seinem Hemdsärmel ab und sah sie böse an. Und das aus gutem Grund. Der Raum war ein einziges Chaos.

Er war ihr die ganze Woche aus dem Weg gegangen, also warum hatte er sich ausgerechnet den heutigen Tag ausgesucht, um hier aufzutauchen?

„Ich war der Meinung, der Vulkan sollte schon ein *bisschen* spucken", sagte sie. „Ich hatte allerdings keine

Ahnung, dass er wie der Mount St. Helens ausbrechen würde."

Einfach toll. Er würde ihr die Auszeichnung für die schlechteste Lehrerin aller Zeiten verleihen. Sie wusste, dass ihn das gerade an das Missgeschick während ihrer Lehrprobe erinnerte.

Mit tropfendem Haar sah sie sich im Raum um. Die Jungen hörten auf zu lachen und beobachteten sie misstrauisch, als hätten sie Angst, dass sie gleich in Tränen ausbrechen würde. Sie nahm ihre Gesichtsausdrücke wahr, und plötzlich konnte Jolie nicht anders – sie lachte.

Ja, sie mochte für Morgan wie ein unfähiger Stümper aussehen, doch das hier *war* lustig. Sie lachte lauter. Die Kinder sahen Morgan an, und zu ihrer Überraschung zuckten seine Mundwinkel, und dann fing auch er an zu lachen. Da stimmten die Jungs mit ein.

Als das Gelächter verebbte, legte Jolie ihren Arm um Sammys Schultern und drückte ihn. „Jetzt müssen wir nur diesen Saustall wieder aufräumen."

„Wir werden helfen", bot Caleb an.

Jolie nahm eine Rolle Papierhandtücher und begann, den klebrigen Limonadenschaum von den Computern zu wischen. Glücklicherweise war sie klug genug gewesen, den Vulkan nicht zu nahe an sie zu stellen, und der Schaum war nur auf die Bildschirme gespritzt.

„Hast du versucht, deine Klassenzimmer-Abenteuer im Praktikum zu übertrumpfen?" Morgans Stimme war warm und seine Augen wärmer, als er sie ansah. Doch das Prickeln, das ihre Wirbelsäule hinauflief, war das wärmste von allen.

„Ich versuche nur, keine Langeweile aufkommen zu lassen."

Er lachte. „Immer."

Sie hörte auf, den Bildschirm abzuwischen, und er hörte auf, den Schreibtisch abzuwischen. Komisch, welche Wirkung dieses einfache Wort auf sie hatte – *immer*. Wie wäre es, *immer* mit Morgan zusammen zu sein? Sie hatte das mit ihm aufgegeben und doch nie aufgehört, darüber nachzudenken.

Als sie so nah bei ihm stand, seine Wärme spürte und den Duft seines holzigen Rasierwassers roch, begann sie sich vorzustellen, wie er seine Arme um sie legte und seine Lippen auf ihre …

Ganz toll, Jolie. Einfach toll.

„Du hättest fast den ganzen Spaß verpasst, Morgan", brach Joseph in ihre Tagträumerei ein.

„Fast", sagte Morgan gedehnt und sah Joseph an. „Danke für die Einladung zur Show. Es war ein bisschen aufregender, als du gesagt hattest."

Darum war er also hier.

„Wenn deine Lehrerin die Anweisungen ein bisschen genauer lesen würde, würde es nicht ganz so verrückt zugehen."

„Das wäre langweilig!", verteidigte Sammy sie, und alle stimmten zu. „Ich bin nicht einmal zusammengezuckt, als der Schaum da rausgeflogen ist", fuhr er fort, große Augen strahlten, und ein Lächeln breitete sich auf seinem Gesicht aus.

„Und das will was heißen." Joseph knuffte ihm neckend den Arm. „Siehst du, langsam wirst du einer von uns, Kurzer."

Meine Güte, Jolie liebte diese Jungs. In nur wenigen Wochen hatten sie sich tief in ihr Herz gegraben, als wären sie schon immer in ihrem Leben gewesen. Wie war das passiert?

Da erkannte sie, dass dieses Gefühl noch tiefer in Morgan verankert sein musste.

„Ich schätze, ich mache mich besser wieder an die Arbeit", sagte Morgan und machte keine Anstalten zu gehen, als sein Blick wieder auf ihrem landete.

Sie fühlte sich atemlos.

Sie spürte auch die volle Aufmerksamkeit der Jungen auf sich. Morgan musste es auch getan haben, denn er machte sich zur Tür auf und nahm auf dem Weg nach draußen die Überreste des Vulkanexperiments mit. „Ich werfe das auf die Ladefläche meines Trucks und bringe es in den Müllcontainer. Es sei denn, ihr wollt es nochmal verwenden." Er hielt es ihr mit einem schiefen Grinsen entgegen.

Sie lächelte. „Vielleicht solltest du ihn aufheben. Dieser Vulkan wird wahrscheinlich Teil der Legende der Sunrise Ranch werden. Er könnte eines Tages wertvoll sein." Als er lachte, sagte sie zu den Jungs: „Macht hier bitte weiter sauber, Jungs. Ich bin gleich wieder da."

Dann folgte sie ihm nach draußen.

Morgan stellte den Vulkan auf die Ladefläche seines Trucks und drehte sich dann zu ihr um, als eine sanfte Brise Haarsträhnen in ihr Gesicht wehte. Zu ihrer Überraschung hob Morgan seine Hand und strich sie sanft von ihrer Wange. Eine Welle von Emotionen ließ ihr Herz rasen, und plötzlich dachte sie daran, ihn zu küssen … und fragte sich, ob er dasselbe dachte.

Seine Augen verdunkelten sich, als er ihre Haarsträhnen zwischen seinen Fingern hielt. Schmetterlinge flatterten in ihrer Brust – niemand hatte jemals mit einer so einfachen Berührung ein solches Gefühl bei ihr ausgelöst wie Morgan.

„Ich sollte besser gehen", sagte er plötzlich, ließ ihr

Haar los und griff nach der Tür. „Übertreibt es nicht da drin", fügte er mit einem Augenzwinkern hinzu, stieg dann in seinen Truck und fuhr davon.

Jolie rührte sich nicht, als sie ihm nachsah. Sie war sich nicht sicher, was sie fühlte … aber es fühlte sich wie Hoffnung an. Konnte es sein, dass es eine Chance für sie gab? War sie verrückt, das überhaupt zu denken?

Als sie sich umdrehte, um in die Schule zurückzugehen, war sie überrascht, die Fenster voller grinsender Gesichter zu sehen.

Wenn sie sich nicht irrte, war sie nicht die Einzige, die sich fragte, ob sie und Morgan noch eine Chance auf Liebe hatten.

* * *

Morgan betrat den Stall, auf dem Weg, sich das neue Fohlen anzusehen. Alles war still, und Sonnenlicht fiel durch die Fenster und ließ die Boxen strahlen.

Das Hengstfohlen war eine Schönheit. Er war schlaksig – lange Beine mit einem schlanken Körper, und versprach, eines Tages ein wunderschönes Cutting Horse zu werden. Wenn er so talentiert wäre wie sein Daddy, hätten sie vielleicht einen neuen Champion im Stall. Rowdy hatte zwei Jahre in Folge mit dem Vater des Fohlens den Titel geholt.

„Er sieht gut aus, nicht wahr?", sagte Rowdy, der vom Scheunenhof kam.

„Ja, sieht genauso aus wie Pep." Peps Blutlinie war berühmt und eine gute Zuchtgrundlage für die Ranch.

„Guter alter Pep, er weiß, wie man Babys macht. Wenn jetzt nur ein paar seiner Fohlen ein bisschen von seinem Talent abbekommen könnten, würden wir Geld mit ihm verdienen."

Obwohl Rowdy grinste, wusste Morgan, dass er es ernst meinte. Auf einer Ranch von der Größe von Sunrise verfolgten sie mehrere Wege, um Einnahmen zu generieren und in jeder Hinsicht einen guten Ruf für Qualität zu erarbeiten. Das gab den Jungen auch einen Einblick in verschiedene Aspekte des Ranchlebens und mehrere Möglichkeiten für ihre Zukunft.

„Jitterbug wird uns stolz machen. Du weißt, dass er das tun wird", sagte Morgan und ließ seine Ellbogen neben seinem Bruder über das Tor zur Box hängen.

„Das wird er. Aber erzähl, wie läuft's mit Jolie? Ihr habt beim Abendessen während des Viehtriebs ganz behaglich miteinander ausgesehen."

„Wir haben nur geredet."

Rowdy musterte ihn. „Willst du es nochmal mit ihr versuchen? Vergeben und vergessen und sehen, wohin es führt?"

Morgan betrachtete seine Stiefel. Fast hätte er Jolie geküsst. Doch er war ein erwachsener Mann mit Verantwortung – er musste einen klaren Kopf bewahren, und er war sich nicht sicher, ob er das in ihrer Gegenwart schaffen würde.

Tucker hatte ihm gesagt, er solle es versuchen und nichts bereuen.

Heute war er versucht gewesen, genau das zu tun.

„Ich frage nur", sagte Rowdy, als Morgan schwieg. „Ich bin mir nicht sicher, ob ich das in deiner Situation könnte. Ich mag Jolie – schon immer –, aber das war hart, wie sie dich an der Nase rumgeführt hat, als wollte sie dich heiraten, und als sie dann das Angebot bekam, bei diesem Kajakteam mitzumachen, ist sie sofort darauf angesprungen und gegangen. Meine Frage ist, kannst du ihr jemals wieder vertrauen?"

Bingo.

Morgan rieb sich das Kinn – überrascht angesichts Rowdys unerwarteten Rats. Anstatt rücksichtslos zu sein, war es mit Morgans Gedanken zielführend. „Sie ist hier, um die Jungs zu unterrichten und an ein paar Problemen zu arbeiten, die sie seit dem Unfall hatte. Ich werde mir nicht einreden, dass sie diesmal bleiben wird. Ich habe nicht vor, irgendwas mit ihr anzufangen."

Aber ich werde ihr helfen, wieder ins Wasser zu kommen.

Rowdy klopfte ihm auf die Schulter. „Sei vorsichtig."

„Ich hab's im Griff, aber danke, dass du hinter mir stehst." Morgan hatte nicht gedacht, dass Rowdy auf seiner Seite war, und es fühlte sich gut an zu wissen, dass er hinter ihm stand.

„Wozu sind Brüder da?" Damit schlenderte Rowdy aus dem Stall und verschwand im hellen Sonnenlicht. Morgan wandte sich wieder dem Fohlen zu.

Kannst du ihr jemals wieder vertrauen? Rowdys Worte hallten in seinem Kopf wider – und in seinem Herzen. Die Wahrheit war, er konnte es nicht. Er tat es nicht.

Und das war die Antwort, nach der er gesucht hatte. Die Anziehung war offensichtlich immer noch da, doch ohne Vertrauen war das egal.

Er würde Jolie helfen, wieder ins Wasser zu kommen, weil es das Richtige war. Aber das bedeutete nicht, dass er ihr sein Herz noch einmal auf einem Silbertablett servieren würde.

Morgan hatte ein gutes Leben, und er hatte gelernt, es zu genießen. Wenn es manchmal einsam war, dann sei's drum, denn eine Frau zu finden, mit der er sein

Leben teilen konnte, hatte sich als mehr Aufwand und Stress erwiesen, als er jemals wieder riskieren wollte. Zuerst Jolie und dann Celia – obwohl Celia, um ehrlich zu sein, ihm weitaus weniger Schmerzen bereitet hatte als Jolie. Trotzdem hatte er sich beiden geöffnet, seine Seele offenbart und sie in sein Leben gelassen – und beide waren gegangen.

Nein, Morgan würde nie wieder einer Frau sein Herz anvertrauen.

Er würde Jolie helfen und dafür sorgen, dass sie am Ende des Semesters wieder ging. Und so wäre es am besten für beide.

KAPITEL ELF

Jolie saugte Luft in ihre brennenden Lungen, beugte sich vor und stützte sich auf ihren Knien ab. Sie hatte dreißig Minuten lang Sprints absolviert und war schweißgebadet, ihre Muskeln brannten. Sie war in dem Monat, seit sie auf der Ranch angekommen war, außer Form geraten, und jetzt musste sie dafür bezahlen. Sie richtete sich auf, wischte sich mit den Fingern über die Stirn und atmete schwer weiter. Der Hügel, auf dem sie stand, war steil – reine Folter und ausgezeichnet geeignet zum Trainieren.

Sie roch den süßen Duft frischer Landluft. Es war heiße Luft – obwohl es jetzt September war, bewegte sich die Temperatur immer noch um die 30 Grad –, doch es war Texas, ihr Land, und sie hatte es vermisst.

Sie hatte Morgan letzte Woche nicht die ganze Wahrheit gesagt, als er sie gefragt hatte, wie sie in Form blieb. Sie hatte ein bisschen trainiert, aber nicht so, wie sie sollte, um in der körperlichen Verfassung zu sein, sich gegen Stromschnellen zu behaupten. Ihre Ausdauer musste in Bestform sein, denn das konnte den Unterschied zwischen Leben oder Tod bedeuten.

Beschämt wegen dieser Halbwahrheit, hatte sie am nächsten Tag mit einem strengen Trainingsprogramm begonnen. Sie musste ihre Frustration darüber verarbeiten, wie Morgan vor ihr davongerannt war, als sie ihm gesagt hatte, dass sie dachte, einen Fehler gemacht zu haben, als sie vor sechs Jahren gegangen war. Dass die Workouts ihr halfen, sich mehr wie sie selbst zu fühlen, war ein zusätzlicher Bonus. Die Endorphine wirkten definitiv, und sie brauchte sie. Bis heute hatte sie geglaubt, es gäbe keine Hoffnung für Morgan und sie. Doch als er vorhin neben seinem Truck gestanden hatte, hatte er daran gedacht, sie zu küssen – sie hatte es in seinen Augen gesehen. Und sie hatte daran gedacht, ihn zu küssen. Der Gedanke an diesen Moment ließ sie erschauern.

Als sie durch den Wald zu ihrem Haus zurückging, zwang sie sich, an alles zu denken, wofür sie dankbar sein musste, anstatt daran zu denken, Morgan zu küssen. Am Leben zu sein stand ganz oben auf der Liste, dann nach Hause auf die Ranch zu kommen und mit den Jungs zu arbeiten auch. Und Morgan war auch ganz oben mit dabei.

Seit sie zurückgekehrt war, waren Jolie eine Menge Dinge klar geworden, einschließlich der Tatsache, dass sie schon vor dem Unfall das Gefühl gehabt hatte zu treiben, als wäre sie in eine Rückströmung geraten. Was sie so lange angetrieben hatte, hatte immer weniger Bedeutung, und Dinge, die sie auf Eis gelegt hatte, begannen, an ihr zu nagen.

Zu Beginn ihrer Karriere war das noch anders gewesen. Angetrieben von dem Wunsch, so viele Flüsse wie möglich zu bezwingen, war sie in den ersten vier Jahren kaum aufzuhalten gewesen. Das Bedauern darüber, wie sie und Morgan sich getrennt hatten, hatte sie immer verfolgt, doch ihr Wunsch, die beste professionelle Kajakfahrerin zu werden, war stärker gewesen als ihr Bedauern.

Nicht so in den letzten zwei Jahren – da hatte alles angefangen, sich zu ändern. Als ihre Freunde und Konkurrenten einen Gang zurückgeschaltet, geheiratet und Familien gegründet hatten, war sie unruhig geworden. Und traurig. Es waren zwei nötig, um ihren Traum von einer Familie Realität werden zu lassen. Ihr Liebesleben war fast nicht existent, nachdem sie das Daten aufgegeben hatte, weil es einfach nur enttäuschend gewesen war. Und sie hatte begonnen, ihre Vergangenheit wirklich zu bereuen … und zu bereuen,

Morgan verletzt zu haben.

Nach dem Unfall hatte sie gewusst, dass sie nicht mehr davor davonlaufen konnte. Sie hatte sich gesagt, dass sie herkommen würde, um Wiedergutmachung zu leisten, doch jetzt wusste sie, dass es mehr Gründe gab, hier zu sein. Viel mehr.

Hier war sie also, ihr ganzes Leben im Fluss, so voller Unruhe, dass sie verwirrt war. Und so voller Sehnsucht, dass sie mit dem Feuer spielte.

Das weiße Holz und die fröhlichen roten Fensterläden ihres Hauses kamen durch die Bäume in Sicht. Kein großer Luxus, aber gemütlich. Und nachdem sie so viel unterwegs gewesen war, war gemütlich genau das, was sie brauchte.

Als sie die Treppe zur Veranda hinter dem Haus hinaufging, verriet das laute Rumpeln eines Diesel-Pickups, dass sie Gesellschaft hatte. Sie wollte nachsehen und kam gerade um die Ecke, als Morgan aus seinem Truck stieg und groß, dunkel und gefährlich für ihr Herz aussah. Jolie blieb wie angewurzelt stehen.

Sie wusste, dass sie nach dem Training in brütender Hitze wie ein Hummer aussah. Trotzdem schnellte ihr Puls in die Höhe.

„Jolie", sagte er, seine Augen wanderten über sie und bemerkten wahrscheinlich, wie schrecklich verschwitzt sie aussah. „Ich war auf dem Weg, um ein paar Stuten kurz vor dem Fohlen zu untersuchen, und die Jungs meinten, ich soll dich fragen, ob du mitkommen willst." Er grinste. „Nur fürs Protokoll, *ich* dachte auch, dass du vielleicht mitkommen willst. Ich weiß, dass du früher gern zugesehen hast."

Jolie klatschte in die Hände. „Oh, Morgan, ich würde die Fohlen unheimlich gern sehen. Laufen schon welche herum?"

„Ein paar." Er lachte.

Also hatten die Jungs ihn geschickt, doch Morgan hatte es für eine gute Idee gehalten. Interessant. „Ich bin total verschwitzt. Kannst du warten, während ich mich umziehe?"

„Musst du nicht. Ich meine –"

„Du machst Witze, oder? Ich möchte jetzt nicht mit mir in einem Truck eingesperrt sein, also bin ich mir ziemlich sicher, dass du das auch nicht willst. Gib mir zehn Minuten. Okay?"

„Okay." Er folgte ihr auf die Veranda und setzte sich auf den alten Schaukelstuhl aus Korbgeflecht, der dort gestanden hatte, als sie eingezogen war. „Ich warte hier auf dich", sagte er und sah sie mit diesen beunruhigenden blauen Augen an. Jolie wäre fast über die Türschwelle gestolpert.

Ihre Gedanken rasten, als sie ins Haus eilte. Morgan war gekommen, um sie zu holen. Mit pochendem

Herzen schaffte sie es schnell unter die Dusche und nahm sich nicht einmal genug Zeit, das Wasser warm werden zu lassen. Als sie herauskam, fing sie an, Kleider aus der Kommode zu ziehen, auf der Suche nach etwas Passendem. Die Uhr tickte, als sie sich endlich für das vierte Top entschied, das sie anprobiert hatte, zusammen mit dem zweiten Paar weißer Shorts. Sie schlüpfte in ihre Sandalen und beeilte sich, ihr nasses Haar zu einem Pferdeschwanz zu binden, trug ein bisschen Feuchtigkeitscreme und einen Hauch Wimperntusche auf. Schließlich nickte sie sich im Spiegel zu und bemerkte den rosa Schimmer der Sonne.

Oder war es die Aufregung?

Nach neun Minuten rannte sie aus ihrem Zimmer und stieß hart mit dem Knie gegen einen Beistelltisch. Autsch.

Durch die Fliegengittertür sah sie, dass Morgan seinen Stetson in beiden Händen drehte und ihn betrachtete, als würde er die Geheimnisse des Universums in sich bergen. Ihr Herz zog sich zusammen, als er mit einer Hand durch sein zerzaustes Haar fuhr und tief Luft holte.

War er nervös?

Die bloße Vorstellung jagte einen Schauer über ihre Haut. Es war ein gutes Gefühl zu wissen, dass sie damit nicht allein war.

„Fertig." Sie stieß die Tür auf und zwang sich, nicht zu atemlos, zu eifrig zu klingen. „Bereit, wenn du es bist."

Wem versuche ich etwas vorzumachen?, dachte sie, als Morgan sie mit diesen perfekten blauen Augen ansah. Ich bin nicht bereit dafür. Überhaupt nicht.

* * *

„Großartig, lass uns losmachen", sagte Morgan und sprang vom Stuhl auf. Etwas zittrig in den Knien bemerkte er den Duft ihrer frisch gewaschenen Haare. Was auch immer sie benutzt hatte, machte ihn schwindelig, es war so süß.

Reiß dich zusammen, ermahnte er sich. Er war in Schwierigkeiten, und er wusste es. *Bring das besser hinter dich.* Er drehte sich um und ging zu seinem Truck, dann erinnerte er sich an seine Manieren und eilte zurück, um ihr die Tür zu öffnen.

„Ich bin so aufgeregt", sagte sie und sah zu ihm auf, wie sie es am Tag zuvor in der Schule getan hatte. Ihre Augen strahlten so sehr, dass er sehen konnte, wie sich sein dummes Gesicht darin spiegelte.

Er lächelte steif, legte seine Hand an ihren Ellbogen und half ihr in den Truck. Seine Finger prickelten, als er ihre weiche Haut berührte. Dann eilte er wieder um den

Truck herum und glitt hinters Steuer. Er war noch nie so glücklich darüber gewesen, dass Truckhersteller begonnen hatten, die Trucks größer zu machen – er brauchte so viel Platz wie möglich zwischen sich und Jolie.

Als sie die Straße hinunterfuhren, hingen die Bäume wie ein Baldachin über den Weg. Es war ein wunderschöner, von der Sonne gesprenkelter Straßenabschnitt, den er liebte. Und Jolie anscheinend auch.

„Ich habe diese Straße schon immer geliebt. Als ich auf Kauai war, habe ich auch eine Straße mit einem prächtigen Baldachin darüber gesehen. Sie ist unglaublich oft gemalt und fotografiert worden. Jedes Mal, wenn ich da entlang gefahren bin, musste ich an dieses kleine Stück Straße in Texas denken und daran, wie sehr ich es geliebt habe."

Er warf ihr einen Blick zu. „Ich wusste nicht, dass es auf Kauai Wildwasser gibt."

Sie schüttelte den Kopf. „Ich war dort für eine Werbeveranstaltung. Mein Sponsor produziert auch anderes Wassersportequipment und wollte Aufnahmen von mir beim Rafting an der Na Pali Coast. Es war so schön dort, ich habe es geliebt. Und ich durfte mit Delphinen schwimmen – einer der coolen Nebeneffekte meiner Karriere."

„Hört sich toll an." Was hätte er sonst sagen sollen? Diese Art von Vergünstigung würde sie hier auf der Ranch sicherlich nicht bekommen. Umso mehr Grund zur Vorsicht. Er war sich sicher, dass Jolie am Ende ihre Koffer packen und zu dem Leben zurückkehren würde, das sie um die ganze Welt geführt hatte, und sie mit Delphinen schwimmen ließ.

„Es war großartig", sagte sie. „Und doch, Morgan, es ist so schön, zu Hause zu sein." Ihre Stimme schwankte ein wenig. Sie kamen unter dem Blätterbaldachin hervor und bogen auf den Pfad ein, der zu den Stuten führte. Als sie anhielten, stieß sie schnell ihre Tür auf und hüpfte aus dem Wagen, als wollte sie von dem wegkommen, was sie gerade zugegeben hatte. „Lass uns die Mamas und ihre Babys sehen."

Er stieg aus dem Truck und folgte ihr zum Zaun, wo sie die trächtigen Stuten und ihre rundlichen Körper betrachtete.

„Wie schön sie sind." Sie wies auf einige ihrer Lieblingsstuten hin und sprach über jede Einzelne.

Sie war genauso nervös wie er, stellte er fest.

„Du hattest schon immer ein gutes Auge für ein gutes Pferd."

Sie standen wieder dicht beieinander, als ob sie zueinander hingezogen würden.

„Danke", krächzte er, von seiner Nervosität

überwältigt. „Das habe ich von meinem Vater geerbt."

„Nun, wir haben alle unterschiedliche Talente. Deins sind definitiv Rinder und Pferde."

Und ihres war das Paddeln in einer Plastikbanane, wie Rowdy ihr Kajak immer nannte.

„Du hast auch ein wunderbares Händchen mit den Jungs, Morgan. Sie lieben dich so sehr." Sie drehte sich zu ihm um und lehnte ihre Schulter gegen den Zaunpfosten. Das Sonnenlicht funkelte auf eine Weise auf ihrem trocknenden Haar, die ihm gefiel.

„Ich gebe mir Mühe." Es war die Wahrheit – das tat er wirklich. „Wir haben tolle Kinder hier. Ich habe vor ein paar Jahren überlegt zu gehen, mich dann aber dafür entschieden, mehr Verantwortung zu übernehmen. Es war ein Segen für mich."

Mehr, als er ihr je sagen könnte. Als sein Leben nach ihrer Abreise um ihn zusammengebrochen war, hatte er sich zu schnell in seine Beziehung mit Celia gestürzt. Nachdem die in die Brüche gegangen war, hätte er Sunrise fast verlassen. Doch die Entscheidung, sich stattdessen mehr auf der Ranch zu engagieren, war ein Wendepunkt in seinem Leben gewesen, und er konnte es nur so beschreiben, dass er seine Berufung gefunden hatte.

Und jetzt würde er ihr helfen, zu ihrem Lebenszweck zurückzukehren, damit er mit seinem eigenen weitermachen konnte. Vielleicht sogar Liebe riskieren, doch diesmal ohne sich von einer eben zerbrochenen Beziehung in die nächste zu stürzen.

„Und du bist ein Segen für sie", unterbrach sie seine Gedanken. „Ich denke an Sammy und wie verloren und allein er sich gefühlt haben muss, als er hierhergekommen ist. Aber du und diese Ranch und Nana und Randolph und Rowdy und alle hier … ihr habt sein Leben und das Leben aller anderen Jungen wieder aufgebaut. Das weißt du, oder? Du baust ein neues Fundament der Liebe unter ihre Füße." Ihre Stimme brach, und es berührte sein Herz.

Er konnte nicht antworten.

„Morgan", sagte sie mit aufrichtigen Augen, „ich muss dir danken, dass du mich bleiben lässt. Ich liebe es, Teil von all dem zu sein." Als er immer noch nichts sagte, wandte sie sich wieder den Pferden zu und deutete auf eine hochträchtige Fuchsstute. „Ich sage voraus, dass sie die Nächste ist. Was denkst du – heute Abend?"

Er zwang sich, den Blick von ihr zu lösen und die Stute anzusehen. „Ich habe vielleicht ein gutes Auge für Pferde, aber du warst immer diejenige, die gesehen hat, wenn sie so weit waren. Wir werden sehen, ob du recht behältst. Ich lasse sie von Pepper für alle Fälle in eine Box bringen."

Er öffnete das Tor und ging ihr voran auf die Weide. Jolie verbrachte die nächste Zeit damit, alle Stuten zu streicheln und mit ihnen zu reden. Morgan versuchte zu ignorieren, wie sehr er es liebte, sie mit den Pferden auf der Sunrise Ranch zu sehen, denn er erinnerte sich daran, dass das nicht ihr Traum war.

„Oh, was für eine Süße du bist", sagte sie und lachte, als eine sanfte Braune versuchte, an ihrem Pferdeschwanz zu knabbern. Jede Stute, mit der sie sprach, bekam eine Ermutigung zusammen mit einer sanften, liebevollen Berührung ihrer Hand.

Es machte Morgan eifersüchtiger, als er zugeben wollte.

Etwa zehn Pferde später erkannte er, dass es keine gute Idee gewesen war, die Stuten zu besuchen. Er räusperte sich und beschloss aus purem Selbsterhaltungstrieb, dass es an der Zeit war, darüber zu sprechen, sie wieder ins Wasser zu bringen.

„Können wir zu diesem Baum rübergehen? Ich würde gern was mit dir besprechen."

Neugier leuchtete in ihren Augen. „Sicher. Nach dir."

Er verdrängte alte Erinnerungen aus seinem Kopf und ging voran zum Baum. Dort sah er sich nach Schlangen um, bevor er sie sitzen ließ. Sie legte ihre Handflächen an den Stamm hinter sich und lehnte sich zurück, um ihn mit übereinandergeschlagenen Beinen anzusehen.

„Schieß los. Sag mir, was dir durch den Kopf geht."

„Ich möchte dir einen Vorschlag machen."

„Ach, tatsächlich? Und der wäre?"

Abendessen und Sterne beobachten.

„Ich möchte, dass du mir zuhörst, bevor du etwas sagst."

Sie neigte den Kopf und kniff die Augen zusammen. „Klingt ein bisschen seltsam."

Morgan setzte sich neben sie. „Ich habe über das nachgedacht, was du gesagt hast, darüber, dass du Angst davor hast, wieder ins Wasser zu gehen. Und auch, dass du vielleicht einen Fehler gemacht hast, als du weggegangen bist."

Sie atmete zitternd ein und wandte den Blick ab.

„Jolie, ich will ehrlich zu dir sein. Ich möchte nicht darauf eingehen, ob es ein Fehler war oder nicht, dass du gegangen bist. Ich bin darüber hinweg – Menschen ändern sich." Ihre Schultern wurden starr. „Aber was ich weiß, ist, dass du nie vor einer Herausforderung zurückgeschreckt bist. Angst hat dich nie definiert. Wenn du nicht wieder ins Wasser gehst, wirst du es für den Rest deines Lebens bedauern. Und so kann man nicht leben."

Jolie blinzelte mehrmals und sah ihn ernst an.

„Weißt du, es war die Angst vor dem Bedauern, die mich vor all den Jahren dazu getrieben hat zu gehen."

„Ja", zwang er sich zu sagen. „Und das verstehe ich jetzt. Ich würde lügen, wenn ich sagen würde, dass es damals nicht wehgetan hat. Aber du hast getan, was du tun musstest. Und jetzt musst du es wieder tun."

Sie blickte auf ihre Hände und dann in die Ferne, bevor sie sich schließlich wieder ihm zuwandte. Dieses Ausweichen war untypisch für sie, was ihm einen besseren Einblick in das verschaffte, was der Unfall ihr angetan haben musste.

„Ich habe nachgedacht. Tief in mich geblickt. Ich bin mir nicht sicher, ob ich weiter Kajak fahren möchte."

„Das ist nur die Angst, die da spricht, und das weißt du", sagte er. „Was ist mit den Jungs? Sie werden nicht nachgeben, bis du es ihnen beibringst."

Sie biss sich auf die Unterlippe und dachte nach. „Ich kann mit ihnen nicht über den Unfall sprechen."

„Umso mehr Grund, einfach wieder ins Wasser zu gehen und da weiterzumachen, wo du aufgehört hast. Wo ist das Mädchen, das ich kannte?"

Sie lachte freudlos. „Ich weiß nicht, ob du es bemerkt hast, aber ich bin nicht mehr dieses Mädchen, Morgan."

„Das habe ich bemerkt." Oh ja, das hatte er.

„Schau, du hättest deinen Vorsprung nicht so lange behaupten können, wenn du deinen Antrieb nicht gehabt hättest."

„Vielleicht habe ich diesen Antrieb nicht mehr. Vielleicht ist das das Problem. Hast du daran gedacht?"

„Das glaube ich nicht", sagte er schroff, denn ihm gefiel die Kapitulation, die er in ihrer Stimme hörte, nicht. „Nicht du."

Sie starrte ihn an, ohne zu lächeln. Sekunden vergingen.

Er kämpfte gegen den Drang an, sie in seine Arme zu ziehen und ihr zu sagen, dass er sie beschützen würde. „Hör dir meinen Vorschlag an", sagte er stattdessen.

Zwischen ihren Brauen erschien eine tiefe Furche. „Schieß los."

„Wir gehen zusammen zum Fluss, und wir arbeiten daran, dass du wieder ins Wasser kommst. Niemand muss es wissen. Wir können dich wieder aus diesem Tal bringen, damit du dein Leben weiterleben kannst."

„Warum tust du das?" Wut färbte ihre Worte.

„Damit du den Jungs helfen kannst. Und zurück in das Leben kommst, das du liebst."

Ihre Augen blitzten. „Du willst einfach nicht glauben –"

„Nein, das werde ich nicht, Jolie", knurrte er und

verlor die Geduld. „Du hast Angst. Und ich will nicht, dass du hier bist, nur weil du Angst hast."

Jetzt war es raus. Die Wahrheit lag auf dem Tisch, und er konnte sie nicht zurücknehmen. Dann sei's drum.

Sie versteifte sich. „Ich verstehe." Sie stand auf und ging ein paar Meter von ihm weg. Die Hände in die Hüften gestemmt wandte sie ihm den Rücken zu, während sie über ihre Situation nachdachte. Schließlich wirbelte sie herum, ungefähr so wütend wie eine Wildkatze. „Ich werde es tun, für die Jungs. Ich werde ihnen zeigen, dass man sich nicht von der Angst unterkriegen lassen darf. Dass Gott helfen wird, darüber hinwegzukommen. Ich hoffe nur, dass er bald mitspielt."

„Das ist okay für mich." Er wusste, dass sie immer wütend auf ihn war, sich jedoch schwer zusammenriss.

„Also, wann fangen wir an?" Ihre Hände waren immer noch auf ihren Hüften, ihre Brust hob und senkte sich vor Wut.

Er fühlte sich ausgelaugt, als er aufstand. „Wie wäre es mit morgen Nachmittag? Die Jungs haben nach der Schule ihre Hausarbeiten zu erledigen, also ist das eine gute Zeit, um wegzukommen. Ich hole dich gegen vier Uhr ab, wenn das für dich passt."

„Fein." Mit zusammengepressten Zähnen drehte sie sich um und ging über die Weide zurück.

Das war sein Stichwort – das Gespräch war beendet. Sie war nicht glücklich mit ihm, doch das war ihm zu diesem Zeitpunkt egal. Er tat, was getan werden musste. Denn je eher sie wieder ins Wasser kam, desto eher würde sie wieder gehen. Und je eher sie hier weg war, desto besser für sie beide.

KAPITEL ZWÖLF

Das Rauschen des Wassers legte Jolies Nerven blank. Vor dem Unfall hatte es ihren Adrenalinspiegel in die Höhe getrieben und ihr Energieniveau auch. Jetzt hatte sie Angst vor dem Geräusch und dem Gedanken, in das wirbelnde Wasser zu gehen und in ihr Kajak zu steigen.

Sie hatte heute Morgen ihre Wut auf Morgan herunterschlucken müssen, um die Kinder unterrichten zu können. Doch gestern Abend war sie wütend über seine anmaßende Haltung gewesen, als er ihr diesen Vorschlag gemacht hatte. Dass er sich einbildete zu wissen, was das Beste für sie sei, war unglaublich irritierend – er hatte keine Ahnung.

Okay, um fair zu sein, er hatte recht damit, dass die Jungs ihr in den Ohren liegen würden, bis sie gezwungen war, ihnen die Wahrheit zu sagen, und sie wollte nicht zugeben, dass sie Angst hatte. Vor allem nicht vor Sammy, denn was für eine Heuchlerin wäre sie dann? Deshalb hatte sie schließlich zugestimmt, es zu versuchen.

Vor dem Unfall hatte Jolie nur einmal in ihrem Leben wirklich Angst gehabt, und das war an dem Tag gewesen, an dem sie Morgan den Verlobungsring zurückgegeben hatte und von hier weggefahren war. Gott hatte ihr die Kraft dazu gegeben, nach mehr in ihrem Leben zu streben, es zu wagen, über die Grenzen des Bequemen hinauszugehen.

Er würde ihr die Kraft geben müssen, dasselbe nochmal zu tun.

Nur spürte sie im Moment nichts außer dem eisigen Hauch der Panik. Ihre Hände waren so nass, als hätte sie sie in den Fluss getaucht, und ihr Herz raste vor Angst, als sie hinter Morgan den Weg entlang ging.

Was tue ich nur? Die Frage hallte in ihrem Kopf wider.

Kämpfen war die Antwort und stach wie ein Dorn. Aber die Vorstellung, dass Morgan, was ihre Angst anging, recht haben könnte, beunruhigte sie. Mehr als sie zugeben wollte. Sie empfand jetzt die Angst, die Chili Crump zugegeben hatte, als er sie einmal in ihrem Kajak gesehen hatte.

Sowohl er als auch Drewbaker hatten in zwei

Kriegen gekämpft, und doch sagten beide, dass sie Todesangst hätten, in diese gelbe Banane zu klettern, auf der sie Wasserfälle hinunterfuhr.

Vor langer Zeit hatte sie gedacht, sie würden sie nur aufziehen. Jetzt verstand sie genau, was sie gemeint hatten.

„Geht's dir gut?"

Morgan blieb ein paar Meter vor ihr stehen. Sie hatte nicht einmal bemerkt, dass sie stehen geblieben war, bis er sich umgedreht hatte.

Sie waren auf dem Weg zu der Stelle, wo er ihr zum ersten Mal das Kajakfahren gezeigt hatte.

„Mir geht's gut", log sie und ging weiter.

Es war nicht so, als wäre sie die Erste, der sowas passiert war. Ihre Freundin Rita war vor zwei Jahren in einer Walze unter Wasser hängengeblieben und nicht wieder zum Sport zurückgekehrt. Sie arbeitete jetzt als Skilehrerin in Colorado und leitete White-River-Rafting-Expeditionen in Tennessee. Immerhin traute sie sich mit einem Raft aufs Wasser. Jolie hatte noch nicht einmal ihren großen Zeh wieder ins Wasser bekommen.

„Du siehst nicht aus, als ginge es dir gut", sagte Morgan sanft und betrachtete ihr Gesicht.

So viel dazu, dass er ihren Schrecken nicht sah. Tränen stiegen ihr in die Augen.

„Komm schon, rede mit mir, Jolie. Sag mir, was du

fühlst. Früher ist es dir auch nicht schwer gefallen, mit mir zu sprechen."

„Es geht mir gut." Sie überholte ihn. „Wirklich." *Lügnerin.* Ihr Herz hämmerte und drohte zu explodieren.

„Nein, tut es nicht", knurrte er und stürmte mit funkelnden Augen auf sie zu.

„Morgan McDermott." Sie wirbelte herum und starrte ihn an. „Hör auf, mir zu sagen, wie ich mich fühle." Wütend auf sich selbst, weil sie ein Weichei war, und auf ihn, weil er sie dazu gezwungen hatte, schlug sie um sich. „Wie kannst du es wagen!"

Als sie den Pfad hinunterstapfte, konnte sie spüren, wie Morgan in ihrem Nacken atmete. So trotzig sie auch war, stockten ihre Schritte, je näher sie dem Wasser kam, und ihre Knie wurden weich. Ihr Mund wurde trocken, und ihr Magen rebellierte.

Verrückt. Das ist verrückt ... und peinlich. Als sie abrupt stehenblieb, prallte Morgan gegen sie.

Er ergriff ihre Arme und hielt sie auf dem steilen Abhang aufrecht. Seine Berührung verleitete sie dazu, sich in seine Arme zu werfen und sich in der Sicherheit zu vergraben, von der sie wusste, dass sie sie dort finden würde.

Stattdessen zwang sie sich, weiter auf das Rauschen des Wassers zuzugehen.

Du musst das nicht tun!, schrie das Weichei in ihr. Richtig. Mit dem Kajakfahren war sie sowieso fertig, oder? Vollzeitlehrerin war der neue Plan. Sie musste sich also nicht dazu zwingen lassen. Panik packte sie wie im Würgegriff, und sie wirbelte herum, fest entschlossen zu fliehen.

Stattdessen fand sie sich an Morgans harte Brust gepresst wieder und blickte in seine besorgten dunklen Augen.

„Whoa, ganz ruhig", sagte er, sein Ton sanfter, als sie es je für möglich gehalten hätte.

Sie schüttelte ihren Kopf und wich vor ihm zurück, als wäre er eine heiße Bratpfanne … Dann fehlten ihr die Worte, als sich seine Hände um ihre Arme legten und seine ruhigen Augen ihre suchten.

Sie musste sich daran erinnern, dass sie atmen sollte, oder sie wäre erstickt, als Morgan in ihre Seele blickte. „Ich –" *Atme.* „Ich gehe zurück. Ich muss das nicht tun. Es ist lächerlich." Das Rauschen des Flusses schien lauter zu werden. Sie zog sich zurück und versuchte, sich aus seinem Griff zu befreien, doch er hielt sich fest.

„Jolie, du schaffst das. Komm schon, Baby. Du kannst das." Seine Stimme war voller Mitgefühl. „Ich weiß, das, was dir passiert ist, muss schrecklich gewesen sein. Aber ich kenne dich auch, Jolie. Du kannst das überwinden."

Sie schluckte und schüttelte den Kopf. Die Demütigung war das Schlimmste. Sie blinzelte schnell und kämpfte gegen die Tränen an. *Nicht weinen!* Sie hatte seit dem Unfall nicht mehr geweint – sie hatte es unterdrückt, selbst in den schlimmsten Momenten. Jetzt lief ihr eine Träne aus dem Augenwinkel.

Die Zärtlichkeit auf Morgans Gesicht machte die Sache noch schlimmer, und dass er sie Baby genannt hatte. Sein Daumen, der den salzigen Tropfen wegwischte, schmerzte, und die Tränen, die sie sich so lange nicht zu vergießen erlaubt hatte, begannen, eine nach der anderen über ihre Wangen zu fließen.

„Weine nicht, Jolie", sagte Morgan zärtlich.

„Tue ich nicht", leugnete sie.

Seine Augen glitzerten, doch er lachte nicht. „Was immer du sagst."

Sie ließ ihren Kopf an seine Brust sinken und verlor jede Beherrschung.

* * *

Wenn Morgan den Ernst von Jolies Situation nicht bereits erkannt hatte, hätte er es spätestens jetzt begriffen. Jolie war nicht jemand, der weinte. Er hatte gesehen, wie sie von einem Ochsen mitgerissen und getreten worden war, was einen ausgewachsenen Mann zum Weinen bringen würde, und sie war nur wütend geworden. Sie mochte zart aussehen, doch sie war aus hartem Holz geschnitzt. Die Tatsache, dass ihre Tränen jetzt sein Hemd durchnässten und ihre Schultern unter seinen Händen zitterten, erschütterte ihn bis ins Mark.

„Tut mir leid, Sugar. Ich wollte dich nicht zum Weinen bringen." Er legte sanft seine Hand auf ihren Kopf und streichelte über ihre seidigen Haare. „Du musst das heute nicht tun."

Als sie ihren Kopf an seine Brust schmiegte, war er sich sicher, dass sie sein Herz rasen spürte.

„Nein", sagte sie zwischen zwei Schluchzern. „Du hast recht. Ich muss das tun, aber so wütend es mich auch macht … ich schaffe es nicht … den letzten Schritt ins Wasser zu machen. Ich schaffe es nicht einmal bis zum Wasser." Ihre Augen suchten seine. „Ich glaube wirklich, dass ich ohnmächtig werde, bevor ich auch nur meinen Zeh ins Wasser bekomme. Ist das nicht lächerlich?"

Obwohl die letzten Worte ein Versuch waren, es ins Lächerliche zu ziehen, war an der Situation nichts Lustiges.

„Wenn du jeden Tag kleine Schritte machst, wird es passieren."

„Was? Dass ich ohnmächtig werde?" Sie versuchte

ein Grinsen.

Er nicht. „Nein. Irgendwann schaffst du es ins Wasser und dann in dein Kajak –"

Sie holte tief Luft und bekam endlich ihre Tränen in den Griff. Sie nickte, der Hauch eines Lächelns auf ihren immer noch zitternden Lippen. Morgans Herz blieb stehen, und jede Zelle in seinem Körper ging in Alarmbereitschaft, als er sie anstarrte. Sie blinzelte – einmal, zweimal – und ihre Lippen öffneten sich. Er spürte, wie sich ihr Herz gegen seines beschleunigte.

„Morgan." Es war nur ein Flüstern, und es zog ihn wie Honig an, als er seinen Mund auf ihren senkte.

Sofort schmolzen die Jahre, und es war wie früher zwischen ihnen. Er drückte sie fest an sich, wollte ihre Wärme spüren. Als ihre Arme um seinen Hals glitten, hätten seine Knie fast unter ihm nachgegeben.

Das gibt Ärger. Die Worte schossen ihm in den Kopf.

Es hätte darum gehen sollen, sie wieder ins Wasser zu bringen, damit sie in ihre Welt zurück und ihrer Leidenschaft nachgehen konnte, einer Leidenschaft, die nicht ihm galt.

Sie wird gehen. Sie muss.

Er zog sich zurück und holte tief Luft, als sie einander anstarrten. Die Welt kippte langsam wieder an ihren Platz.

„Fühlst du dich besser?", krächzte er heiser.

Ein Glitzern erhellte ihre Augen, und er war froh, dass er geholfen hatte, es dorthin zu bringen.

„Wie könnte es mir nicht besser gehen?"

Er ertappte sich dabei, wie er ihr Haar hinter ihr Ohr schob, seine Finger dort blieben und in ihren Nacken glitten. Sie erschauerte bei seiner Berührung, und es kostete ihn jedes bisschen seiner Kraft, seine Lippen nicht wieder auf ihre zu senken.

„Wir gehen besser zurück. Wir werden das morgen nochmal machen, wenn du willst – ich meine, wir werden versuchen, dich ins Wasser zu bekommen. Nicht –" Er schloss den Mund, bevor er noch mehr sagte.

„Ja, du hast recht. Wenn ich mich jemals wieder im Spiegel ansehen will, muss ich in der Lage sein, das zu überwinden. Morgen. Deal."

„Nein, warte. Wir gehen morgen mit den Jungs einen Zaun bauen, sobald sie mit dem Unterricht fertig sind. Das habe ich ganz vergessen." Verständlich, dass er es vergessen hatte – sein Verstand war Brei, nachdem er Jolie geküsst hatte.

„Sicher", sagte sie und zog sich einen Schritt von ihm zurück. „Ich erinnere mich, dass die Jungs das erwähnt haben. Sie haben mich gebeten, mitzukommen. Ich habe ihnen gesagt, dass ich vor langer Zeit meine

Pflichtstunden im Zaunbau erfüllt habe."

Morgan schmunzelte, als sie sah, dass allein die Vorstellung, morgen nicht ins Wasser gehen zu müssen, eine Erleichterung für sie war. „Du hättest auch nie gedacht, dass du wieder hier leben und unterrichten würdest."

„Wo du recht hast, hast du recht. Aber glaub' mir, wenn ich dir sage, dass das Spannen von Stacheldraht bei vierzig Grad im Schatten nicht auf meiner To-do-Liste steht."

Er wollte sie fragen, ob ihn zu küssen darauf stand. Aus Angst vor ihrer Antwort schwieg er jedoch.

Sie gingen zurück, und er ermahnte sich den ganzen Weg, vernünftig zu sein, während in seinem Kopf weiter die Warnglocken schrillten. Sie hatten sich einmal geküsst und aufgrund seiner Reaktion wusste er, dass es nie wieder passieren durfte. Denn wenn er es täte, war er mit Sicherheit erledigt.

KAPITEL DREIZEHN

„Ach Mist, Jolie, müssen wir wirklich kochen lernen?"

Jolie musste gegen den Drang ankämpfen, B.J. in eine Umarmung zu ziehen. „Kochen ist eine Fähigkeit, die auch Jungen lernen müssen."

„Wir würden lieber reiten und Lasso werfen", stöhnte Sammy und trottete neben B.J. her. Sie folgten den anderen Jungs und gingen über die Weide in Richtung der Kantine.

„Ihr werdet es beide überleben. Nana, Miss Jo und Mabel freuen sich darauf, euch zu unterrichten. Ich möchte, dass ihr zwei nett zu ihnen seid und die Zeit schätzt, die sie damit verbringen, das für euch zu tun."

Sammy blinzelte im Sonnenlicht zu ihr hoch. „Du hast gesagt, ich soll nicht lügen, Jolie. Wenn ich ihnen sage, dass es mir Spaß macht, wäre das eine fette Lüge."

Jolie musste sich das Lachen verkneifen.

„Ich auch", fügte B.J. hinzu. „Ich bin doch erst sieben. Bin ich nicht zu klein, um an einem Herd herumzuspielen?"

Alles, um dem Kochen oder Backen zu entgehen.

„Glaubt mir, wenn ich euch sage, dass ihr in guten Händen sein werdet." Die Mundwinkel der beiden Jungen schleiften praktisch im Dreck unter ihren Füßen.

Nana hielt ihnen die Tür auf, als sie endlich zur Kantine kamen. „Nun, Jungs, ich freue mich, dass ihr heute Zeit mit uns verbringen werdet", sagte sie mit einem Schmunzeln in der Stimme.

„Müssen wir das wirklich, Nana?", fragte Sammy, als würde er eine andere Antwort bekommen als die, die Jolie ihm schon gegeben hatte.

„Aber sicher, kleiner Mann. Und wenn wir heute fertig sind, wette ich, dass ihr beide die Könige der Spiegeleier sein werdet."

„Eier", sagte Sammy bestürzt. „Du meinst, wir werden keine Kekse kochen?"

„*Keine Kekse*", korrigierte Jolie. „Und nicht kochen, sondern backen." Schließlich war sie seine Lehrerin.

Nana lachte. „Ihr *kocht* Kekse, nachdem ihr gelernt habt, was zu kochen, das tatsächlich Nährstoffe hat."

Als sie Nanas lachendem Blick begegnete,

schüttelte Jolie bestürzt den Kopf. „Die anderen Jungs scheinen sich darauf gefreut zu haben, herzukommen. Ich fand das ein bisschen überraschend, aber diese beiden sind ein Sonderfall."

Nana schob sie in Richtung Küche. „Die anderen Jungs haben das ja auch schon das eine oder andere Mal gemacht und wissen, dass wir Spaß in der Küche haben. Diese beiden Raufbolde waren letztes Jahr noch nicht hier."

Jolie dachte an ihre Schulzeit auf der Sunrise Ranch zurück. „Als ich hier war, haben wir nicht gekocht."

Nana senkte ihr Kinn. „Randolph wollte damals nichts davon hören. War der Meinung, es ist was für Mädchen. Dieser Mann." Sie schüttelte den Kopf und verdrehte die Augen, als wollte sie sagen, dass er im Mittelalter lebte. „Seitdem habe ich ihn überzeugt. Ich habe ihm klargemacht, dass viele dieser Jungs vielleicht eines Tages für sich selbst kochen müssen und die Grundlagen lernen sollten. Und, na ja, dann hat er es aus erster Hand mit seinen eigenen Jungs erlebt. Noch keiner meiner Enkel hat eine Frau, die für ihn kocht, und ich musste ihnen allen zeigen, wie man sich in einer Küche zurechtfindet. Man hätte meinen können, diese gutaussehenden Cowboys hätten zwei linke Hände, wenn es darum ging, die Grundlagen der Arbeit in einer Küche zu lernen."

Jolie hatte ein komisches Bild in ihrem Kopf von Morgan, der ellbogentief im Spülwasser steckte, mit überkochenden Töpfen und brennenden Bratpfannen auf dem Herd. „Ich habe selbst ein bisschen gekämpft, als ich aufs College gegangen bin." Sie kicherte. „Meine Mom hat befürchtet, dass ich nie etwas anderes als Müsli und Proteinriegel essen würde."

Die Düsternis, die über Sammys und B.J.s Köpfen hing, war fast sichtbar, als sie einige Schritte vor Nana in die Küche stapften.

„Was in aller Welt ist mit euch beiden los?", fragte Miss Jo mit ihrer sachlichen Stimme, ein Funkeln in ihren Augen. Sie hatte ihre Faust in die Hüfte gestemmt, ihren grauen Schopf zur Seite geneigt und einen aufrichtigen Ausdruck auf ihrem Gesicht. Jolie schmunzelte.

Die Jungen waren jung, doch sie reichten Miss Jo bis zur Schulter. Als sie nicht lächelten, streckte sie ihren Zeigefinger aus und zog ihre Augenbrauen hoch. Jolie wusste, dass sie eine harte Lektion erwartete – eine Lektion, die ihnen auf lange Sicht guttun würde.

„Das war keine rhetorische Frage, Jungs. Wir werden hier viel Spaß beim Backen und Kochen haben, also würde ich gerne ein bisschen Begeisterung sehen. Ihr bekommt vom Leben nur das zurück, was ihr reinsteckt."

Sammys Augen waren groß wie Untertassen. „Sie werden uns nicht mit dem Kochlöffel schlagen, oder?"

Miss Jos dünne Brauen schossen in die Höhe, und ihre Augen blitzten vor Empörung. „Euch schlagen? Warum sollte ich das tun wollen? Ich weiß mit Sicherheit, dass ihr beide, sobald ihr eure Finger in den Kuchenteig gegraben habt, den ich euch heute zeigen werde, Kuchen backen wollen werdet, um euren Lebensunterhalt zu verdienen, weil ihr so viel Spaß haben werdet."

„Spaß. Beim Backen?" B.J. sah alles andere als überzeugt aus.

Joseph hatte sich schon eine Schürze um den Bauch gebunden und kam mit seinem allgegenwärtigen Grinsen im Gesicht herüber. „Kommt schon, Schnarchnasen, bindet eure Schürzen um und lasst uns anfangen. Ich zeige euch, was ich letztes Jahr gelernt habe."

Miss Jo zwinkerte dem süßen Teenager zu. „Das ist eine tolle Einstellung, findet ihr nicht? B.J. und Sammy, nicht wahr?", fragte sie, und sie nickten sofort. „Ihr geht mit Joseph hier rüber, und er wird euch beiden mit den Schürzen helfen. Vertraut ihr mir?"

B.J. nickte sofort, doch ihre Frage erschreckte Sammy eindeutig. Sein Gesichtsausdruck war zurückhaltend. „Vertrauen muss man sich verdienen, mein Junge, und ich werde mich bemühen, dein Vertrauen zu gewinnen, also denk' an das, was ich gesagt habe. Deal?"

Sammy dachte darüber nach. „Deal", sagte er schließlich.

Für Jolie gab es keinen Zweifel, dass Sammy alles beobachten würde, was Miss Jo tat. Und wenn der Unterricht zu Ende war, würde er ein Urteil fällen.

Und einen sehr leckeren Kuchen sein Eigen nennen können.

Wer hätte gedacht, dass Kochen Vertrauen in einem kleinen Jungen aufbauen konnte, der wirklich eine gute Erfahrung brauchte, was das anging? Als sie gingen, drehte sich Miss Jo zu ihr um. Nana und Mabel, die auf der anderen Seite der Küche gewesen waren, um Schürzen zu verteilen, kamen herüber, um sich ihnen anzuschließen.

„Also wie läuft alles?", fragte Miss Jo, ohne auch nur zu blinzeln.

„Alles?" Jolie täuschte Unwissenheit vor.

„Na, Jo, immer langsam mit den jungen Pferden", kicherte Nana.

„Immer langsam, das soll wohl ein Witz sein", widersprach Miss Jo. „Ich habe auf eine kleine Neuigkeit gewartet und nichts von ihr gesehen."

„Da sind wir schon zu zweit", sagte Mabel und

räusperte sich. „Und ich musste Jos ständiges Jammern ertragen, weil du untergetaucht warst. Das reicht aus, um eine alte Frau noch verrückter zu machen, als sie ohnehin schon ist!"

Jolie lachte. „Ihr wisst alle genau, wo ihr mich finden könnt, also glaubt nicht, dass ich Mitleid mit euch habe." Sie hoffte, dass die Jungs zurückkommen würden und sie ihre Aufmerksamkeit dem Backen widmen müssten, doch die Jungs stritten sich darum, wer die Schürze mit der großen Erdbeere darauf bekommen sollte, und es war nicht abzusehen, wie lange das weitergehen würde.

„Außerdem bin ich nicht untergetaucht. Ich habe gearbeitet."

Miss Jo zog die Augenbrauen hoch. „Sonst nichts?" Sie klang misstrauisch, als wollte sie, dass mehr als das passiert war.

„Ja, das ist alles. Und trainiert – mein Training kostet auch Zeit."

„Und auf Viehtriebe zu gehen und Hengstfohlen auf die Welt helfen auch." Nana half der Situation nicht.

„Klingt nach Spaß für mich", gurrte Mabel. „Es ist so romantisch auf dem Rücken der Pferde – sobald man den Dreck, der in der Luft hängt, und die Hitze überwunden hat. Und die verschwitzten Pferde. Bei näherer Überlegung ist ein Viehtrieb vielleicht nicht der richtige Ort, um eine aufkeimende Beziehung zu pflegen."

„Aufkeimend? Wer hat was von einer aufkeimenden Beziehung gesagt?" Die Worte waren aus ihrem Mund, bevor sie eine Hand auf ihre verräterischen Lippen pressen konnte – sie hatte überhaupt nicht vorgehabt, mit ihnen darüber zu sprechen.

„Als ich das letzte Mal nachgesehen habe, wart ihr drei alle dagegen, dass ich irgendwas mit Morgan anfangen sollte", zischte sie leise, damit die Jungen es nicht mitbekamen.

„Stimmt", sagte Miss Jo. „Es gab jedoch einige Anzeichen dafür, dass wir vielleicht etwas voreilig damit waren, unseren Jungen zu beschützen."

„Wir sind soweit!", rief Joseph.

Lob sei dem Herrn für sein Eingreifen!

Joseph und Wes hatten die bunt zusammengewürfelte Truppe aufgestellt, als würden sie gleich in der Fernsehshow Iron Chef antreten.

Jolie grinste. „Seht ihr, Ladys, die Gentlemen sind bereit zu kochen."

„Backen", korrigierte Miss Jo.

„Kochen", sagte Nana und sah Miss Jo an. „Eier und Wurst sind lebensnotwendig."

Miss Jo schnaubte. „Kommt darauf an, wen man

fragt."

„Dann werden wir eben sowohl backen als auch kochen", zwitscherte Jolie und entkam dem Verhör. Sie hatte das ungute Gefühl, dass das erst der Anfang gewesen war. Die Sache war nur, dass sie seit ihrem Kuss nicht viel von Morgan gesehen hatte. Sie hatten vereinbart, sich wieder zu treffen und zu versuchen, sie ins Wasser zu bekommen, doch es war nicht passiert. Sie war nach Hause gegangen und hatte sofort kalte Füße bekommen. Offensichtlich Morgan auch, denn er hatte noch nicht angerufen, um einen Termin festzulegen. Und es war ihr recht gewesen.

Zumindest hatte sie sich immer wieder gesagt, dass es in Ordnung sei. Doch wenn sie nur an das Gefühl seiner Arme um sich und die Hitze seines Kusses dachte, wurden ihre Wangen heiß.

Bisher war das einzig Gute, was der Tag am Fluss gebracht hatte, dass ihre Alpträume nachgelassen hatten. Und das lag wahrscheinlich nur daran, dass Gedanken an Morgan sie weitgehend vom Schlafen abhielten. Doch das war etwas, das sie und nur sie wusste. Und sie wollte, dass es auch so blieb.

* * *

Morgan war spät dran. Absichtlich.

„Du solltest dich besser beeilen", neckte Rowdy, als er aus dem Sattel sprang, wobei seine Sporen beim Aufprall klirrten. „Wir wollen die Kuchen nicht kalt werden lassen."

Morgan ließ sich bewusst Zeit, abzusteigen. Als Nana gehört hatte, dass die Jungs wollten, dass er an ihrem Kochkurs teilnahm, hatte sie darauf bestanden, dass er und Rowdy das Essen, das die Jungs gekocht hatten, probieren sollten. Er hatte gestöhnt, wohl wissend, dass die Jungs Hintergedanken hatten – sie versuchten immer wieder, ihn und Jolie in denselben Raum zu bekommen. Zu wissen, dass er Jolie zum ersten Mal seit einer Woche gegenüberstehen musste, machte ihm Angst.

Er hatte jede seiner Bewegungen in den letzten Tagen mit dem einzigen Ziel geplant, ihr aus dem Weg zu bleiben. Und das aus gutem Grund. Sie war viel gefährlicher für ihn, als er je vermutet hatte. Er hatte naiv gedacht, dass das, was sie ihm angetan hatte, ihn von den Gefühlen isolieren würde, die er für sie hatte; er hatte gedacht, sein Herz wäre sicher. Und dann hatte er sie geküsst.

Und seine Welt komplett auf den Kopf gestellt. Eine falsche Bewegung, und er war erledigt.

Rowdy hatte viel Spaß daran, ihn aufzuziehen. Dieser Hund sollte auf seiner Seite sein und es nicht genießen, ihm dabei zuzusehen, wie er ohne seine Stiefel über Kohlen rannte.

„Rache ist süß, wart' nur ab, kleiner Bruder."

„Hey, ich habe gerade kein Eisen im Feuer, also mach dir keine Hoffnungen." Seine Lippen verzogen sich zu einem trägen Lächeln.

„An deiner Stelle wäre ich trotzdem vorsichtig", warnte Morgan und ging an ihm vorbei. „Ich bin ein geduldiger Mann."

Rowdys Lachen folgte ihm, als er auf etwas zuging, von dem er sicher war, dass es ein Zirkus werden würde – und er die Hauptattraktion. Er wusste, dass Nana mitbekommen hatte, dass er Jolie aus dem Weg ging. Sie hatte ihn ein- oder zweimal gefragt, wo er sich beim Mittagessen versteckt hatte – er hätte es also genauso gut zugeben können. Umso mehr Grund für sie, sich mit den Jungs zusammenzuschließen, um ihn heute hierherzubringen.

Und sie hatte Verstärkung – Miss Jo und Mabel würden jede seiner Bewegungen, jeden Gesichtsausdruck und jedes Zucken beobachten.

Er war dem Untergang geweiht.

Und Rowdy half auch nicht.

Das Letzte, was er brauchte, war, dass jeder in dieser Küche erkannte, wie verwundbar er in dieser Situation war. Zwischen Baum und Borke wäre ein besserer Ort gewesen – zumindest hätte er ein Versteck gehabt. Doch dieses Glück war ihm nicht vergönnt.

Er wappnete sich für das, was kommen würde, schickte ein Stoßgebet gen Himmel, öffnete die Tür und trat ins gleißende Scheinwerferlicht der Zirkusarena.

* * *

„Morgan, schau, was ich gemacht habe!", rief B.J. und machte Jolie und alle anderen sofort darauf aufmerksam, dass Morgan die Küche betreten hatte.

„Hey, ich bin auch hier", alberte Rowdy und tat so, als wäre er verletzt, während er Morgan in die Küche folgte. Der Raum schien mit den beiden großen Cowboys darin zu schrumpfen.

In dem Moment, in dem Morgans Blick Jolie suchte, verschwand die gesamte Luft. Jolie ließ ihren Metallspatel auf den Arbeitstisch aus rostfreiem Stahl fallen und spritzte Baiser überall hin – auch auf Sammy –, bevor er zu Boden fiel. Alle Augen schossen zu ihr.

„Du magst ihn irgendwie, oder?", flüsterte Sammy und blinzelte durch Kleckse aus weißem Baiser auf seinen Augenlidern.

Jolie keuchte, sowohl weil sie den Jungen mit Eierschaum bespritzt hatte, als auch wegen seiner scharfen Beobachtungsgabe. „Wie kommst du auf sowas?", flüsterte sie und konzentrierte sich darauf, mit dem Saum ihrer Schürze das klebrige Zeug von seinem Gesicht zu wischen.

Er blinzelte, als sie sein Kinn hielt. „Weil du ganz nervös wirst, wenn er in der Nähe ist. Das passiert immer in diesen romantischen Filmen."

„Nein, ich mag ihn nicht." Sie schrubbte fester.

„Überhaupt nicht?", fragte Sammy und sah jetzt verwirrt aus.

Schuldgefühle überkamen Jolie. Sie hörte mit dem Schrubben auf, damit wenigstens etwas Haut auf der Wange des armen Jungen zurückblieb. „Ja, ich mag Morgan. Als Freund", fügte sie schnell hinzu.

Sonst nichts.

„Aber du bist gerade ganz rot, und das passiert auch im Kino, wenn eine Frau den Typen sehr mag."

Sie wollte ihn gerade fragen, wann er Zeit hatte, romantische Filme im Kino anzusehen, doch Morgan kam ihnen entgegen.

„B.J.s Kuchen sieht toll aus. Was ist mit deinem, Sammy?", fragte er, und seine Augen landeten nur einen Moment lang auf ihr, bevor er sich Sammy zuwandte. Sie fragte sich, was hinter diesen blauen Teichen vor sich ging, während ihr Puls raste und Erinnerungen an seinen Kuss sie quälten.

„Wir schieben ihn gleich in den Ofen. Siehst du?"

Er zeigte stolz auf den Schokoladenkuchen mit Baiser. Er hatte zuerst Joseph geholfen und schließlich beschlossen, seinen eigenen zu backen, also waren sie spät dran, ihn in den Ofen zu bringen.

„Das sieht mächtig lecker aus." Morgan legte seine Hand auf Sammys Schulter. „Gute Arbeit."

„Das wollte ich erst gar nicht. Du weißt ja, Kochen ist nichts für Jungs. Aber Nana hat uns gezeigt, wie man Frühstückstacos mit Eiern und Würstchen kocht, damit wir nicht verhungern, wenn wir aufs College gehen."

Morgan schmunzelte. „Das hat sie mir auch alles beigebracht, bevor ich an die Uni gegangen bin. Es war wirklich praktisch. Und Kuchen backen – das wäre für mich als Studenten auch wirklich praktisch gewesen."

Ein Grinsen breitete sich auf Sammys Gesicht aus. „Es hat mir Spaß gemacht. Jolie hat mir geholfen, und sie hat es gut gemacht. Bis sie den Pfannenwender fallengelassen hat, als du reingekommen bist." Er beugte sich zu Morgan vor. „Und dann ist sie rot ganz geworden. Du weißt, was das bedeutet, oder?"

Hitze brannte in Jolies Wangen. „Hey!" Sie zog sanft an Sammys Ohr, und er lachte verschmitzt.

„Sag mir, was das bedeutet, Sammy", neckte Morgan und verschränkte die Arme.

B.J. funkelte Sammy plötzlich an. „Du sollst doch nichts sagen", zischte er in einem leisen Flüstern, was

Sammy dazu veranlasste, eine Grimasse zu schneiden.

„Oh ja, das habe ich vergessen." Er sah zerknirscht aus, doch dann kamen die Worte in einem Schwall aus ihm heraus. „Wenn ein Mädchen rot wird, bedeutet das, dass sie einen Jungen mag. Und wenn sie Sachen fallen lässt, auch."

Morgan betrachtete ihre glühenden Wangen. „Das bedeutet wohl, dass du besser Rowdy sagst, dass sie ihn mag."

Beide Jungen sahen verwirrt aus. Jolie war erleichtert – anstatt sich zu schämen, fand sie die Szene rührend. Die Jungen versuchten nur, den ihrer Meinung nach planlosen Erwachsenen zu helfen.

„Morgan", sagte B.J. vorsichtig, als würde er einem Zweijährigen etwas erklären. „Sie mag *dich*."

Sammy stieß ihn an. „Du hättest das nicht sagen sollen!"

B.J. funkelte ihn an. „Du hast es schon gesagt, und Morgan hat es nicht begriffen!"

Rowdy schlenderte herüber und brachte Miss Jo und Mabel mit. Nana kam von der anderen Seite des Raums, gefolgt von den älteren Jungen. Jolie wollte plötzlich im Boden versinken.

„Habe ich meinen Namen gehört? Morgan, was gibt's? Du kommst hier rein, und die Kinder fangen an, sich zu streiten?"

Miss Jo ließ ihm auch keine Atempause. „Ihr zwei saht aus, als hättet ihr gerade eine lebende Katze zum Mittagessen vertilgt. Und ich meine nicht B.J. und Sammy. Jolie, warum bist du so rot? Wenn ich es nicht besser wüsste, würde ich denken, dass du ein bisschen nervös bist.”

Sie brauchte das alles nicht. Wirklich, wirklich nicht. Einen wilden Fluss runterzufahren war leichter als das.

„Geht's dir gut?”, mischte Mabel sich ein. „Vielleicht hast du Fieber, Honey. Vielleicht sollte Morgan dich nach Hause bringen.”

„Gute Idee”, mischte sich Nana ein. „Morgan, warum bringst du die arme Jolie nicht nach Hause.”

„Whoa!”, polterte Jolie und stoppte das Geschwätz, das im Raum ausbrach. Sie erkannte einen Hinterhalt, wenn sie einen sah. „Mit mir ist alles in Ordnung. Ich muss nicht nach Hause. Aber waren Rowdy und Morgan nicht eingeladen, die Leckereien zu kosten, die die Jungs gebacken haben? Denn ich habe auf jeden Fall Lust auf Kuchen!”

Es war eine Sache für sie, sich Gedanken über Morgan zu machen. Es war eine ganz andere Sache, wenn dieser ganzen Raum voller Leute es wusste!

Zum Glück führte Mabel die Jungs weg, um die Verkostung vorzubereiten. Das einzige Problem war, dass sie mit Morgan allein zurückblieb.

„Das war peinlich – wie auf dem heißen Stuhl", sagte sie und zwang sich, ihn anzusehen.

„Findest du? Hat sich eher wie eine Bratpfanne angefühlt." Er lachte.

Jolies verräterische Gedanken wanderten direkt zum Kuss am Fluss. Sein Blick fiel auf ihre Lippen, und sie wusste, dass er auch daran dachte.

„Es tut mir leid, dass ich mich nicht gemeldet habe, wann wir einen neuen Versuch am Fluss starten wollen", sagte er.

„Wir gehen besser rüber, bevor sie wieder anfangen." Jolie wusste, dass das weder die Zeit noch der Ort war, um darüber zu sprechen, was zwischen ihnen passiert war.

Abgesehen davon war sie sich überhaupt nicht sicher, was sie über diesen Tag sagen sollte ... und genau das war der Grund, warum *sie* ihm aus dem Weg gegangen war. An diesem Tag war sie eine Katastrophe gewesen. Es war peinlich, und die Tatsache, dass sie so verzweifelt gewesen war, dass sie sich in seine Arme geworfen und wie ein Baby geheult hatte – das war das Schlimmste.

KAPITEL VIERZEHN

Am Montagmorgen, ein paar Tage nach dem Kuchenfiasko, fuhr Jolie zum Schulhaus und fand die Jungen im Vorgarten in ein tiefes Gespräch vertieft. In dem Moment, als sie aus ihrem Jeep stieg, stoben sie auseinander und sahen aus wie schuldige Welpen, die gerade ihre Blumenbeete umgegraben hatten. Etwas war los.

„Hey Jungs." Sie ging zu ihnen hinüber, als ahnte sie nichts. „Wie geht's euch heute?"

„Gut, gut." Wes grinste, Aufregung glitzerte in seinen blassgrünen Augen. Der Teenager sah eher wie ein erwachsener Mann aus als alle anderen Kinder, sogar Joseph, obwohl er nicht so groß war. Er war muskulös und ernst, es sei denn, er dachte an ein Abenteuer. Er freute sich darauf, die Schule abzuschließen und als Teil des Roping-Teams aufs

College zu gehen. Das Leben auf der Ranch war gut für ihn gewesen.

„Wie geht's dir?", fragte er sie und vergrub seine Hände in den Hosentaschen. „Geht's dir gut?"

Sie war sich nicht sicher, was sie von seiner Frage halten sollte. Hörte sie Sorge in seiner Stimme?

„Ja, wie geht's dir?", fragte Sammy, als alle anderen Jungen sich einmischten.

„Mir geht's gut, Jungs. Was soll all die Sorge?" Sie sah Wes und dann Joseph an, um Antworten zu finden. „Was ist los?"

Wes verlagerte sein Gewicht von einem abgewetzten Stiefel auf den anderen. „Na ja, ich, äh, ich habe gestern Abend im Internet gesurft und mir deine YouTube-Videos angesehen", erklärte er. „Und also … wir haben uns das schonmal angesehen, all die erstaunlichen Sachen, die man in einem Kajak machen kann. Es ist wirklich cool, dich die Stromschnellen und diese Wasserfälle runterkommen zu sehen. Es hat mich aus dem Wasser gehauen. Du bist großartig, Jolie. Aber, Mann …" Er verstummte … und Sorge füllte seine Augen.

Jolie empfand nichts als Angst.

„Wir sind auf deinen Unfall gestoßen." Joseph war derjenige, der die Worte aussprach, seine Lippen vor Sorge verkniffen. „Das hatten wir vorher nicht gesehen.

Du bist fast gestorben, Jolie." Er fuhr sich mit den Fingern durch sein zu langes Haar und erinnerte sie daran, was Morgan tat, wenn er aufgewühlt war. „Es war schlimm."

Schlimm begann nicht einmal ansatzweise, die Geschichte zu beschreiben.

„Das war es", sagte sie und überlegte verzweifelt, was sie noch sagen sollte, doch ihr fiel nichts ein.

„Die Zuschauer haben auf dem Video geschrien", sagte Wes, „sie sind durchgedreht, als sie gedacht haben, du würdest nicht auftauchen. Dann hat sich dein Kajak gelöst, und es hat sich wie eine Ewigkeit angefühlt, bis du wieder aufgetaucht bist."

Jolies Magen drehte sich. Sie atmete langsam ein, zählte bis zehn und rang darum, die Fassung zu wahren. Zweimal vor den Jungs umzukippen war für sie nicht akzeptabel. Sie war stärker als das.

Sie suchte nach aufmunternden Worten für die Jungen, die so besorgt waren, dass die meisten von ihnen nicht sprechen konnten. Ihre Fürsorge gab ihr Halt.

„Was ist passiert?", fragte Sammy und berührte ihren Arm. „Wie hast du das überlebt?"

„Nur durch Gottes Gnade, Sammy. Durch Gottes Hand." Es war wahr. „Nur Gott hat mir die Luft geben können, die ich gebraucht habe, um so lange unter

Wasser zu sein. Es gibt Dinge im Leben, die nur durch Gottes Eingreifen erklärt werden können, Jungs. Und dass ich meinen Unfall überlebt habe, ist eines davon."

„Ich verstehe nicht, wie du danach wieder in dein Kajak steigen kannst." Wes' Worte, von Mr. Adrenalinjunkie kommend, erschreckten sie.

„Ganz ehrlich, Leute, es ist Zeit für mich, euch die Wahrheit zu sagen. Ich kann nicht in mein Kajak steigen. Ich bin hierhergekommen, um zu versuchen, meinen Kopf wieder freizubekommen, aber allein der Gedanke, wieder ins Wasser zu gehen, macht mir Angst. Aber ich versuche es. Es wird nur ein bisschen dauern."

„Darum warst du nicht so scharf darauf, uns etwas beizubringen", sagte Tony.

„Genau darum."

„Es ist ein bisschen so, als würde man wieder auf einen Bullen steigen", sagte Wes. „Nur ein Bulle ist eher kontrollierbar als ein Fluss."

Jolies Nerven hatten sich etwas beruhigt, und sie fand Wes' Worte treffend. „Wie meinst du das?"

„Nun, man kann einen Stier studieren, sein Verhalten einschätzen und in gewisser Weise seine Bewegungen vorhersagen. Ein Fluss, wie der, auf dem du warst ..." Er zuckte eine Schulter, seine Stirn skeptisch gerunzelt. „Du kannst nicht wissen, was unter der Oberfläche ist. Wenn dieser Baumstamm nicht von irgendwo flussabwärts getrieben und an dieser Stelle hängengeblieben wäre, dann hättest du deine Rolle gemacht, wärst normal aufgetaucht und hättest diesen Lauf beendet. Keine Vorbereitung hätte dich davor bewahren können, dass dieser Ast da war."

Jolie wusste, dass er recht hatte. Ihr Training ähnelte dem eines Bullenreiters, der sich auf die Arena vorbereitet. Der Überraschungseffekt war jedoch immer vorhanden.

„Ich denke, so ist das auch im Leben. Wir müssen uns vorbereiten und es dann dem Herrn überlassen. Das ist, was ich getan habe. Ich werde darüber hinwegkommen und weitermachen. Und die Zeit, die ich hier mit euch gutaussehenden Cowboys verbringe, hilft mir dabei."

Das brachte ihr ein Grinsen ein. Als sie sich in der Gruppe umsah – unter „ihren Jungs", wie sie sie zwischenzeitlich nannte –, wuchs ein Kloß in ihrer Kehle und schmerzte vor Liebe für sie. Sie halfen dabei, eine Stelle in ihrer Seele auszufüllen, die dringend gefüllt werden musste.

„Uns gefällt, dass du hier bist", sagte Sammy und legte seinen Arm um ihre Taille. „Ich bin froh, dass du nicht in diesem Fluss gestorben bist."

Sie schenkte ihm ein beruhigendes Lächeln. „Ich auch, denn es wäre schade gewesen, wenn ich nicht hier bei euch hätte sein können."

Sammys Gesichtsausdruck war so voller Hoffnung, dass es sie verblüffte. Dieses Kind brauchte sie.

Der Gedanke traf Jolie tief. Niemand hatte sie je gebraucht. Nicht so. Ja, die anderen aus ihrem Team brauchten sie wegen ihrer Fähigkeiten und der Punkte, die sie ihnen bringen konnte. Aber Sammy brauchte sie auf eine andere Art und Weise. Er brauchte sie der Sicherheit, der Unterstützung … der Liebe wegen, die sie ihm geben konnte.

Danke, dass du mich hierher gebracht hast.

Sie schloss kurz die Augen, das Gebet erfüllte ihre Seele. Als sie sich in der Gruppe umsah, stellte sie fest, dass es auch andere gab, die sie brauchten.

Aufregung packte Jolie. Sie musste mit Morgan sprechen – ihm sagen, was sie empfand. Diese neue Emotion mit jemandem teilen, der ihr wichtig war.

Mit dem Mann, den sie liebte.

* * *

Morgan lehnte sich von seinem Schreibtisch zurück, ermüdet vom Lesen all des Papierkriegs, der mit der Leitung der Ranch einherging. Dass sie sich über sechzehn Bezirke des Staates erstreckte, ging mit einem Haufen administrativer Arbeiten einher. Um das Schiff am Laufen zu halten, war es nötig, den Überblick über die auszufüllenden Formulare zu behalten. Er hatte diesen Teil des Betriebs übernommen, als sein Vater ihn zum Partner gemacht hatte.

Morgan rieb sich die Augen und war froh, das Büro zu haben, in das er sich vorerst verkriechen konnte. Da Jolie überall war, war es schwer, einen klaren Kopf zu behalten. Es war schwer, Abstand zu wahren. Schwer aufzuhören, an den Kuss zu denken.

Das war ein gigantischer Fehler seinerseits gewesen. Dann, nach dem Fiasko in der Küche, wo die „Zuschauer" sie auf Schritt und Tritt beobachtet hatten, kam er sich noch blöder vor.

Ein Mann musste ein Rückgrat haben. Vor allem, wenn er Publikum hatte.

Ein Klopfen an seiner Tür ließ ihn auf die Uhr an der Wand blicken – halb zehn. Es war spät geworden. „Herein!", rief er und erwartete, seinen Vater, seinen Bruder oder so ziemlich jeden anderen außer Jolie zu sehen.

So viel zum Thema Verkriechen.

„Hi", sagte sie und betrat das Zimmer. „Hast du einen Moment?"

Nein, nicht einen. „Sicher. Ich bin nur mit Papierkram beschäftigt."

Sie sah sich in seinem Büro um und ging noch ein

paar Schritte in den Raum hinein. „Ich mag dein Büro. Es passt zu dir."

Die Wände waren mit Holz getäfelt. Ein Kuhfellteppich lag am Boden und an den Wänden hingen neben einem antiken Quilt und Reitutensilien Fotos von Jungen mit ihren Tieren auf dem County Fair. Einige von ihnen hielten Trophäen in die Höhe, andere nicht. Doch bei ihren Projekten ging es nicht ums Gewinnen – es ging um die Erfahrung, etwas zu Ende zu bringen. Während Jolies Blick über das gesamte Büro schweifte, waren es die Bilder der Kinder, auf die sie sich konzentrierte.

„Danke. Ich sehe diese Fotos und freue mich über die Zufriedenheit in ihren Gesichtern über eine gut gemachte Arbeit."

Lächelnd setzte sie sich ihm gegenüber auf die Kante des Ledersessels. Sie trug Jeans und eine blassgelbe Bluse, die ihr zimtfarbenes Haar dunkler erscheinen und ihre smaragdgrünen Augen wie Juwelen funkeln ließ. Sie wirkten heute weniger müde, lebendiger. Er hoffte, dass sie besser schlief.

Ihm wurde klar, dass er Kraft finden musste, um damit fertig zu werden, mit ihr allein zu sein, sonst würde er riskieren, seinen Stolz zu verlieren.

„Ich dachte, wir müssen reden. Über mehrere Dinge. Zunächst einmal muss ich mich dafür entschuldigen, dass ich unten am Fluss zu einem heulenden Häuflein Elend geworden bin. Ich …" Sie schüttelte den Kopf und schloss kurz die Augen, um seine Aufmerksamkeit auf ihre langen Wimpern auf der warmen goldenen Haut ihrer Wangen zu lenken. Seine Eingeweide zogen sich zusammen, als er sich an das weiche Gefühl ihrer Haut erinnerte.

„Ich bin es nicht gewohnt, so emotional zu sein. Es tut mir leid, dass du die Scherben aufheben musstest."

„Ich hätte den Mund halten und dir die Möglichkeit geben sollen, dich in Ruhe mit deinem Problem zu befassen."

„Nein", sagte sie. „Ich meine, du hast das Richtige getan, indem du mich dazu gebracht hast, zu versuchen, mich meinen Ängsten zu stellen. Ich bin froh, dass ich dem Problem zumindest einen Schritt nähergekommen bin. Obwohl ich weggelaufen bin."

Er räusperte sich. „Es tut mir leid, dass ich dich geküsst habe, als du … in einer schwierigen Situation warst."

Es ist auf dem Tisch, wo es sein muss. Jetzt müssen wir nur noch drüber hinwegkommen.

„Was das angeht. Es tut mir leid, dass ich mich dir an den Hals geworfen habe."

Das überraschte ihn. Die Frau war zutiefst verletzt gewesen. „Ich habe es nur so gesehen, dass du ein bisschen Unterstützung gebraucht hast. Und die habe ich dir gern gegeben."

Ihre Blicke hielten einander fest, als Erleichterung auf ihrem Gesicht aufblühte. „Okay, dann haken wir es als ‚Ich bin mir nicht sicher, was das war' ab und machen weiter. Deal?" Ihr Lächeln war herzlich.

„Deal."

„Dann müssen wir jetzt über die Jungs reden."

Die Jungs? „Was gibt's?", fragte er und versuchte, sich von der Wirkung ihres Lächelns auf ihn zu erholen.

„Die Jungs haben sich Videos über mich angesehen. Und sind schließlich auf den Unfall gestoßen."

Er hätte wissen müssen, dass das irgendwann passieren würde. „Wie war ihre Reaktion?"

„Natürlich hat es einigen von ihnen Angst gemacht – na ja, eher allen. Sie wollten wissen, wie es mir geht. Ich habe ihnen die Wahrheit gesagt – dass ich Probleme habe. Und alle haben es verstanden. Ich habe ihnen gesagt, dass ich versuche, mich wieder in den Griff zu bekommen, dass ich dafür hierhergekommen bin. Morgan, sie waren so süß. Ich muss dir sagen, dass sie mich tiefer berührt haben, als ich es mir je erträumt hätte."

„Ja, das sieht ihnen ähnlich." Er ging für einen Moment in sein Büro. „Darum bin ich hier."

„Ich habe ihnen gesagt, mit Gottes Hilfe werde ich wieder ins Wasser gehen. Ich wollte es dir nur sagen und dir danken, dass du versucht hast, mir zu helfen. Ich war ein bisschen sauer auf dich, weil du mich gedrängt hast. Vielleicht war das einer der Gründe, warum ich so … emotional geworden bin. Ich meine, wenn man wütend ist, kommen die Emotionen raus, das könnte meine Angst erklären."

„Warst du an dem Tag, an dem du ohnmächtig geworden bist, auch wütend auf mich?"

Sie runzelte die Stirn. „Okay, vielleicht bin ich einfach empfindlich, wenn ich daran denke, wieder aufs Wasser zurückzukehren."

„Das wäre auch meine Meinung zu diesem Thema."

„Die Zeit wird helfen. Wie auch immer, ich wollte herkommen und dir sagen, was es für mich bedeutet, Zeit mit den Jungs zu verbringen. Danke, dass ich hier sein darf."

Was sollte er darauf sagen? Irgendwann würde sie trotzdem gehen, und die Jungs würden leiden, weil sie eine Beziehung zu ihr aufgebaut hatten. Was glaubte sie, dass ihnen das antun würde?

„Gern geschehen", war alles, was ihm einfiel.

Betretenes Schweigen erfüllte den Raum zwischen ihnen. „Okay, dann denke ich, das ist alles, was ich sagen wollte." Sie stand auf, um zu gehen.

Sag was.

Sein Magen verknotete sich.

Sie ging zur Tür. Schließlich trieb ihn ein Impuls aus seinem Stuhl, und er ging mit drei Schritten um den Schreibtisch herum. „Jolie ..."

Sie hatte sich im selben Moment umgedreht. „Ja?"

Sie starrten einander an. Hier waren sie wieder. „Ich freue mich, dass du vorbeigekommen bist. Ich habe wieder mal Land unter mit Papierkram, der diese Woche eingereicht werden muss. Darum habe ich mich rar gemacht."

Sie kicherte. „Nun, gut, das zu hören. Ich dachte, du wärst mir aus dem Weg gegangen."

„Das auch", gab er zu und lächelte, denn er liebte ihr Lachen. „Sonst noch was, worüber du reden willst?"

„Ich denke, Sammy geht's besser. Wir haben uns heute lange unterhalten. Das Video hat mir Gelegenheit gegeben, mit allen Jungs, insbesondere mit Sammy, darüber zu sprechen, dass Gott auch in schlechten Zeiten bei uns ist."

„Danke, dass du mit ihnen gesprochen hast. Die Zeit heilt alle Wunden. Zeit und Liebe."

Jolies Augen füllten sich mit unvergossenen Tränen. „Nun, das ist definitiv etwas, das die Jungs hier bekommen, das ist sicher. Ihr macht hier etwas

Großartiges, Morgan, und ich bin stolz darauf, ein Teil davon zu sein. Ich wurde noch nie so gebraucht, wie ich das Gefühl habe, hier gebraucht zu werden. Heute ist mir klar geworden, dass ich tatsächlich etwas bewege."

Sie verstand, was sie hier taten. Das grub sich tief in Morgans Seele. „Ziemlich cooles Gefühl, oder?"

„Auf jeden Fall. Okay, ich schätze, ich verschwinde jetzt besser und lasse dich wieder an die Arbeit gehen. Gute Nacht, Morgan."

„Gute Nacht, Jolie", sagte er. Sie war schon auf dem Weg zur Tür. Er beobachtete, wie sie den Wartebereich durchquerte und die Tür aufstieß. Sie blickte nicht zurück, als sie sie hinter sich schloss. Das Klicken der Tür knallte wie ein Schuss in seinem Kopf.

Jolie verliebte sich in die Jungs, und die Jungs hatten sich in sie verliebt. Als er mit der Hand durch sein zerzaustes Haar fuhr, bemerkte er, dass sie zitterte.

So viel dazu, sich zusammenzureißen.

* * *

Jolie fuhr durch das Tor in Richtung ihres vorübergehenden Zuhauses. Ihre Gedanken drehten sich in so viele Richtungen, dass sie nicht wusste, worüber sie zuerst nachdenken sollte.

Morgan hatte wie immer müde, aber

217

herzzerreißend gut ausgesehen. Sie wollte ihn nach seinem Tag fragen, ihn fragen, wie es ihm ging, seit er sie geküsst hatte. Ihn vielleicht nochmal küssen ...

Nein, daran würde sie definitiv nicht denken. Sie strich sich die Haare aus dem Gesicht und war froh, dass das Verdeck ihres Jeeps offen war – sie brauchte so viel frische Luft wie möglich, um ihren verwirrten Kopf klar zu bekommen.

Ihre Gedanken wanderten zu Sammy. Sie wollte mehr tun, dass sich Sammy auf der Ranch wohlfühlte; etwas Besonderes, das auch die anderen Jungen einbeziehen würde – etwas, das ihnen allen ein Gefühl der Zugehörigkeit zu dieser Ranch, die ihr Zuhause war, vermittelte. Was könnte das sein?

Sie würde den Rat von Miss Jo und Mabel einholen. Nana auch.

Vielleicht würde sie die Jungs einfach fragen, ob sie eine Idee hätten, was sie tun könnten. Wie vielleicht ein Festival. Vielleicht ein Ehemaligentreffen? Etwas, das sie genießen könnten ... etwas, das sie – und sie selbst – beschäftigen würde.

Etwas, das Spaß machte. Etwas, das *anders* war.

Etwas, das sie ihr Eigen nennen könnten.

Etwas, das Morgan wissen lassen würde, dass sie es ernst damit meinte, hier zu sein ... es ernst meinte, mit ihm zu arbeiten.

KAPITEL FÜNFZEHN

Als Jolie die Jungen am nächsten Tag in der Schule fragte, welche Art von Event sie gerne auf der Ranch veranstalten würden, brauchten sie kaum eine Sekunde, um darüber nachzudenken. Tatsächlich war sie von ihrer schnellen Antwort so erschrocken, dass sie sich nicht sicher war, ob sie verstanden hatten, was sie fragte. Doch das hatten sie, und ihre Antwort war klar: Sie wollten ein Angelturnier auf dem großen See veranstalten.

„Wow, das war der schnellste Konsens, den ich je bei euch gesehen habe! Habt ihr schonmal ein Angelturnier hier gehabt?"

„Wir Älteren." Wes grinste. „Aber es ist schon eine Weile her."

„Wir hören sie darüber reden, wie viel Spaß es gemacht hat", mischte sich Caleb ein. „Und Mr.

Macintosh – kennen Sie Mr. Macintosh und Mr. Crump? Also, die beiden haben ein paar lustige Sachen gemacht."

„Ja, ich kenne Mr. Macintosh und Mr. Crump. Und ich bin mir sicher, dass sie viele Geschichten zu erzählen haben", sagte Jolie und lächelte, als sie an die Klatschonkels der Stadt dachte.

Also beschlossen sie, ein Angelturnier zu veranstalten und ganz Dew Drop zur Teilnahme einzuladen. Die Jungs dachten, sie könnten eine kleine Gebühr verlangen und das Geld an die Jugendkasse der Kirche spenden. Jolie fand das eine ausgezeichnete Idee – sie war stolz auf die Jungs, weil sie für einen guten Zweck spenden wollten.

„Was ist mit dir, wenn wir das Angeln veranstalten? Du weißt schon, wegen dem Wasser?", fragte Sammy. Sie erklärte ihm, dass sie ein gutes Event ausgewählt hätten und es ein weiterer Schritt wäre, sie wieder ins Wasser zu bringen. Sie fügte nicht hinzu, dass es nicht das ruhige Wasser des Sees war, das ihr Angst machte – es war das tosende Rauschen von Stromschnellen.

Am Ende des Tages hatte Jolie einen Plan und freute sich darüber, wie sehr die Jungs dem Angelturnier entgegenfieberten. Sie sagten sogar, sie könnten anfangen, jedes Jahr eins zu veranstalten. Das gefiel ihr

– sie liebte die Idee. Es war genau das, wonach sie gesucht hatte – eine eigene Idee, die sie auf besondere Weise an die Ranch binden würde.

Jetzt musste sie nur noch Morgan an Bord holen, doch sie war sich sicher, dass er begeistert sein würde.

„Kommst du mit, wenn wir mit den Rindern arbeiten?", fragte Joseph, als sie alle das Gebäude verließen. Zu ihrer Überraschung blieben sie, anstatt davonzurennen und ihre Freiheit zu genießen.

„Ich hatte nicht darüber nachgedacht", sagte sie. „Ich muss unbedingt mit Morgan reden."

„Oh, dann ist heute dein Glückstag – er kommt mit uns", sagte Joseph gedehnt in seiner besten Morgan-Imitation. „Komm. Wir werden Rinder impfen und markieren und ein paar auch brandmarken."

Sammy ergriff ihren Arm. „Komm mit uns. Bitte."

Jolie konnte nichts anderes tun, als zuzustimmen, als die Jungen ihre Arme ergriffen und sie mit zur Scheune zogen. Als sie ihr Pferd sattelte, lauschte sie dem aufgeregten Geplapper, das durch den Stall hallte, als alle ihre Jungen ebenfalls ihre Pferde sattelten. Jeans war so etwas wie eine Uniform auf der Ranch, und sie trug sie an den meisten Tagen zur Arbeit, also war sie zumindest auf diese spontane Planänderung vorbereitet gewesen. Sie schob ihren Fuß in den Steigbügel und stemmte sich in den Sattel. Er knarrte unter ihrem

Gewicht, als sie es sich bequem machte, und Freude breitete sich in ihr aus.

Sie war froh, dass die Jungen darauf bestanden hatten, dass sie mitkam.

Sammy ritt mit den Jungs aus der Scheune und kam auf Cupcake neben sie. Er hatte sich zwischenzeitlich an den Sattel gewöhnt. „Meine Güte, du siehst aus wie ein erfahrener Cowboy. Tolle Arbeit, kleiner Mann."

Er strahlte stolz. „Ich brauche nicht einmal mehr Hilfe. Joseph oder Wes oder Mr. Pepper müssen normalerweise den Sattel für mich festziehen, aber heute habe ich es selbst gemacht."

Sammys Stolz auf seine Leistung zauberte ein Lächeln auf ihr Gesicht, das so groß war, dass es fast wehtat. „Du bist jetzt ein richtiger Cowboy, Sammy."

„Ich weiß, und wer hätte das gedacht? Ich meine, ich habe noch nie ein Pferd gesehen, außer auf Bildern, bevor ich hierhergekommen bin. Und jetzt bin ich ein Cowboy."

Jolie lachte. Die Sonne stand hell am blauen Himmel. So schön es auch war, der Anblick ließ sich nicht annähernd mit der Freude vergleichen, die sie erfüllte, zu sehen, wie Sammy seine Stiefel gegen den Bauch seines Pferdes schnappte und es in einen Trab drängte, um Wes und Joseph entgegenzureiten.

Danke.

Das Dankgebet floss ihr leicht von den Lippen. Und als sie mit den Jungs hinausritt und sie aussahen wie ein Trupp aus einem alten Western, sprach sie die ganze Zeit mit dem Herrn und dankte Ihm für die Segnungen in ihrem Leben, für die Erneuerung ihres Geistes, von dem sie nicht einmal gewusst hatte, dass er Erneuerung brauchte, und für die Art und Weise, wie *Er* schlechte Situationen nahm und sie gut machte.

Als sie den Corral erreichten, wo die Cowboys mit einer riesigen Rinderherde arbeiteten, lächelte sie, als sie sich in ein lautes, aufgeregtes Gespräch mit den Jungen über ihre Pläne für das Angelturnier einmischte.

Das Leben war gut.

Sobald die Männer in Sicht kamen, löste sich Morgan – unverkennbar in seiner Art, wie er so aufrecht und stolz in seinem Sattel saß – von der Herde und eilte in ihre Richtung. Sein Strohstetson tief in seine durchdringenden Augen gezogen, sein Gesicht von Schweiß und Staub bedeckt, sah er bodenständig und kraftvoll aus. Er ließ Jolies Puls galoppieren, als er seinen Hut abnahm, die Jungs zur Begrüßung anlächelte und direkt zu ihr ritt.

„Das ist eine schöne Überraschung." Ein hinreißendes Lächeln breitete sich über sein gebräuntes Gesicht aus – ein Lächeln nur für sie, das tief in ihr Herz eindrang.

„Die Jungs haben mich eingeladen und sich geweigert, ein Nein als Antwort zu akzeptieren." Sie lächelte ihn an. Guter Gott, sie würde jeden Einzelnen von ihnen dafür umarmen müssen.

Das Leben, das wurde Jolie klar, als Morgan sein Pferd herumzog und immer noch lächelnd den Platz neben ihr einnahm, war nicht nur gut – es konnte kaum besser sein.

* * *

Es war ein sengend heißer Tag, obwohl der September schneller verging als ein wilder Mustang, der auf offene Weiden zustürmte. Morgan wusste, dass es in den nächsten Wochen abkühlen würde, doch im Moment dehnte sich der Sommer aus, und er nahm alles, was er bekommen konnte.

Jolie schien die Hitze nichts auszumachen, als sie Seite an Seite mit den Jungs und Männern arbeitete. Sie hatte mit Sammy gebrandmarkt und getaggt und ihn die ganze Zeit ermutigt. Wenn er sie beobachtete, fühlte sich seine Brust eng an.

Sie blickte von dort auf, wo sie ein Knie auf einem Kalb hatte und es so hielt, dass Sammy es brandmarken konnte.

Je schneller der Sommer verging, desto schneller

würde sie weg sein. Und desto schneller wäre er in Sicherheit.

Und desto eher würde er sie wieder vermissen.

Der beißende Geruch verbrannter Haare signalisierte, dass Sammy seine Arbeit gut machte.

„Gut gemacht!", rief Jolie, sobald Sammy das Brandeisen wegnahm, und ließ das Kalb davonlaufen. Sammy hatte sich Sorgen gemacht, das Kalb zu verletzen, und Jolie hatte erklärt, dass Rinder eine besonders dicke Haut hatten. Danach hatte der Junge kein Problem gehabt, die älteste Arbeit eines Ranchers erlernen zu wollen. Jetzt strahlte er von Ohr zu Ohr.

„Ich hab's geschafft!", rief er und gab Jolie ein High Five. „Du bist ein tolles Cowgirl, Jolie. Lass uns das nächste Kalb holen."

„Gib das Signal, und Wes trennt eins für uns von der Herde."

Sammy nahm seinen Hut ab und johlte, und Wes nickte in seine Richtung, hob sein Seil und schickte eine Schlaufe durch die Luft. Er und Joseph brachten die Kälber, während die kleineren Jungs den Rancharbeitern dabei halfen, sie zu brandmarken, Taggen, Impfen und alles andere, was mit den Kälbern gemacht werden musste. Jolie hatte sich direkt in die Arbeit gestürzt, ohne sich um den Schmutz zu kümmern, der damit einherging.

Sie war tough, mit einem weichen Kern – und er hatte eine Schwäche dafür.

Morgan kämpfte jeden Moment, in dem er wach war, damit, mehr von Jolie zu wollen und sogar während er schlief. Nachdem er sie gestern Abend gesehen hatte, hatte er eine sehr unruhige Nacht verbracht.

„Du siehst wirklich wie ein Mann aus, der ein bisschen Ablenkung braucht", sagte Rowdy, als er neben ihm anhielt. Morgan hatte nicht einmal bemerkt, dass Rowdy herüber geritten war.

„Was meinst du?", grunzte er, unglücklich darüber, dass er in Gedanken an Jolie versunken gewesen war – und noch unglücklicher, dass sein Bruder ihn dabei erwischt hatte.

Rowdy lachte. „Morg, du bist im La-La-Land."

Seine Augen verengten sich zu Schlitzen. „Die Sonne scheint mir in die Augen."

Was für ein Unsinn, McDermott! Es machte das alberne Grinsen auf Rowdys Gesicht nur noch alberner.

„Dich hat's also wieder schlimm erwischt, oder?", fragte er und wurde ernst.

„Als ich das letzte Mal nachgesehen habe, ging's mir gut. Wusste nicht, dass ich mir irgendwas eingefangen habe."

„Du weißt, wovon ich rede." Er klopfte sich mit der Faust aufs Herz. „Genau hier. Ich bin mir auch nicht sicher, wie ich darauf reagieren soll."

Sein Bruder hatte also eine große Klappe und die Augen eines Falken. „Okay, dann bin ich eben ein bisschen durch den Wind."

„Ein *bisschen*. Du solltest diese Lecks im Damm besser abdichten, wenn du nicht willst, dass jeder, der dich ansieht, weiß, dass du *ein bisschen durch den Wind bist*."

Morgan rieb sich über die Bartstoppeln an seinem Kinn. „Ich habe meine Gefühle fest im Griff, Rowdy. Sie wird wieder gehen. Für mich besteht kein Zweifel, dass sie sich im Dezember verabschieden wird. Und ich werde einen großen Teil dazu beitragen, sie darauf vorzubereiten." Morgan brauchte einen Moment, um sie anzusehen, bevor er fortfuhr. „Ich habe darüber gebetet, und ich weiß, dass sie für größere Dinge bestimmt ist. Sie erreicht viele Menschen da draußen. Gestern Abend habe ich ein Video von ihr in einem Kinderkrankenhaus gesehen, wo sie Kindern Mut zugesprochen hat. Sie hatten Sterne in den Augen dank ihr. Die Mutter eines Kindes hat das Video aufgenommen und es veröffentlicht, weil Jolie ohne Gefolge oder Kamerateam gekommen war. Sie war dort, weil sie es *wollte*. Sie ist echt, Rowdy. Zu viel Talent, um hier zu sein und es auf einer Ranch mitten in Texas zu verschwenden."

Rowdy schüttelte den Kopf. „Stell dein Licht mal nicht unter den Scheffel, was du hier auf dieser Ranch mit diesen Kindern tust, ist großartig. Du glaubst doch nicht etwa, dass das, was du tust, eine Verschwendung ist, oder?"

„Nein", sagte Morgan entschieden. „Ich liebe jede Minute, in der ich dafür sorge, dass die Jungs bekommen, was sie brauchen."

„Warum sollte es dann bei Jolie anders sein?"

„Es ist anders. Hier hätte sie kein Rampenlicht und keine Gelegenheit, ihre Arbeit zu tun und Menschen zu inspirieren. Es ist einfach nicht dasselbe."

Und das war es nicht.

Nein, am Ende dieses Halbjahrs würde sie gehen, und er würde ihr geholfen haben, dorthin zurückzukehren, wo sie hingehörte. Es war Zeit, zum Fluss zurückzukehren. Und diesmal würde sie hineingehen.

KAPITEL SECHZEHN

„Es war toll heute!", schwärmte Sammy und zog einen Futtereimer zu der Stelle, wo sich die Jungs hinten im Stall versammelt hatten, dreckig und mit schweißnassen Gesichtern. Er hatte heute mehr Spaß gehabt als je zuvor. Und Jolie hatte ihn umarmt und sich so für ihn gefreut.

„Sammy hat recht, das war großartig. Es hat wahnsinnig Spaß gemacht. Aber, also, was denkt ihr alle?", fragte Caleb und sah Wes und Joseph an.

„Ich habe gesehen, wovon ihr alle geredet habt", sagte B.J. und schaukelte auf seinem Eimer, sein Gesicht immer noch rot wie ein Apfel von der harten Arbeit. „Morgan, er hat Jolie andauernd beobachtet. Bedeutet das, dass er sie liebt?"

Wes, der auf einem langen Grashalm herumkaute, zog ihn aus dem Mund und grinste. „Es ist ein Anfang.

Ich habe ihn auch beobachtet, und es hat ihn schlimm erwischt."

„Hat ihn schlimm erwischt?", fragte Sammy. „Die Liebe?"

Er zeigte mit seinem Heu auf Sammy. „Ich denke schon, Kumpel. Ja, das denke ich. Nicht wahr, Joseph?"

„Hoffentlich. Wir haben uns sehr bemüht, sie zusammenzubringen, und sie scheinen sich die meiste Zeit zu mögen. Aber ich bin mir nicht immer sicher. Das macht mir Sorgen."

Tony hängte sein Bein über die Sprosse einer Box. „Dann müssen wir uns einfach mehr anstrengen. Weiter so, Mann. In diesen Romanzen braucht die Liebe Zeit. Morgan sieht niemanden so an, wie er Jolie ansieht. Vergiss nicht den Tag beim Truck nach dem Vulkan. Sie haben so ausgesehen, als wollten sie sich ernsthaft küssen. Ihr alle habt es gesehen."

„Und Jolie war ganz rot in der Küche", erinnerte Sammy sie. „Nicht wahr?"

„Bei Liebe geht es nicht nur darum, sich küssen zu wollen oder rot zu werden", sagte Joseph. „Aber Wes hat recht – lasst uns weiter Wege finden, sie zusammenzubringen. Das Angelturnier passt perfekt. Und jetzt hebt die Hand, wenn ihr denkt, wir sollten weiter versuchen, Jolie und Morgan dabei zu helfen, sich zu verlieben."

Alle hoben ihre Hand, und Sammy und B.J. grinsten einander an.

„Gut", sagte B.J. „Weil ich möchte, dass Jolie meine Mutter wird. Auch, wenn sie Angst vor dem Wasser hat. Das ist mir egal. Ich kann sie immer noch genauso liebhaben. Das kannst du auch, nicht wahr, Sammy?"

Sammy nickte, und sein Inneres fühlte sich komisch an, wenn er daran dachte. Er wusste, dass er Jolie lieben konnte, aber er war sich nicht sicher, ob sie – oder sonst jemand – ihn jemals wirklich lieben könnte. Wenn seine Eltern ihn nicht wollten … Er schluckte den Gedanken herunter. Seine Eltern würden zurückkommen – das würden sie. Doch bis dahin wäre es schön, Jolie und Morgan als Eltern auf der Ranch zu haben.

„Ja, B.J., ich kann sie auch liebhaben", sagte Sammy schließlich.

* * *

Zwei Wochen, nachdem ihnen die Idee für das Angelturnier gekommen war, ging Jolie mit der offiziellen Anzeige in der Hand in das Büro der Zeitung in der Stadt.

Seit sie zum ersten Mal auf die Idee gekommen

waren, hatte sich das Turnier zu einem wirklich großen Tag entwickelt – es ging nicht mehr nur ums Angeln. Es würde alle möglichen Wettbewerbe und Veranstaltungen geben. Und die Jungs wollten auch ein wenig Spaß in der Arena für die Kinder anbieten, die nicht fischen wollten. Sie hatten beschlossen, das Turnier in der Woche vor Thanksgiving zu veranstalten, was ihnen nicht viel Zeit ließ, da die Wochen wie im Flug vergingen.

Als sie vor dem Zeitungsgebäude anhielt, saßen Chili und Drewbaker draußen auf der Bank.

„Tolle Idee mit dem Angelturnier, Jolie. Die Leute reden, die Aufregung steigt", bemerkte Chili, als sie die Tür schloss und auf den Bürgersteig trat.

„Ja, alle freuen sich darauf." Drewbaker schnitt ein Stück weiches Holz von dem kunstvollen Vogel ab, den er schnitzte. „Ich habe sogar gehört, dass wir einen Wettbewerb veranstalten, wer das am besten dekorierte Boot hat. Wer hat schonmal daran gedacht, ein Boot zu dekorieren?"

„Ja, das", kicherte Jolie, „das kam eigentlich von Nana. Sie dachte, es würde Spaß machen, ein bisschen mehr Konkurrenz zu haben. Sie dachte, sie würde euch mit dem Dekorieren in Verlegenheit bringen."

„Das klingt ganz nach ihr." Er kratzte sich am Kinn. „Ich wette, Jo und Mabel werden ihr Boot schmücken wie für eine Parade."

„Das sicher", brummte Chili. „Ich vermute, sie klopfen sich schon auf die Schultern, um sich zum Gewinn dieses Teils des Turniers zu gratulieren."

Jolie sah, dass sich hinter den wachsamen Augen der beiden alten Männer die Räder der Konkurrenz drehten. „Du kennst sie, ich bin sicher, sie haben große Pläne."

Drewbaker blinzelte und zog seine buschigen Brauen zusammen, sein Gesicht das Bild eines Mannes, der einen guten Wettkampf liebte. „Ich habe gehört, es gibt eine Paddelregel. Keine Motoren. Ich denke, sie müssen das aufgeben und vielleicht den Teams, deren Alter zusammen mehr als sagen wir 125 ist, Gelegenheit geben, einen Außenbordmotor zu verwenden."

Jolie lachte. „Junge, ihr hast das gut durchdacht, nicht wahr?"

Chili lachte. „Wenn zwei alte Gäule wie wir mit den Fohlen, die ihr da draußen auf der Ranch habt, konkurrieren sollen, dann kannst du darauf wetten, dass wir darüber nachdenken. Um zu gewinnen, braucht es Strategie."

„Und ich sehe, dass ihr gut darin seid."

Ein weites, verschmitztes Lächeln breitete sich auf beiden Gesichtern aus. Jolie fand es großartig, dass alle Spaß daran hatten, und sie war begeistert, dass die Leute den Kindern helfen wollten. Viele Ranches in der Umgebung hatten die Nutzung ihrer Boote angeboten, weil sie wussten, dass die Ranch nicht genug haben würde, damit alle Jungen gleichzeitig auf dem Wasser sein könnten.

Morgan hatte die Teams eingeteilt, damit diejenigen mit weniger Erfahrung jemanden mit mehr Erfahrung im Boot hatten. Morgan selbst war Sammys Partner im Wettbewerb, und Jolie war dafür sehr dankbar.

Wes und Joseph waren enttäuscht, dass sie nicht zusammen angeln konnten, doch sie waren stolz, den jüngeren Jungs helfen zu können. Außerdem hatten sie jetzt ihren eigenen Wettbewerb am Laufen – Jolie hielt den Atem an, um zu sehen, wer von den beiden den größten Fisch angeln würde.

„Plaudere bloß keine Geheimtipps aus!", rief Miss Jo von der anderen Straßenseite. Sie war nach draußen gekommen und starrte sie an, eine Faust in die Hüfte gestemmt.

„Tue ich nicht, versprochen!", rief Jolie.

„Hey, bleib du einfach da drüben und lass das Mädchen mit uns reden, soviel sie will!", rief Drewbaker zurück. „Ihr habt sowieso keine Chance und werdet untergehen."

Chili johlte. „Wie ein Bleipanzer."

Jolie schüttelte den Kopf. „Jungs, ihr wisst doch, dass Mabel und Miss Jo dauernd zusammen am Patrick Lake fischen. Sie haben sogar einen Alligator da, dem sie einen Namen gegeben haben."

„Wissen wir. Das bedeutet aber nicht, dass wir Angst vor ihnen haben."

„Sicher nicht, Drewbaker", stimmte Chili zu. „Ganz sicher nicht."

Jolie entschuldigte sich, bevor sie sich noch mehr Ärger einhandelte, und machte sich auf den Weg zum Zeitungsbüro, um die Anzeige abzugeben. Eine Weile später fuhr sie nach Hause zurück und nahm sich vor, zu trainieren. Sie hätte ihren Jeep fast in den Graben gefahren, als sie Morgans Truck in ihrer Einfahrt parken sah. Er stand an die Heckklappe gelehnt, die Stiefel an den Knöcheln gekreuzt und einen langen Grashalm im Mund, während er mit verschränkten Armen auf sie wartete. Ihr Puls erwachte, als hätte er bis eben geschlafen.

„Na, hey, Mister", sagte sie und sprang aus ihrem Jeep. „Du siehst wirklich faul aus, wenn du so an der Heckklappe lehnst."

Ein langsames Lächeln breitete sich unter dem Schatten seines Hutes von einem Mundwinkel zum anderen aus.

Ihr Nacken prickelte, und ihr Magen machte einen

Sprung.

„Wenn du denkst, ich brauche was, um mich zu beschäftigen, dann musst du mir was zu tun geben", sagte er gedehnt.

„Halt deinen Hut fest, Kumpel, oder ich mache genau das." Natürlich nicht auf die Weise, die ihr durch den Kopf ging. Kein Umarmen oder Küssen des Cowboys. Nein, nichts davon.

„Klingt gut. Oder wenn du keine Idee hast, erzähl' ich dir meine."

„Ich wäre bereit, deine zu hören", sagte sie und schlug die Tür zu. Sie lehnte sich neben ihn an die Heckklappe und zwang sich, sich zu entspannen. Sein heiseres Lachen trug jedoch wenig dazu bei, ihre Schmetterlinge zu beruhigen.

„Ich bin hier, um zu sehen, ob du es nochmal mit dem Fluss versuchen willst."

Sie verzog das Gesicht. „Du hast eine Art, einen perfekten guten Nachmittag zu vermasseln."

Er lehnte sich so vor, dass seine Schulter gegen ihre drückte. „Ich komme in Frieden. Dir ist klar, dass es fast einen Monat her ist, seit wir es das letzte Mal versucht haben? Du schläfst jetzt besser, glaube ich."

„Das stimmt. Nicht immer, aber meistens. Die Alpträume kommen jetzt nur noch ein- oder zweimal pro Woche, anstatt ein paarmal jede Nacht."

„Glaubst du dann nicht, dass es an der Zeit ist, es nochmal zu versuchen?"

Jolie holte Luft – es war an der Zeit, Morgan von ihrer Entscheidung zu erzählen.

„Morgan, vielleicht sollten wir reden."

Er drehte sich zu ihr um, immer noch gegen die Heckklappe gelehnt. In den letzten Wochen hatten sie Seite an Seite gearbeitet, um das Angelturnier zu planen, und sie waren entspannter in der Gegenwart des anderen geworden. Jolie war sich sicher, dass Morgan dieselbe Anziehung spürte, die sie empfand und immer schon gespürt hatte. Und doch hatten sie den Kuss, den sie am Ufer des Flusses geteilt hatten, nie wieder erwähnt, nicht seit dem Abend in seinem Büro.

Sie dachte, dass er es wahrscheinlich so wollte. An seinem Herzen hing noch immer ein Verbotszeichen, und sie gab sich alle Mühe, das Zeichen zu berücksichtigen. Doch sie wusste, dass es sinnlos war. Ihr Herz gehörte Morgan McDermott, obwohl sie vor Jahren seines gebrochen hatte. Was Miss Jo, Mabel und Nana sagten, war wahr – Morgan war nach ihr nie mehr dieselbe gewesen. Es tat weh, zu wissen, was sie ihm angetan hatte.

Sie betete, dass die Zeit die Wunde zwischen ihnen heilen würde.

„Ich habe letzte Woche entschieden, dass ich mich

offiziell vom Wettkampf zurückziehe."

Morgan sah aus, als hätte sie ihn mit einem frisch gefangenen Fisch geschlagen, so geschockt starrte er sie an. „Das ist ein Fehler, und das weißt du, Jolie. Ich habe dir schon gesagt, dass du es bereuen würdest, sowas Unüberlegtes zu tun. Du wirst immer wissen, dass du vor deiner Angst kapituliert hast. Was ist das für ein Vorbild?"

Seine Worte waren zu einem gewissen Grad das, was sie erwartet hatte. „Ich habe nicht gesagt, dass ich nicht wieder ins Wasser will. Aber ich will nicht mehr an Wettkämpfen teilnehmen." Sie holte tief Luft und bereitete sich darauf vor, ihn in den nächsten Teil ihrer Entscheidung einzuweihen. „Ich möchte hier auf der Ranch bleiben. Ich möchte den Vertrag verlängern."

„Nein."

Jolie war sich einen Moment lang nicht sicher, ob sie ihn richtig gehört hatte.

„Bist du nicht zufrieden mit dem, was ich hier getan habe?", fragte sie.

Er sah für einen Moment hin- und hergerissen aus und war enttäuscht. Sie hatte ihr Bestes gegeben und versucht, einen großartigen Job zu machen, weil die Jungs es verdient hatten. Außerdem hatte sie Morgan beweisen wollen, dass sie es konnte. Sie hatte auf ein entschiedenes „Du hast großartige Arbeit geleistet,

Jolie" gehofft, doch das war definitiv nicht das, was sie bekam.

„Also, das hat mir jetzt die Augen geöffnet", sagte sie. „Ich bin mir nicht sicher, was du von deinen Lehrern erwartest, aber wenn jemand sein ganzes Herz gibt und das nicht gut genug ist, ist das ein verdammt hartes Urteil. Vor allem, da ich weiß, dass ich wirklich gute Arbeit geleistet habe – die Noten der Jungs und ihre Einstellung spiegeln das wider."

„Ich kann nicht leugnen, dass du hervorragende Arbeit geleistet hast. Aber hier geht es um dich, Jolie. Ich werde nicht der Grund dafür sein, dass du nicht tust, was du tun musst."

„Entschuldige bitte, aber du hast keine Ahnung, was ich tun muss und was nicht."

„Ach so?"

„Ja." Sie waren plötzlich nur wenige Zentimeter voneinander entfernt, was immer passierte, wenn sie sich stritten. Wie das passierte, war Jolie ein Rätsel, doch so war es immer.

Er forschte in ihren Augen. „Ich kenne dich", sagte er, und sein warmer Atem auf ihrer Haut jagte ihr einen Schauer über den Rücken.

Sie schüttelte den Kopf, sowohl um einen klaren Kopf zu bekommen als auch um zu leugnen, was er sagte. „Nicht genug. Sonst wüsstest du, dass es mir alles

bedeutet, mit diesen Jungs hier zu sein. Hier zu sein …
bei dir." Da – sie hatte die Wahrheit ausgesprochen.
Kaum hörbar, aber sie hatte es gesagt. „Es bedeutet mir
alles, Morgan."

Er hob seine Hand, und sie schwebte einen Moment
lang in der Luft, dann berührte er sanft ihr Haar. Wie ein
federleichter Kuss ruhte sein Blick auf ihren Lippen und
zog sie näher.

„Nein." Das Wort kam heraus, als er zurücktrat und
den Bann der Anziehung zwischen ihnen brach. „Das
lasse ich nicht zu. Du liebst, was du tust. Aber du hast
Angst, es zuzugeben, und ich werde nicht erlauben, dass
du mich und diese Ranch als Krücke benutzt."

„Ich *liebe* dich, Morgan." Es stimmte – sie hatte nie
aufgehört, ihn zu lieben. Sie war sich sicher, dass das,
was sie jetzt für ihn empfand, die Liebe einer
erwachsenen Frau war, die wusste, was sie wollte.

„Hierher zurückzukommen und in deiner Nähe zu
sein, den Mann zu sehen, der du geworden bist, dich mit
den Jungs zu beobachten und Zeuge der Hingabe zu
werden, die du ihnen und dieser Ranch entgegenbringst,
lässt mein Herz schmerzen vor Bedauern, dass ich nicht
hier war, um dir zu helfen, um das mit dir aufzubauen."
Ihr Herz fühlte sich geschwollen in ihrer Brust an.

Morgans Augen blitzten. „Das würde niemals
funktionieren, Jolie." Er nahm seinen Hut, riss ihn vom

Kopf und schlug sich damit gegen den Oberschenkel. „Das wird nicht funktionieren", sagte er noch einmal, und mit einer schnellen Bewegung zog er sie in seine Arme und presste seinen Mund auf ihren, was ihr den Atem raubte. Jolie konnte die jahrelange Sehnsucht in seinem Kuss spüren, in seiner eisernen Umarmung, als er sie an sich drückte. Und sie erwiderte seinen Kuss mit all dem Bedauern verlorener Jahre und der Freude der Heimkehr. Sie zitterte in seinen Armen und war froh, dass er sie hielt. Ihr Herz klopfte im Takt mit seinem, und als er sich plötzlich losriss und zurückwich, fühlte es sich an, als wäre ein Teil von ihr weggerissen worden.

Er starrte sie an und schluckte schwer, als wäre ein Felsbrocken in seiner Kehle stecken geblieben, seine Brust hob und senkte sich mühsam. „Ich habe einmal zugesehen, wie du gegangen bist, und musste die Scherben meines Herzens aufsammeln." Seine Stimme war schroff. „Ich habe versucht, damit klarzukommen. Ich dachte sogar, ich wäre in Celia verliebt. Aber sie hat am Abend vor unserer Hochzeit die Wahrheit herausgefunden. Wusstest du das? Sie hat mich nicht geheiratet, weil ihr klar geworden ist, dass ich immer noch in dich verliebt war."

Sie schüttelte den Kopf. „Ich wusste, dass die Hochzeit abgesagt worden war, aber ich wusste nicht warum. Ich bin mir nicht sicher, ob irgendjemand das gewusst hat."

Bist du jetzt immer noch in mich verliebt?, wollte sie fragen, nur die Worte wollten nicht kommen. Sein Blick hielt sie wie ein Schild ab.

„Sie hatte recht. Aber Jolie, ich habe mein Leben wieder aufgenommen und bin darüber hinweggekommen. Ich war endlich glücklich. Und dann bist du zurückgekommen." Er schüttelte den Kopf, bückte sich und hob seinen Hut vom Boden auf, wo er ihn bei der Umarmung fallengelassen hatte.

„Ich werde deinen Vertrag nicht verlängern, Jolie. Du musst zu dem Leben zurückkehren, das du liebst. Ich werde dir helfen, so gut ich kann, aber das kann ich nicht – ich kann nicht dorthin zurück."

Sie konnte nicht atmen, konnte nicht sprechen, als sie zusah, wie er zu seinem Truck ging und die Tür hinter sich zuschlug. Er war schon halb die Auffahrt hinuntergefahren, bevor sie sich bewegen konnte.

Betäubt ging sie zur Veranda und sank auf die Stufe, zu benommen, um irgendetwas anderes zu tun.

KAPITEL SIEBZEHN

Diesmal hatte er es wirklich geschafft. Er hatte völlig den Verstand verloren.

Ja, Sir, kein Zweifel, er war ein Wahnsinniger. Warum sonst wäre er dumm genug gewesen, Jolie zu küssen, nachdem sie eine Rakete direkt auf sein Herz abgefeuert hatte?

Verrückt – darin lag das Problem.

Verrückt *und* ein Narr.

Jetzt wusste er, was die ganze Zeit falsch gelaufen war. Offensichtlich war etwas in seinem Kopf kaputt, wenn es um Jolie ging.

Es gefiel ihm kein bisschen.

Aber er hatte keine Ahnung, wie er es reparieren sollte.

Kies spritzte hinter ihm her, als er wie ein Verrückter die Straße hinunterraste, die zu seinem Haus führte. Er hatte das Haus ein Jahr, nachdem Jolie gegangen war, mit seinen eigenen Händen gebaut. Er hatte viel Schweiß – und ja, Tränen – in dieses Haus gesteckt. Es war eine Zuflucht vor den Augen aller in Dew Drop gewesen. Als er auf den Hof fuhr, war er erleichtert, als er seine Festung aus Stein und Baumstämmen sah – sein Zuhause. Es war robust. Es hatte klare Linien und harte Kanten. Genau wie sein Herz.

Seine Großmutter sagte ihm immer wieder, es brauche die Hand einer Frau, um es weicher zu machen – ein paar Blumen hier und ein paar Spaliere aus Rosen und Winden da.

Es war gut, wie es war, hatte er ihr gesagt.

Er ging durch die schwere Tür hinein, die er selbst aus den Eichen in seinem Wald gebaut hatte, mit handgeschliffenen Brettern und kräftigen Scharnieren, die ein Leben lang halten sollten. Stark, sicher, zuverlässig.

Als er die Tür hinter sich zuschlug, hallten Morgans Schritte wider, als er geradewegs durch das leere Haus und durch die Hintertür hinaus auf die Terrasse mit Blick auf den Fluss ging.

Hatte er dieses Haus gebaut, um die Erinnerungen an sie in Schach zu halten? Oder hatte er dieses Haus an der Flussbiegung gebaut, um sich an sie zu erinnern?

Die Frage traf ihn in dem Moment, als er das Rauschen des Wassers hörte.

Er hielt sich an der Brüstung fest und starrte auf den sieben Meter entfernten Fluss hinunter. Sein Leben war in Ordnung gewesen. Zufrieden.

Und jetzt das.

Ich liebe dich … Ihre Worte dröhnten durch seinen dicken Schädel. *Hierher zurückzukommen und in deiner Nähe zu sein, den Mann zu sehen, der du geworden bist, dich mit den Jungs zu beobachten und Zeuge der Hingabe zu werden, die du ihnen und dieser Ranch entgegenbringst, lässt mein Herz schmerzen vor Bedauern, dass ich nicht hier war, um dir zu helfen, um das mit dir aufzubauen.*

Reue. Er wusste das eine oder andere über Reue. Er schloss die Augen und betete um eine Rettungsleine.

Ein Teil von ihm verlangte lautstark, dass er zurückging und Jolie sagte, dass er sie hier haben wollte. Er hatte jedoch gelernt, dass es bei Liebe darum ging, jemanden gehen zu lassen. Es ging darum, Jolie dabei zu helfen, das zu tun, was sie tun sollte.

Er würde diesmal keiner Schwäche nachgeben.

Denn wenn er nachgab, wenn er sein Herz wieder öffnete und sie dann ging, wusste er, dass der Schmerz schlimmer sein würde als beim ersten Mal.

Nein. Die Schotten dichtzumachen war der beste

Weg.

Aber der Kuss. Sein Puls bockte wie ein buckelnder Bronc, wenn er nur an diesen Kuss dachte. Wie sollte er den je vergessen? Er konnte es nicht, und er wusste es.

Wenn sie ging … würde er zumindest die Erinnerung haben. Doch es würde ihm alles abverlangen, stark zu bleiben und sie gehen zu lassen.

* * *

Jolie überstand die Woche – die glücklicherweise arbeitsreich war – weitgehend auf Autopilot, doch zu ihrer Überraschung konnte sie die Aufregung der Jungs, sich auf den Spaß am Samstag vorzubereiten, genießen.

Konzentrier' dich, Jolie, sagte sie sich immer wieder. *Konzentrier' dich auf das Angelturnier, darauf, sechzehn Jungs bei der Stange zu halten, Morgans Ablehnung ist jetzt nicht so wichtig wie das.*

Nicht nur die Jungs waren begeistert. Nana, Miss Jo und Mabel hatten mit Hilfe von Edwina, T-Bone und vielen anderen aus der Stadt alle möglichen Leckereien für diesen Anlass vorbereitet. Am Samstag würde niemand verhungern, das war sicher.

Ganz Dew Drop und Umgebung war eingeladen und eine Menge Leute würde kommen. 32 Mannschaften hatten sich für das Turnier angemeldet, was eine gute Zahl war – nicht zu viele und nicht zu wenige. Die Jungs hatten sich geeinigt, wie sie ihre Boote schmücken wollten, und größtenteils hatten sie es einfach gehalten, weil sie sich nicht von dem Hauptziel ablenken wollten, das darin bestand, die größten Fische zu fangen.

Viele der Boote hatten ganz auf Dekoration verzichtet, weil die Teilnahme an diesem Wettbewerb optional war, doch einige waren schön dekoriert. Es gab Boote mit Schirmen, eines mit einer aufblasbaren Palme neben dem Außenbordmotor, der natürlich nicht benutzt werden würde, weil sie Paddel verwenden mussten. Auf einem anderen wehte eine amerikanische Flagge. Sammy und Morgan hatten vorn an ihrem Boot ein Paar sonnengebleichte Kuhhörner angebracht, und Sammy war stolz darauf. Sie hatte lachend angeboten, als zusätzliche Dekoration eine große rote Schleife an den Hörnern anzubringen. Entsetzt hatten sie ihr Angebot abgelehnt.

Morgan war ein paarmal gekommen, hatte sich mit den Jungs beschäftigt, die Interaktion mit ihr jedoch auf ein Minimum beschränkt. Das war okay für sie gewesen. Sie war sich immer noch nicht klar darüber, was zwischen ihnen passiert war. Sie hatte Morgan gesagt, dass sie ihn liebte, und er hatte es nicht erwidert. Sie hatten den Kuss ihres Lebens geteilt, und sie war sich sicher, dass sein ganzes Herz in diesem Kuss gewesen war, und doch hatte er sich geweigert, sie bleiben zu lassen, anstatt ihr zu sagen, dass er sie liebte. Das verwirrte sie wirklich, und am Ende der Woche wurde es immer schwieriger, sich zu konzentrieren. Sie beschloss jedoch, es auf sich beruhen zu lassen – für den Moment.

Doch sie waren auf keinen Fall fertig. Oh nein, noch lange nicht.

Der Samstag dämmerte, und das Wetter kühlte auf achtundzwanzig Grad ab – perfekt für Texas im November. So wechselhaft das Wetter in den Herbstmonaten war, hätten sie leicht fünfzehn Grad und Regen haben können. Doch es war ein herrlicher Tag und dafür war Jolie dankbar. Das Seengebiet war auch wunderschön – ein steiler Hügel, der zu einem malerischen See abfiel, der von großen Eichen und Zedern umgeben war. Bei Jolies Ankunft hob eine Gruppe von Rehen ihre Köpfe vom Fressen unter den Bäumen hoch und suchte eilig in der nächsten Baumgruppe Deckung. Sie nahm sich einen Moment Zeit, um die Ruhe zu genießen, bevor sie den Rest des Weges hinunter zum Anlegesteg fuhr. Es würde nicht lange dauern, bis die Jungs kommen würden. Die Boote der Jungen hatten sie am Abend zuvor ans Ufer getragen, wo sie jetzt bereitstanden, um in den See zu gleiten, einschließlich Palmen, Kuhhörnern, Flaggen und Sonnenschirmen.

Rowdy, Tucker, Randolph und die meisten Cowboys, die auf der Ranch arbeiteten, würden da sein, um den Teilnehmern bei Bedarf Hilfe anzubieten. Sie waren auch für das Arena-Event verantwortlich, von dem die Jungen entschieden hatten, dass es ein Kuh-Ankleide-Wettbewerb werden würde. Jolie konnte sich vorstellen, welchen Spaß die Kinder haben würden, Rinder wie Barbiepuppen anzuziehen.

Nana und Miss Jo packten eine Truckladung Essen aus, und Mabel baute mit Hilfe einiger ihrer Freundinnen aus der Kirche die Getränkestation auf. Jolie war schon früh bei dieser Spendenaktion klargeworden, dass die Leute von Dew Drop genauso großzügig mit ihrer Zeit und ihrem Geld umgingen wie eh und je. Ein Gefühl des Friedens erfüllte sie – es war schön, hierher zu gehören.

Sie wünschte nur, Morgan würde diese Meinung teilen.

„Wo um alles in der Welt sind diese beiden alten Männer mit der großen Klappe?", fragte Miss Jo ungefähr eine halbe Stunde vor Anpfiff des Angelwettbewerbs. Überall waren Leute, die sich unterhielten, und Kinder, die herumrannten und spielten. Alle waren bereit – nur Chili und Drewbaker nicht. Sie waren noch nicht aufgetaucht.

„Ich weiß nicht. Das sieht ihnen nicht ähnlich, oder?", fragte Jolie und sah noch einmal auf ihre Uhr.

„Überhaupt nicht. Diese beiden sind normalerweise immer als Erste da."

Miss Jos Worte waren kaum über ihre Lippen gekommen, als Hupen die Aufmerksamkeit aller auf sich zog. Drewbakers staubblauer Ford-Pickup aus den Sechzigern war oben auf dem Hügel und rollte langsam den Hang hinab auf alle zu. Beide Männer grinsten, als alle auf das starrten, was sie auf dem Pritschenanhänger hinter dem Truck her zogen. Es war eine runde Tränke aus Metall, etwa zwei Meter im Durchmesser. Darin standen zwei Klappstühle mit einer Kühlbox in der Mitte. An den Rändern hatten sie Angelrutenhalter montiert, und mehrere Ruten warteten auf ihren Einsatz.

„Himmel, was ist das denn?", lachte Miss Jo und marschierte ihnen entgegen, als sie anhielten.

„Da sind wir, mit unserer Geheimwaffe im Schlepptau", sagte Drewbaker lebhaft, als er mit einem Grinsen aus seinem alten Truck stieg.

Chilis Wangen waren vor Aufregung gerötet, als er um den Truck herum zu einer Gruppe von Leuten eilte, die sich versammelt hatte und ihr „Boot" studierte. „Ist sie nicht eine Schönheit?", lachte er.

„Eine Schönheit vielleicht", schnaubte Miss Jo.

„Aber Geheimwaffe? – Ha! Das muss ich sehen, um es zu glauben.”

„Schwimmt das Ding überhaupt?”, fragte Wes, als er herbeigeschlendert kam und den Trog interessiert ansah.

Drewbaker schüttelte den Kopf. „Wedelt ein Hund mit dem Schwanz? Natürlich schwimmt es!”

„Aber wird es kentern?”, fragte Joseph skeptisch.

„Nun, das macht es interessant, nicht wahr?”, gackerte Chili. „Der alte Drewbaker nimmt vielleicht ein kleines Bad, wenn es in die eine oder andere Richtung kippt.” Er hob zwei Schwimmwesten auf und hielt sie hoch. „Nur für den Fall.”

Morgan schob sich durch die Menge und drängte sich dabei an Jolie vorbei. Der holzige Duft seines Rasierwassers neckte ihre Sinne. *Unfair*, dachte sie.

„Leute, ich bin mir nicht sicher, was ich davon halten soll, aber ich muss sagen, es interessiert mich, zu sehen, was passiert, wenn ihr da reinklettert.”

„Wie wollen Sie das Ding ins Wasser bekommen?”, fragte Caleb.

„Ja”, riefen ein paar Leute in der Menge.

Gute Frage. Da sich der Trog nicht auf einem normalen Bootsanhänger befand, mit dem sie ihn ins Wasser fahren konnten, nahm sie an, dass sie die Jungen bitten müssten, ihn zum Wasser hinunterzutragen.

„Wenn wir ein bisschen Unterstützung bekommen könnten", sagte Drewbaker. Er kletterte auf den Pritschenanhänger und begann, die Angelruten aus den Haltern zu nehmen. Er reichte sie Sammy und Caleb und B.J., die ihm zu Hilfe geeilt waren.

Dann nahm Drewbaker die Klappstühle heraus und reichte sie ein paar Jungen und auch die Kühltasche. Als der Trog leer war, ließ er sich von Morgan, Tucker und Rowdy helfen, ihn vom Anhänger zu heben, dann kippten sie ihn auf die Seite und rollten ihn einfach den Hügel hinunter zum Ende des Stegs. Dort angekommen drehten sie ihn um und ließen ihn ins Wasser.

„Ich fass' es nicht", murmelte Jolie.

Chili benutzte ein Seil, das am oberen Rand befestigt war, um das improvisierte Boot am Steg anzubinden. Jetzt mussten sie es nur noch schaffen, einzusteigen.

Miss Jo und Mabel sahen mit zusammengekniffenen Augen zu.

„Eins muss man den alten Käuzen lassen, es ist originell." Mabel lachte und schüttelte den Kopf.

„Sie werden sich wahrscheinlich ertränken, bevor der Tag zu Ende ist", schnaubte Miss Jo. „Komm, Mabel, lass uns den Jungs zeigen, wie man das macht."

Und so begann der Tag.

Das Turnier wurde offiziell mit dem Schwenken

einer Flagge eröffnet, und alle sprangen in ihre Boote und drängten sich kampfbereit ins Wasser. Alle außer Drewbaker und Chili. Sie kletterten sehr vorsichtig in ihren Trog, achteten darauf, das Gewicht gleichmäßig zu verteilen und grinsten dabei die ganze Zeit. Sobald sie auf ihren Klappstühlen saßen, stießen sie sich vom Steg ab.

Drewbaker salutierte, und zum Erstaunen aller Zuschauer trieben sie tatsächlich auf den See hinaus!

Nana blieb neben ihr stehen. „Ich weiß nicht, wie es euch geht, aber ich habe das Gefühl, dass die Jungs diesen Trog zum Sieger küren werden."

Jolie kicherte. „Wenn diese beiden nicht schwimmen gehen, weil ihr Boot kentert, haben sie den Sieg in der Tasche."

Nanas Augen weiteten sich. „Ich würde es den beiden zutrauen, das absichtlich zu tun, wenn heute kein Fisch anbeißt."

Ein plötzliches Kreischen vom See her ließ die Blicke der beiden zu Sammy und Morgan wandern.

„Ich hab' einen! Ich hab' einen!", jubelte Sammy. Morgan saß neben ihm in dem kleinen Zweimannboot und zeigte ihm ruhig, wie man den Fisch einholte. Sobald er ihn eingeholt hatte, schwenkte er seine Rute in der Luft, wobei die kleinen Fische über ihren Köpfen baumelten, bis Morgan ihn packte und den Haken aus seinem Maul nahm.

„Das ist gut für die beiden." Nana neigte den Kopf. „Morgan war diese Woche beschäftigt und ziemlich gereizt – mehr als je zuvor, seit du hergekommen bist. Du weißt nicht zufällig, was mit ihm ist, oder?"

Jolie wollte ihre Situation nicht einmal mit Nana besprechen und zögerte. „Sagen wir einfach, ich weiß vielleicht, woran es liegt, aber ich weiß nicht, was ich dagegen tun soll."

Nana schenkte ihr ein mitfühlendes Lächeln. „Das habe ich befürchtet. Ich erinnere mich an das erste Jahr, nachdem du gegangen bist. Ich konnte Morgan nicht gegen seinen Schmerz helfen und musste zusehen, wie er auf seine Weise damit umgegangen ist. *Er heilt die gebrochenen Herzen und verbindet ihre Wunden* – an diesem Vers habe ich mich für Morgan, Rowdy und Tucker festgehalten, nachdem ihre Mutter gestorben war. Und ich habe es noch einmal für Morgan getan, nachdem du gegangen bist. Ich wusste, dass er Celia nicht liebt." Sie zuckte mit den Schultern. „Das konnte ich ihm aber nicht sagen. Zum Glück hatte das arme Mädchen genug Verstand, es selbst zu erkennen und etwas zu unternehmen." Ihre freundlichen Augen blickten fest in Jolies, und Jolie brachte kein Wort heraus. „Das kann für keinen von euch leicht sein. Ich habe um Gottes Willen gebetet – und du weißt, dass *Er* einen hat. Auch wenn wir ihn nicht verstehen. Er hat einen Plan, Jolie." Nana tätschelte ihr den Arm und ging zum Buffet.

Jolie holte tief Luft und beobachtete Morgan aus der Ferne. Sammy hielt ihn auf Trab, zappelte auf dem Sitz des Bootes herum und verhakte sie fast jedes Mal, wenn er versuchte, seine Leine auszuwerfen, an seinem Hemd. Morgan blieb jedoch geduldig.

Lieber Gott, was ist Dein Plan für mein Leben?

„Bitte sag es mir", flüsterte sie in die sanfte Brise. Es war das erste Mal, dass Jolie sich erinnern konnte, Gott diese Frage wirklich gestellt zu haben.

* * *

Morgan bemühte sich sehr, nicht zu lachen, während Chili und Drewbaker mit einem Leck in ihrem Trog kämpften.

„Auf deiner Seite beißen sie besser", sagte Chili und stieß seinen Kumpel mit der Stockspitze gegen die Schulter. „Und es ist Zeit, dass du Wasser schöpfst und ich fische."

„Immer langsam mit den jungen Pferden. Ich glaube, einer hat angebissen", knurrte Drewbaker und hielt seine Angel ruhig über dem Wasser.

Morgan und Sammy hatten den ganzen Morgen hin

und wieder Teile der Unterhaltung der beiden gehört. Es war auf jeden Fall unterhaltsam. Angeln war normalerweise ein stiller Sport, doch heute und auf diesem See nicht. Wenn ein Kind einen Fisch fing, jubelte es, und sein Boot schaukelte vor Freude – Morgan war froh, dass er auf Schwimmwesten bestanden hatte. Wenn ein erwachsener Mann einen Fisch fing, der größer war als der seiner Nachbarn, jubelte er genauso und verspottete seinen Nachbarn mit seinem Fang.

„Ich mag Angeln wirklich", sagte Sammy und strahlte, als er seinen dritten Barsch an diesem Morgen aus dem Wasser zog. Morgan hielt ihn stolz hoch und lachte.

„Das liegt daran, dass du mir die Hosen runterziehst."

Sammy zuckte mit den Schultern. „Ich hab's eben drauf."

„Ja, das denke ich auch."

„Halt deinen Hut fest, Chili, einer hat angebissen! Und ein Großer!", johlte Drewbaker begeistert und zog damit alle Blicke auf sich. Seine Leine war straff, als er begann, seinen Fang einzuholen. Es war ein Kämpfer, und der Barsch machte einen Salto aus dem Wasser.

„Wow, Nelli! Das *ist* ein Großer!", sagte Chili und hörte auf, Kautabak in seinen Mund zu schieben. Vor

Aufregung sprang er auf die Füße und brachte den Trog ins Schaukeln. Es wäre in Ordnung gewesen, wenn Drewbakers Stuhl nicht ins Kippen geraten wäre, als Chili auf seinen Sitz zurückgefallen war. Drewbaker hielt seine Rute fest und blieb auf seinem Stuhl, während er durch den schaukelnden Trog rutschte. Zu Morgans Überraschung blieb der Trog über Wasser, als Drewbaker es schaffte, den großen Barsch über Bord zu ziehen, ohne seinen Kumpel dabei zu schlagen.

„Ich war mir sicher, dass sie erledigt sind", lachte Sammy.

Morgan genoss es sehr, mit dem Jungen zu fischen. Sammy ging es insgesamt recht gut, und er schien jetzt ruhiger zu sein. Die Tatsache, dass er bei dem Gedanken, dass die beiden alten Männer fast baden gegangen wären, nicht Angst bekommen hatte, war auch ein gutes Zeichen.

„Fang ihn!", krähte Drewbaker und zog damit erneut ihre Aufmerksamkeit auf sich. Chili war auf allen Vieren, um nicht den Halt zu verlieren.

„Was ist denn jetzt los?", rief Morgan den beiden zu.

„Der Fisch springt im Boot rum!", schrie Chili.

Drewbaker blickte über den Rand auf. „Wir haben so viel Wasser, dass er schwimmt und denkt, er hat ein neues Zuhause gefunden. Wir können ihn nicht fangen!"

„Ihr zwei müsst euren Trog ans Ufer bringen!", rief Miss Jo. „Ernsthafte Fischer können hier nicht klar denken, so wie ihr hier rumjammert und schreit."

Sammy grinste Morgan an, seine großen Augen leuchteten. „Das ist der größte Spaß, den ich hatte, seit ich hier bin. Ich bin wirklich froh, dass ich hier bei dir bin."

Wenn das einen Mann nicht ins Herz traf, wusste Morgan nicht, was es tun würde.

„Junge, es ist auch der größte Spaß, den ich seit Langem hatte."

Es war ihm nicht entgangen, dass Jolie die Ideen der Jungen umgesetzt hatte. Sie war eine gute Lehrerin, mit einem Talent dafür, den Jungen besondere Erlebnisse zu schenken. Er musste es zugeben – sie wäre ein Segen für das Programm, wenn sie bliebe.

Die Frage war, konnte er damit umgehen, wenn sie es tat?

KAPITEL ACHTZEHN

Das Angelturnier war ein voller Erfolg. Die Jungen konnten nicht aufhören zu lächeln und sich gegenseitig zu necken, nachdem sie wieder an Land waren. Und sie waren begeistert von den Ergebnissen des Bootsdekorationswettbewerbs – es war keine Überraschung, als Jolie die Stimmen auszählte und verkündete, dass der verzinkte Trog ohne Gegenstimme gewonnen hatte.

Jolie liebte es zu sehen, wie sich alle amüsierten. Kinder rannten herum und spielten Fußball, und Leute kamen vorbei und unterhielten sich, während Morgan und seine Männer die jungen Kühe für den Kuhputzwettbewerb abluden. Sie war stolz darauf, dass ihre Jungs diesen Tag mit ein bisschen Hilfe von ihr möglich gemacht hatten. Und von Morgan.

Morgan und sie waren ein gutes Team.

Sie verdrängte den Gedanken und ging hinüber, um dabei zu helfen, die Kinder in sechs verschiedene Gruppen einzuteilen – insgesamt waren es etwa siebzig in den unterschiedlichsten Altersstufen. Nachdem sie organisiert waren, stellte sie sie rund um die provisorische Arena auf, die Morgan für diesen Anlass aufgebaut hatte. Sie teilte Sammy in eine Gruppe mit Wes und mehreren Kindern in seinem Alter und jünger ein – sie hoffte, dass er sich wie der Anführer der Jüngeren fühlen würde.

„Jolie, kannst du mir helfen?", rief Rowdy ihr zu. Sie kletterte durch die mobile Abgrenzung des provisorischen Corrals und ging zu der Stelle, wo sich die Cowboys um Morgan versammelt hatten. Sein Blick landete auf ihr, und er nickte ihr grüßend zu.

„Eure Aufgabe ist es, eine Kuh auszuwählen, bei ihr zu bleiben und bei Bedarf zu helfen. Das Ziel des Spiels ist es, dass die Kinder die Kuh anziehen. Eure Aufgabe als Aufsicht ist, dafür zu sorgen, dass niemand was auszieht, was er nicht ausziehen sollte."

„Im Ernst?", fragte Jolie. Das war ein neues Event für die Kinder.

Rowdy lachte. „Du wärst überrascht, wie erfinderisch Kinder beim Kuhanziehen sein können."

„Ich hoffe, wir haben am Ende nicht einen Haufen

Flitzer hier rumrennen."

„Das wird schon nicht passieren", versicherte Morgan ihr und sprach sie an diesem Tag zum ersten Mal direkt an. Sie hatten im Laufe der Woche ein paarmal miteinander gesprochen, aber ihre Gespräche waren kurz und ausschließlich geschäftlicher Natur gewesen. Seine Augen waren distanziert, die Mauer zwischen ihnen breit und stabil. Jolie wandte den Blick ab, wollte nicht, dass er sah, wie sehr sie das verletzte.

„Okay, nehmt eure Plätze ein. Zwei Mann für ein Tier", sagte Morgan.

Die Cowboys verteilten sich sofort.

Jolie war nicht schnell genug und landete zu ihrer Bestürzung neben Morgan und seiner Kuh.

Ausgerechnet.

Er sah ungefähr so glücklich aus wie sie und gab weiter Anweisungen durch ein Megaphon. „Okay. Auf geht's. Zieh deine Kuh an."

Wie eine Flut von Ameisen, die sich auf eine Zuckerschüssel stürzten, kamen die Kinder über das Geländer der Arena und stürmten direkt auf die Kühe zu. Die Teams mussten die Kuh zu Boden ringen und sie dann anziehen. Gelächter und Gejohle brachen aus, als die Kleider durch die Luft flogen – Kinder zerrten bunte Socken über die Hufe der Kühe, zogen langärmlige Hemden aus und versuchten, sie über die Vorderbeine der Kühe zu ziehen, und wickelten den Tieren T-Shirts um den Hals. Als Morgan pfiff, rannten die Tiere herum, und die Kleider flatterten im Wind.

Alle lachten, als es vorbei war, und die Kinder hüpften begeistert herum. Als Jolie Morgan in die Augen sah, wusste sie, dass er dasselbe dachte wie sie: Sie hatten etwas Gutes bewirkt.

Und für heute war sie damit zufrieden.

„Gut gemacht, Jolie." Morgan nickte ihr zu.

„Danke. Ich habe es gerne getan." Sie fixierte ihn mit einem entschlossenen Blick. „Wir sind ein gutes Team."

Bevor Morgan noch etwas sagen konnte, drehte sich Jolie um und ging zum Buffet. Sie brauchte ein paar Schokoladenkekse, um ihren Mund zu beschäftigen – das Letzte, was sie jetzt tun wollte, war, zu viel zu sagen.

Mit etwas Glück würde Morgan McDermott einige Zeit damit verbringen, über das nachzudenken, was sie gerade gesagt hatte.

* * *

Als Jolie nach einem dreitägigen Thanksgivingbesuch

in Houston – wo sie gezwungen gewesen war, endlose Fragen ihrer Eltern darüber zu beantworten, wie sie mit Morgan auf der Ranch zurechtkam – nach Hause zurückkehrte, ging sie direkt zu Randolphs Büro. Sie hatte den Besuch bei ihrer Familie sehr genossen, doch sie hatte die Kinder vermisst, und sie hatte Morgan so sehr vermisst, dass es wehtat.

Auf dem Weg zum Büro stellte sie erleichtert fest, dass Morgans Truck nicht da war.

Sie betrat den kleinen Vorraum. Randolphs Tür stand offen, und sie klopfte zaghaft an den Türrahmen, um seine Aufmerksamkeit zu erregen.

„Jolie", sagte Randolph, stand auf und winkte sie herein.

„Ich weiß, dass ich gute Arbeit geleistet habe", sagte sie, nachdem sie erklärt hatte, warum sie gekommen war.

Randolph, der aussah, wie sie sich Morgan vorstellte, wenn er älter wurde, lehnte sich in seinem Stuhl zurück. „Du hast fantastische Arbeit geleistet, Jolie, aber Morgan ist mein Partner auf der Ranch. Er hat ein Mitspracherecht, wer die Jungen unterrichtet. Wenn Morgan nicht an Bord ist, kann ich dir den Vertrag nicht geben. Es tut mir sehr leid."

Sie hatte gewusst, was er sagen würde, aber sie

hatte zumindest fragen wollen. Tief in ihrem Herzen wusste sie, dass sie hierher gehörte. Sie unterdrückte ihre Enttäuschung und stand auf. „Danke für alles. Ich verstehe." Sie drehte sich um und ging zur Tür.

„Jolie!", rief Randolph, und seine Stimme ließ sie innehalten. „*Viele Pläne fasst das Herz des Menschen, doch nur der Ratschluss des Herrn hat Bestand.* Das ist Nanas Lieblingssprichwort."

„Ja, ich habe es das eine oder andere Mal gehört."

„Gottes Wille wirkt in deinem Leben. Erinnere dich daran."

Die Worte trafen sie tief. „Das werde ich." Sie ging und warf ihm im Gehen ein Lächeln zu, das wahrscheinlich genauso traurig aussah, wie es sich anfühlte.

Sie hoffte, dass Gott sie bald in diesen Plan einweihen würde. Weil sie sich fühlte, als wäre ihr Leben hier, auf der Ranch bei den Jungs und Morgan. Ohne sie hatte sie keine Ahnung, wer sie war oder was sie tun sollte.

Oder wie sie damit umgehen sollte, Morgan ein zweites Mal loszulassen.

* * *

„Irgendwas stimmt nicht mit Jolie", sagte Wes und blickte auf die Gruppe, die sich hinter dem Stall um ihn herum versammelt hatte. Er hatte das Treffen einberufen, weil es an der Zeit war, etwas zu unternehmen.

„Ja, sie war diese Woche still und ziemlich abgelenkt." Joseph hatte seinen Stiefel auf die Sprossen eines Zauns gestellt und trommelte mit den Fingern auf seinem Knie. „Ich glaube, sie macht sich Sorgen, dass sie nicht ins Wasser gehen kann."

„Ja", nickte Wes. „Ich habe gehört, wie sie mit jemandem über eine Werbung gesprochen hat, die sie über die Weihnachtsferien drehen soll. Und sie sah nicht besonders glücklich aus, als sie aufgelegt hat. Es klang, als ob sie mit dem Rücken zur Wand steht."

„Sie muss es nicht tun, wenn sie nicht will, oder?", fragte Sammy.

„Sie ist eine professionelle Kajakfahrerin", sagte Wes. „Sie wird dafür bezahlt, diese Werbung zu machen. Ihr Job steht auf dem Spiel, glaube ich."

„Aber was ist damit, dass sie unsere Lehrerin ist? Und unsere Ranch-Mutter, wie ihr gesagt habt?", fragte B.J.

Die Jungs sahen sich alle unsicher an.

„Schau …" Joseph nahm seinen Stiefel von der

Sprosse und stellte sich aufrecht hin, „– wir wollen, dass Jolie bleibt, aber sie hat Prioritäten. Sie muss über diese schlimme Sache, die in ihrem Leben passiert ist, hinwegkommen. Es ist so ähnlich wie bei jedem von uns. Ich meine, wir hatten alle schlechte Erlebnisse – wir wissen, wie schwer es ist, darüber hinwegzukommen."

Sammy sah traurig aus. „Wird sie zu uns zurückkommen, wenn sie wieder ins Wasser gehen kann?"

„Ich weiß nicht, Sammy", sagte Joseph.

Wes und er starrten einander lange an. Wes wusste, dass Joseph der Gesichtsausdruck des kleinen Jungen genauso traurig machte wie ihn. Und die der anderen Jungs auch. Sie mussten etwas tun, und sie wussten es beide.

„Manchmal weiß man nicht, was vor einem liegt, bis man sich seinen Ängsten stellt."

„Woher weißt du das, Joseph?", fragte Sammy.

„Ich weiß nicht. Ich habe es in einem Film gehört. Es hört sich aber richtig an. Ich denke, zwischen Jolie und Morgan ist irgendwas. Ihr habt alle gesehen, wie sie sich in letzter Zeit angesehen haben."

„Irgendwie wütend", sagte B.J.

„Und traurig", fügte Sammy seufzend hinzu.

„Wenn einer von beiden nicht hinsieht und sie nicht merken, dass wir sie beobachten."

„Ja", stimmten alle sofort zu.

„Könnte Jolie uns nicht unterrichten und trotzdem Kajak fahren?", mischte Tony sich ein.

„Vielleicht." Wes dachte angestrengt nach. „Ich bin mir aber nicht sicher."

Panik breitete sich auf Sammys Gesicht aus. „Ich will nicht, dass sie geht."

„Das will keiner von uns", sagte Joseph.

„Können wir nicht was tun?", fragte Caleb.

„Ja." Tony trat vor. „Wir müssen was tun."

„Wir können beten, dass sie bleibt", antwortete Joseph munter.

Sammy blickte zu Boden. „Wenn wir brav sind, bleibt sie vielleicht."

Wes fuhr sich mit den Händen durchs Haar, sein Herz schmerzte sehr. Er wusste, dass Gebete nicht funktionierten. Er hatte angestrengt dafür gebetet, dass seine Familie nicht auseinander brach, aber Gott hörte nicht immer auf Gebete. Er wusste jedoch, dass er das den kleinen Kindern nicht sagen konnte. Sie hatten schon genug durchgemacht, und es war nicht leicht, ein Haufen Außenseiter zu sein, die niemand wollte.

„Hey, Leute, lasst uns beten. Joseph und ich werden

uns was einfallen lassen. In der Zwischenzeit haltet eure Ohren und Augen offen, Jungs. Alles, was immer ihr seht oder hört, das uns bei einem Plan helfen könnte, die beiden zusammenzubringen, sagt es uns. Wenn wir sie dazu bringen, sich zu verlieben, wette ich, dass Jolie bleibt."

Joseph und Wes sahen sich über die Köpfe der kleinen Jungen hinweg an, als sie anfingen zu beten, und hielten an der unwirklichen Hoffnung fest, dass Wes recht hatte.

KAPITEL NEUNZEHN

Gleich nach Thanksgiving wehte ein kalter Wind aus dem Norden. Es passte zu der Kälte in Jolies Herz.

Sie blinzelte in den Wind und drängte ihr Pferd, schneller zu laufen, während sie über das offene Gelände ritt. Sie brauchte das Gefühl des Windes in ihrem Haar und das Donnern der Hufe unter sich. Sie war seit ihrer Rückkehr nicht mehr an der Flussbiegung gewesen, und sie musste dorthin, selbst wenn sie es nicht wollte. Es gab zu viele Erinnerungen dort. Dort hatte Morgan sie gebeten, ihn zu heiraten. Dort hatte sie Ja gesagt. Dort, am Ufer des Flusses, hatten sie sich ineinander verliebt.

Heute hatte sie sich verloren und verwirrt gefühlt; ihre Zeit auf der Ranch war fast um, und sie hatte plötzlich gedacht, wenn Gott ihr Antworten geben wollte, könnte sie ihn vielleicht an der Flussbiegung hören. Oder zumindest würde sie dort vielleicht in der Lage sein, klar zu denken.

Als sie sich der Kurve der Schotterstraße näherte, die zum Fluss führte, bremste sie ihr Pferd und bog in langsamem Trab um die Ecke.

Ihr Herz blieb stehen bei dem, was sie vor sich sah. Ein Blockhaus stand dort, wo sie einst davon geträumt hatte, ein Zuhause zu haben – und Morgans Truck in der Auffahrt.

Er hatte nie ein Wort davon gesagt.

Mit pochendem Herzen stieg sie langsam aus dem Sattel, band ihr Pferd an und ging zur Haustür. Das Haus war wunderschön und mit viel Aufwand gebaut. Sie strich mit den Fingerspitzen über die glatte Oberfläche der Stämme, holte dann tief Luft und klopfte an. Ihr Herz raste, und ihr Kopf schwirrte vor Fragen.

Sie wäre nie auf die Idee gekommen, ihn zu fragen, wo er wohnte. Sie hatte nie im Traum daran gedacht …

Als er nicht reagierte, ging sie um das schöne Haus herum – sie musste sehen, wie es hinten aussah. Sie blieb stehen, als sie die Terrasse sah. Sie war genau so, wie sie es sich mit siebzehn erträumt hatte – gebaut am Rande eines steilen Hügels, mit einem wunderschönen Blick auf den Fluss und die untergehende Sonne. Morgan stand mit dem Rücken zu ihr da, die Ellbogen auf die Brüstung gestützt, eine Tasse in seinen Händen.

Als sie die Stufen hinaufging, blieb sie auf der letzten stehen. „Morgan", sagte sie, kaum hörbar über das sanfte Rauschen des Flusses. Da fiel ihr auf, dass sie in der Nähe des Wassers war und weder hyperventilierte noch in Panik geriet. Es war Teil ihres Plans gewesen, hierher zu kommen und zu hoffen, dass dies der Ort sein würde, an dem sie mit ihrer Vergangenheit Frieden schließen konnte – mit allem. Doch sie hatte nicht geplant, das hier zu finden.

Als er seinen Namen hörte, richtete sich Morgan auf und drehte sich um. „Jolie."

Er nahm ihr den Atem. Er war der einzige Mann, der sie jemals so fühlen ließ, wie sie sich jetzt fühlte, und der attraktivste Mann, den sie je gesehen hatte.

„Du hast unser –" Sie hielt inne. „Ein Haus gebaut. Hier."

Er stellte seine Tasse auf das Geländer. „Ich habe immer gesagt, dass ich hier ein Haus bauen werde."

„Ja, das hast du." Sie trat auf die Terrasse und ging an ihm vorbei zur Brüstung. „Es ist immer noch so schön wie früher."

Weißer Schaum tanzte über die Felsen an der Biegung des Flusses. Sie straffte ihre Schultern und zwang sich, auf das rauschende Wasser zu blicken.

„Warum?", fragte sie.

Die Frage war einfach. Warum hatte er dieses Haus

gebaut, hier, wo sie im Gras gesessen und gemeinsam geträumt hatten? Sie drehte sich zu ihm um und suchte in seinen vorsichtigen Augen.

„Ich habe dieses Haus hier gebaut, weil es nicht nur unser Traum war, sondern auch mein Traum, Jolie. Nur weil du gegangen bist, musste ich nicht aufhören zu träumen. Ich wollte hier an dieser Stelle ein Haus haben und habe es gebaut."

Sie verschränkte die Arme, ein bewusster Versuch, den Schmerz auszublenden, den diese Konfrontation verursachte. War Schmerz das einzige, was sie einander noch zu geben hatten?

„D-du hast gute Arbeit geleistet", sagte sie und sah sich um. „Es ist ein wunderschönes Haus."

Er sah sprachlos aus angesichts ihres Kompliments. „Danke", sagte er knapp. „Also, warum bist du hier?"

„Ich bin gekommen, um die Biegung zu sehen. Nachzudenken … über Dinge."

„Du wusstest nicht, dass ich hier wohne?"

Sie schüttelte den Kopf.

„Es ist ein guter Ort zum Nachdenken. Das kann ich hier draußen am besten."

Ihr Magen fühlte sich an, als wollte er sich umdrehen. Sie wusste, dass es an der Zeit war, einfach ihre Karten auf den Tisch zu legen und die ganze Wahrheit zu sagen. „Morgan, ich wünschte, du würdest uns eine zweite Chance geben."

„Es gibt kein *uns* mehr."

Feuer loderte in ihr auf. „Dein Kuss hat eine andere Sprache gesprochen …"

„Das ist nicht fair, Jolie. Das war ein Fehler."

„Ich glaube, du hast Angst vor uns. Ich glaube, du hast genauso viel Angst davor, mich wieder reinzulassen, wie ich davor, wieder ins Wasser zu gehen."

Sie erwartete, dass er es leugnen würde. Er tat es nicht.

„Vielleicht." Seine Augen waren hart und so dunkel wie ein mondloser Nachthimmel. „Ich dachte, das haben wir durchdiskutiert."

„Nein. Wir haben die Tatsache besprochen, dass du mich nicht hier unterrichten lassen willst, weil du der Meinung bist, dass ich wieder an Wettkämpfen teilnehmen muss. Worüber wir noch nicht gesprochen haben, ist, dass du mir nicht dein Herz öffnen und zugeben willst, dass du mich immer noch liebst." Sie hielt den Atem an. Sie wusste, dass das von all den unverschämten Annahmen die anmaßendste war. Als er nichts sagte, fand sie irgendwie die Kraft weiterzureden.

„Du denkst, es ist so einfach, mir zu sagen, ich soll wieder in mein Kajak steigen und tun, was ich liebe, aber du willst nicht einmal riskieren …"

„Ich muss nichts riskieren, Jolie. Mir geht's gut so wie es ist. Dir nicht."

„Du weißt nicht, wie es mir geht."

„Jolie, ich habe es dir schonmal gesagt, und ich sage es dir noch einmal. Ich werde dir keinen Ort geben, um dich zu verstecken."

Sie wollte anfangen, ihm zu sagen, dass es sowieso nicht seine Verantwortung sei, dass es ihre Entscheidung war, wenn sie mit dem Kajakfahren aufhören wolle. Doch sie konnte dieses Gespräch nicht noch einmal mit ihm führen – sie konnte es einfach nicht.

„Hast du den Jungs gesagt, dass du nicht zurückkommst?", fragte er. „Sie müssen es wissen, und es muss von dir kommen."

„Nein, habe ich nicht. Ich hatte gehofft ..." Ein Blick in seinen Augen sagte ihr, dass es keinen Sinn hatte, diesen Satz zu beenden.

„Ich verlängere deinen Vertrag nicht, und das ist endgültig."

Sie starrte diesen Mann an, den sie liebte, diesen Mann, den sie nicht verstand. Das war's; es war vorbei. Sie hatte alles getan, außer auf Knien zu betteln, und das würde sie nicht tun. Nicht, dass es etwas genützt hätte.

„Ich werde es ihnen sagen, Morgan." Sie drehte sich um und ging zu den Stufen.

„Ich liebe dich, Jolie. Das habe ich immer und werde es immer tun. Es gibt einfach kein *wir* mehr. Du bist nicht immer diejenige, die die Regeln diktiert. Du kannst nicht einfach verschwinden, wenn dir der Sinn danach steht, und dann wieder zurückkommen, wenn es dir in den Kram passt."

Sie warf einen Blick über die Schulter, wünschte – bedauerte. „Du hast recht", brachte sie heraus und ging dann die Stufen hinunter. Was gab es mehr zu sagen, als zu fragen, ob er jemals daran gedacht hatte, ihr zu vergeben – aber wahrscheinlich hatte er daran gedacht und sich dagegen entschieden. Ihn zu fragen, würde sich wie Betteln anfühlen, und das konnte sie nicht.

Es war Zeit – ja, Zeit, einen Plan für ihr Leben auszuarbeiten und sich auf den Weg zu machen.

Das hier war vorbei.

* * *

Morgan steckte bis Oberkante Unterlippe in Papierkram, als Randolph am nächsten Morgen sein Büro betrat und ein Formular auf den Schreibtisch legte.

„Jolies offizielle Bewerbung."

„Ich habe ihr gesagt, dass ich sie niemals einstellen würde."

„Das hat sie mir erzählt, als sie sie gestern Morgen

bei mir abgegeben hat. Sie sagte, sie möchte es immer noch offiziell tun. Sie will diese Bewerbung in ihrer Akte haben."

„Warum?" Morgan rieb sich den Nasenrücken. Sie hatte die Bewerbung abgegeben, bevor sie losgefahren war und das Haus entdeckt hatte. Und ihn. Bevor sie sich gestern Abend unterhalten hatten.

„Ich werde meine Meinung nicht ändern."

Verzweiflung zeichnete die Stirn seines Vaters. „Ich weiß, dass du verletzt worden bist, mein Sohn. Ich glaube, ich kann zugeben, dass ich gehofft habe, dass es eine Chance zur Versöhnung geben würde, nachdem ich euch beide in den letzten Monaten zusammen beobachtet habe. Aber das wird nicht passieren, wenn du nicht bereit bist, ein Risiko einzugehen. Sohn, spring über deinen Schatten, wenn du sie liebst, und kämpfe für diese Beziehung."

Morgan stieß sich von seinem Schreibtisch ab und stand auf. „Glaubst du, es fällt mir leicht, sie wieder gehen zu sehen? Denn das ist es nicht. Dad, das Einfachste, was ich tun könnte, wäre, einen neuen Vertrag zu unterschreiben und sie bleiben zu lassen. Aber das werde ich nicht."

„Morgan, als deine Mutter gestorben ist, hatte ich keine andere Wahl, als sie dem Herrn zu überlassen. Und ich gebe zu, dass ich mich unglaublich darüber geärgert habe. Manchen Menschen werden Wunder gewährt – uns nicht im Fall deiner Mutter. Und als Jolie dich verlassen hat, war es ein weiteres Mal in deinem Leben, dass du das Wunder nicht bekommen hast. Es hat mir furchtbar leidgetan, mein Sohn. Aber jetzt hast du die Chance auf dein Wunder. Du musst sie nur noch ergreifen."

Morgan starrte seinen Vater an. „Nein." Er hätte es nicht klarer formulieren können.

„Dann könntest du sie für immer verlieren. Bist du wirklich darauf vorbereitet? Ich glaube, im Hinterkopf hast du gehofft, dass sie eines Tages zurückkommmt. Deshalb hast du dieses Haus an der Flussbiegung gebaut, und deshalb bist du nicht losgezogen und hast jemand anderen gefunden."

„Was ist mit *wenn du jemanden liebst, lass ihn gehen*?" Sein Kiefer zuckte, als er die Frage ausspie.

Sein Vater sah traurig aus. „*Wenn sie dich lieben, werden sie zurückkehren*", sagte Randolph und beendete das Zitat für ihn. „Was glaubst du, ist hier passiert, Morg?"

„Die Jungs werden nach heute Unterstützung brauchen", sagte Morgan, schloss die Tür zum Thema und Jolie und ging zu dem über, was wichtig war. „Sie wird ihnen sagen, dass sie geht."

„Sie sind belastbar. Sie werden es überleben. Es

wird aber schwer. Sie haben eine Beziehung zu Jolie aufgebaut, wie ich es nie zuvor erlebt habe."

„Und davor hatte ich die ganze Zeit Angst."

Sein Vater fixierte ihn mit scharfen Augen. „Morgan, du bist härter, als ich gedacht habe." Randolph drehte sich um und überließ Morgan sich selbst.

Nur so hatte er es geschafft, Jolie nicht nachzugehen, als sie gestern sein Zuhause verlassen hatte. Wieder sagte er sich, dass es so am besten war. Wenn er sie irgendwie ermutigte, würde sie bleiben. Und er würde immer Angst haben – ja, er hatte sich eingestanden, dass er Angst hatte –, dass sie es bereuen würde, mit dem Kajakfahren aufgehört zu haben.

Sein Vater glaubte, dass Jolies Heimkehr ein Wunder war, und dass alles, was Morgan tun musste, war, die Hand auszustrecken und es anzunehmen. Doch Morgan hatte mehr Angst davor, später Reue in ihren Augen zu sehen, wenn sie blieb.

Und davor hatte er mehr Angst, als sie zu verlieren.

Wunder hin oder her, Jolies Bedauern, zu ihm zurückgekehrt zu sein, war das Einzige, womit er nicht leben konnte.

KAPITEL ZWANZIG

Jolie wusste, dass es an der Zeit war, den Jungs zu sagen, dass sie nächstes Jahr nicht hier sein würde. Sie brauchten Zeit, um sich an den Gedanken zu gewöhnen. Und sie auch.

Also war das Letzte, womit sie gerechnet hatte, ein Klassenzimmer zu betreten, das für eine Party dekoriert war. Ein großes Schild mit der Aufschrift „Wir lieben dich, Jolie!" hing an der Projektionsleinwand. Farbige Bänder aus dem Lagerraum baumelten von den Deckenventilatoren und peitschten herum, als sich die beiden Ventilatoren drehten.

„Überraschung!", riefen die Jungs, als sie eintrat, und alle lächelten, als sie sie umringten.

„Was ist das denn?", fragte sie, ihre Hand auf ihrem Herzen, als sie sich in ihrem Klassenzimmer umsah. Es war ein Anblick, den sie nie vergessen würde.

Die kleineren Jungen plapperten aufgeregt

durcheinander.

„Ruhig, Jungs", sagte Joseph und lachte, während er sie zur Ruhe brachte. Als sie sich beruhigten, grinste er schief. „Wir wollten nur sicher sein, dass du weißt, wie sehr wir es schätzen, dass du hier bist und in letzter Minute gekommen bist, um es mit Gesindel wie uns aufzunehmen. Du musstest es nicht tun, aber du hast es getan."

„Ja", sagte Wes und sah ein wenig besorgt aus. „Es ist gut, geschätzt zu werden. Wir wollten nur, dass du es weißt."

Jolie biss sich auf die Lippe, Tränen traten ihr in die Augen. Sie holte tief Luft. „Danke", krächzte sie heiser. „Ihr habt keine Ahnung, was das für mich bedeutet."

Das brachte alle Jungs zum Strahlen. Sie sahen so stolz aus, dass das Herz in ihrer Brust krampfte und sie ihre Augen schließen musste.

„Das ist das Süßeste, was jemals jemand für mich getan hat. Und das meine ich. Und ihr seid kein Gesindel. Ihr seid die Art von Kindern, auf die jede Frau stolz wäre, sie ihre nennen zu können – und das tue ich. Ich möchte, dass ihr das wisst."

Das Lächeln der Jungen verschwand, und sie wusste, dass sie die Traurigkeit in ihrer Stimme hören konnten.

„Setzt euch. Ich muss euch was sagen."

„Nicht, dass du gehen wirst", platzte Sammy mit Panik in den Augen heraus.

Jolies Herz schmerzte. Er hatte vor nicht allzu langer Zeit seine Familie verloren, und jetzt hatte er eine Beziehung zu ihr aufgebaut, und sie würde gehen. Was würde ihm das antun?

„Ja, ich gehe. Ich muss. Es tut mir leid. Hör zu, Sammy, ihr alle, es gibt einfach einige Dinge, die man nicht ändern kann. Aber dass ich gehe hat nichts mit euch zu tun. Ich habe jede Minute meiner Zeit hier geliebt, seit ich das erste Mal aus meinem Jeep gestiegen bin und euch dort drüben stehen gesehen habe. Ich liebe euch alle."

Wes und Joseph weigerten sich, sie anzusehen.

Lieber Gott, hilf mir.

„Wenn du uns lieben würdest, würdest du bleiben." In Sammys braunen Augen standen unvergossene Tränen, sein Kinn zitterte, und seine Stimme war ein leises Flüstern.

Jolie ging vor ihm auf die Knie. „Ich kann nicht bleiben."

„Warum nicht?"

Wie konnte sie ihnen sagen, dass Morgan ihren Vertrag nicht verlängert hatte? Sie würden es ihm verübeln, und das wäre schrecklich, weil sie eine gute Beziehung zu ihm brauchten. Die musste sie auf jeden

Fall bewahren.

Was Morgan tat, tat er aus unangebrachter Sorge. Zumindest nahm sie es an.

Morgan versuchte, das Richtige für sie zu tun. Die Erkenntnis traf sie, als sie in Sammys süßes Gesicht blickte. Es ging nicht darum, dass er ihr nicht vergeben wollte … er tat einfach das, was er für richtig hielt. Jolies Herz raste bei der Erkenntnis.

Sie versuchte, diese neue Erkenntnis zu verstehen, und fuhr fort: „Das war immer eine vorübergehende Position. Das wusstest du, Sammy. Ihr alle wusstet es. So gern ich auch hier bin, ich habe Verpflichtungen, die ich einhalten muss."

Und es stimmte, die hatte sie. Damit hatte Morgan recht gehabt.

Aber du kannst zurückkommen …?

Diese Worte flüsterten durch sie hindurch. Sie hörte draußen eine Hupe und lächelte. „Alles wird gut, Jungs. Das verspreche ich euch. Sammy, es wird alles gut. Keine Angst. Okay?"

Er nickte. „Okay."

Sie umarmte ihn fest und stand dann auf.

„Ich wusste nicht, dass ihr alles für eine Party hergerichtet habt – das verrät mir, dass große Geister gleich denken, weil ich selbst vorhatte, eine für euch zu veranstalten. Wenn ich mich nicht irre, sind Miss Jo und

Mabel da draußen mit einer Wagenladung frisch gebackener Kuchen. Ich habe sie für unsere Abschlussfeier bestellt."

„Wow, cool." Wes sprang auf und ging zur Tür. „Ich helfe ihnen, sie reinzubringen."

Jolie kicherte. „Ihr habt alle so hart gearbeitet, ihr habt es verdient."

Miss Jos Kuchen konnten jeden zum Lächeln bringen, und sie hoffte wirklich, dass es heute so war, als sie die Kinder beobachtete, die nach draußen rannten, um zu helfen, einschließlich Sammy, nachdem sie ihn gedrängt hatte. Sich in dem geschmückten Raum umzusehen, erfüllte sie mit Entschlossenheit. Auf keinen Fall konnte sie einfach weggehen. Es musste eine andere Alternative geben. Und sie hatte vor, sie zu finden.

* * *

„Was meinst du damit, dass du nichts dagegen tun kannst?", fragte Miss Jo ein paar Stunden später, nachdem Jolie die Kinder früh für den Tag hatte aufbrechen lassen.

Sie hatte es geschafft, das Ruder des Tages ein bisschen herumzudrehen, obwohl Sammy still geblieben war. Er hatte mitgemacht, ihr aber immer wieder Fragen gestellt, die ihr sagten, dass er sich immer noch Sorgen machte. Sie betete nur, dass er mit der Zeit darüber hinwegkommen würde.

„Ja, was glaubt Morgan, wer er ist, dass er dich zum Gehen zwingt, wenn du nicht willst?", schnaubte Mabel.

„Ich sag' dir was, ich habe mich über dich geärgert, als du gegangen bist und er mit gebrochenem Herzen hier geblieben ist, aber jetzt bin ich genauso wütend auf Morgan. Dieser dumme Mann braucht einen Schlag auf den Kopf, wenn du mich fragst."

„Whoa, seid ihr zwei nicht diejenigen, die mir gesagt haben, ich soll nicht auf dumme Gedanken kommen? Dass wir einfach nur Freunde sein sollen?"

„Na ja", schnaubte Miss Jo, „was hätten wir sonst sagen sollen? Wir wollten nicht, dass er noch mehr verletzt wird, als er es ohnehin schon war. Wir haben nur versucht, vorsichtig zu sein."

„Trotzdem", fügte Mabel hinzu und schob sich eine weitere Gabel übriggebliebenen Kokoskuchen in den Mund, „muss ich Jo zustimmen. Was bildet er sich ein, dir zu sagen, dass du gehen musst?"

„Er ist mein Arbeitgeber." Miss Jo und Mabel starrten sie an.

„Was?", fragte sie verwirrt.

Miss Jos Augen funkelten ungeduldig. „Wer sagt,

dass du Dew Drop verlassen musst, nur weil du nicht auf der Sunrise Ranch arbeitest?"

Die Tür flog krachend auf, bevor Jolie Miss Jos Bemerkung vollständig verarbeiten konnte, und Caleb stürmte in den Raum. „Jolie, komm schnell! Wir können Sammy nicht finden. Er ist weggelaufen!"

* * *

Einige der Jungen waren im Büro vorbeigekommen und hatten Morgan gesagt, dass Sammy verschwunden war, also telefonierte er schon mit Tucker, als Jolie und Caleb aus dem Schulhaus gerannt kamen, dicht gefolgt von Miss Jo und Mabel. Sie eilten ihm über die Weide entgegen.

Tucker hatte ihm gesagt, dass er in ein paar Minuten da sein würde. Morgan war nie glücklicher gewesen, dass sein großer Bruder der Sheriff von Dew Drop County war, und auch Rowdy und Chet waren mit ihren Leuten unterwegs.

„Caleb sagt, er hat einen Brief geschrieben", keuchte Jolie und ergriff seinen Arm, als sie bei ihm stehenblieb.

Er reichte ihr den Zettel, und sein Magen verkrampfte sich, als er Jolie beobachtete, deren Augen glänzten, während sie die Worte las, die Sammy sorgfältig auf ein Stück weißes Stück Papier geschrieben hatte.

Jolie, ich werde dich stolz genug auf mich machen, dass du nicht gehen wirst.

„Was bedeutet das?" Sie blinzelte heftig und kämpfte gegen die Tränen an.

„Ich bin mir nicht sicher. Wie es sich anhört, hat er irgendwas vor. Wir werden ihn finden", versicherte Morgan ihr. „Tucker und Rowdy und die Männer sind unterwegs. Dad, Pepper, Wes und Joseph sind schon draußen auf den Straßen, die von der Ranch wegführen."

Sie biss sich auf die Lippe. „Okay. Wir werden ihn finden", sagte sie wie zu sich selbst.

Clare und John, Sammys Hauseltern, eilten mit Nana sichtlich besorgt aus der Kantine.

„Er ist verrückt nach dir", sagte Clare und drückte Jolies Arm. „Er ist richtig aufgetaut, seit du hergekommen bist. Na ja, genau genommen ist das mit allen Jungs passiert. Sie sind am Boden zerstört, dass du gehst. Aber das …" Ihre Worte verstummten, und sie wischte ihre Tränen weg.

„Dass sie gehen soll, ist das Dümmste, was ich je gehört habe", zischte Miss Jo und warf Morgan einen strengen Blick zu, als sie und Mabel sich Nana anschlossen, um Clare Trost zu spenden.

Morgan versuchte, nicht über seinen Anteil an der Situation nachzudenken – nicht jetzt. Jetzt musste er alle zusammenhalten und Sammy finden. Sein Blick fiel auf Jolie.

„Wir werden ihn systematisch suchen, sobald Tucker hier ist. Wir werden ihn finden", sagte Morgan erneut zu ihr und wollte sie umarmen und die Sorge in ihren Augen lindern. Doch Jolie verschränkte die Arme und nickte knapp, als wolle sie ihn ausblenden.

Er konnte ihr das nicht zum Vorwurf machen.

* * *

Jolie kämpfte darum, die Kontrolle zu behalten, als das Geräusch der Sirene von Tuckers Dienstfahrzeug in der Ferne signalisierte, dass er bald da sein würde. Doch es ging ihr nicht schnell genug. Sie musste etwas tun, sonst würde sie verrückt werden.

„Caleb", sagte sie. „Wer hat Sammy zuletzt gesehen?"

„Ich. Wir wollten in der Heuscheune spielen, doch er sagte, er hätte was zu tun, also bin ich stattdessen mit Tony gegangen. Wir haben beschlossen, nachzusehen, was er tat, und haben die Nachricht auf seinem Bett gefunden."

Tony mischte sich ein. „Wir haben sie gleich zu

Miss Clare gebracht, als wir sie gefunden haben."

„Habt ihr eine Ahnung, wo er hingegangen sein könnte?"

Sie schüttelten alle den Kopf. Jolie fühlte sich hilflos, als Tuckers Geländewagen in den Hof einbog und anhielt. Er schaltete das Blaulicht und die Sirene aus, stieg aus dem Fahrzeug und kam in ihre Richtung. Obwohl seine Pilotenbrille seine Augen verbarg, verriet sein angespannter Kiefer, dass er die Situation sehr ernst nahm.

„Tucker, ich bin froh, dass du hier bist", sagte Morgan und sah genauso grimmig aus wie sein Bruder.

„Irgendwelche Neuigkeiten?", fragte Tucker, nahm seine Sonnenbrille ab und sah von Morgan zu Jolie.

„Bisher keine", antwortete Morgan.

Jolie schlang ihre Arme um sich. „Tucker, wenn er das Anwesen verlassen hätte, wäre er den Jungs inzwischen in die Arme gelaufen. Ein kleines Kind wie er kann in weniger als einer Stunde zu Fuß nicht weit gekommen sein."

„Das stimmt. Wir fangen auf der Ranch mit der Suche an. Aber zuerst muss ich ein paar Dinge wissen."

„Diese beiden hier waren die Letzten, die ihn gesehen haben." Morgan legte einen Arm um Calebs Schultern. Jolie wünschte sich jedoch, dass er stattdessen seinen Arm um sie gelegt hätte. „Sie sind direkt zu uns gekommen, als sie seine Nachricht gefunden haben."

„Habt ihr sie?"

„Ich habe sie." Jolie reichte sie ihm, in der Hoffnung, dass sein geschultes Auge etwas sah, das ihr entgangen war. Sie beobachtete, wie er es las, und begegnete Morgans Blick für einen kurzen Moment. „Irgendwelche Hinweise, die wir übersehen haben?"

„Klingt, als wollte er dir etwas beweisen. Irgendwelche Gedanken dazu?"

„Seine Angst ist besser geworden", sagte Caleb.

Genau in diesem Moment kehrte Randolph mit Joseph und Wes von der Erkundung der Straßen zurück. Randolph schüttelte den Kopf, als er auf die Gruppe zukam. Er, Morgan und Tucker gingen weg und unterhielten sich, und Nana kam und legte ihren Arm um Jolie.

Innerhalb weniger Minuten trafen Autos voller Leute aus der Stadt ein, darunter Chili und Drewbaker. Walter Pepper und die anderen Rancharbeiter kamen bald darauf, nachdem sie bei der Suche in der unmittelbaren Umgebung kein Glück gehabt hatten. Weitere Gesetzeshüter mit einem Team von Suchhunden waren unterwegs. Innerhalb einer Stunde hatten sie eine weiträumige Suche begonnen.

Jolie ging ihr Gespräch mit Sammy von diesem

Morgen und die Notiz, die er hinterlassen hatte, noch einmal durch. Ihr Bauchgefühl versuchte ihr etwas zu sagen … er hatte sie gefragt, wo sie versuchen wollte, Kajak zu fahren, und sie hatte ihm von dem Weg hinter ihrem Haus erzählt, der zum Fluss hinunterführte, wo sie sich vorgenommen hatte, ins Wasser zu gehen. Sie hatte jedoch gestanden, dass sie nie so weit gekommen war. Sicher wollte er nicht beweisen – Jolie erstarrte.

Ich werde dich stolz genug auf mich machen, dass du nicht gehen wirst.

Jolie wirbelte herum und suchte nach Morgan. Er stieg auf der anderen Seite des Hofs auf sein Pferd, um eine berittene Suche zu starten. Jolie rannte auf ihn zu und war in ihrem ganzen Leben noch nie so glücklich gewesen, in Form zu sein. Er bemerkte sie und ritt ihr entgegen.

„Was ist, Jolie?", fragte er, als er sein Pferd zum Stehen brachte.

„Ich denke, er könnte am Fluss hinter meinem Haus sein. Ich glaube, er will Kajak fahren."

„Im Ernst?"

Jolie nickte. „Er will mich stolz machen. Vielleicht denkt er, wenn er tut, was ich nicht kann, werde ich nicht gehen."

Morgan runzelte unter seinem Stetson die Stirn. Er streckte ihr eine Hand entgegen und zog seinen Stiefel aus dem Steigbügel. „Komm, lass uns nachsehen gehen."

Jolie verschwendete keine Zeit. Sie ergriff seine Hand, rammte ihren Stiefel in den Steigbügel und ließ sich von ihm hochziehen.

Sie ritten auf ihr Haus zu, bevor sie überhaupt ihre Arme um seine Taille gelegt hatte. Jolie klammerte sich an Morgan, ihr Herz raste vor Hoffnung, als sie über die Weide galoppierten.

„Bist du sicher, dass du das durchstehst? Oder soll ich jemand anderen bitten, mir zu helfen?", fragte er über seine Schulter.

„Ich kann damit umgehen", sagte sie, ohne zu zögern. Wenn sie Sammy in der Strömung fanden – sie betete, dass er nicht so etwas Dummes getan hatte, aber wenn doch – würde er sie brauchen. „Ich bin dein bester Mann dafür."

„Das ist mein Mädchen", sagte Morgan. Seine Worte fanden ihren Weg tief in sie hinein – es war lange her, seit sie sein Mädchen gewesen war. Eine lange, lange Zeit.

Zu lang.

Das war nicht der richtige Zeitpunkt, um über die Vergangenheit zwischen ihnen nachzudenken, doch während sie ritten, drängten sich Erinnerungen neben die Sorge um Sammy. Wie ein Kaleidoskop aus

Vergangenheit, Gegenwart und einer noch ungezählten Zukunft verschob sich alles in den Fokus und aus dem Fokus und brachte neue Bilder vor ihr geistiges Auge.

Als sie das Haus erreichten, blieb Jolies Herz stehen, als sie auf die Stelle blickte, an der ihre Kajaks standen. „Mein gelbes Kajak fehlt", sagte sie grimmig. „Er ist da draußen, Morgan."

„Sieht so aus", sagte Morgan.

„Ich muss meine Ausrüstung holen." Sie sprang vom Pferd, rannte ins Haus und schnappte sich ihren Rucksack, der vergessen in der Ecke gestanden hatte. Darin befanden sich ihre Kajakausrüstung und ihre Rettungsseile. Wieder vor dem Haus ging sie direkt zu einem ihrer anderen Kajaks, hievte es sich auf die Schulter, und ohne auf Morgan zu warten, eilte sie zu ihrem Jeep und verstaute es auf dem Rücksitz, ohne sich die Mühe zu machen, es auf dem Dachgepäckträger zu befestigen.

Morgan schloss die Tür und sprang dann in den Wagen, während sie den Schlüssel drehte und den Gang einlegte. „Halt dich fest", warnte sie und trat aufs Gas. Sie fuhr um das Haus herum über den überwachsenen Pfad.

Als sie den steilen Hügel erreichten, verließen die Räder des Jeeps für einen Moment die Bodenhaftung, als sie vorwärts schossen und hart aufschlugen, bevor sie bergab rasten.

Sie sagten nicht viel, als sie während der Fahrt das Land absuchten, in der Hoffnung, Sammy zu finden, bevor er das Wasser erreichte.

Wie lange war er schon weg?

Als sie den Weg erreichten, der zum Wasser führte, brachte Jolie den Jeep mit einem Ruck zum Stehen und zerrte ihr Kajak heraus.

„Ich kann das für dich tragen", bot Morgan an.

Sie schüttelte den Kopf. „Ich trage meine Last immer selbst." Es gehörte zum Sport dazu – ihr Kajak war genauso ein Teil von ihr wie ihre Arme. „Ist wirklich okay", versicherte sie Morgan über ihre Schulter. „Aber danke für das Angebot."

Sie rannte den Weg entlang, wo sie an jenem Tag ihren Zusammenbruch erlitten hatte, der mit dem Kuss geendet hatte, den sie nicht vergessen konnte. Morgan fragte sie nicht, ob es ihr wieder gut ging – er lief einfach neben ihr her und hielt mit. Sie erreichten die Spitze des Hügels und bückten sich, um unter ein paar niedrighängenden Ästen hindurchzukommen. Sie konnte jetzt den Fluss hören, das Rauschen der Stromschnellen flussabwärts von der Stelle, an der sie ins Wasser gehen würde. Für Jolie war es ein bedrohliches Geräusch. Ihr Herz pochte unregelmäßig, und ihre Haut war klamm.

Doch da sie an Sammy dachte, wurde sie nie langsamer und weigerte sich, ihrer Furcht nachzugeben. Sie würde ins Wasser gehen, wenn Sammy sie brauchte. Keine Frage.

Sie stürmte durch die letzten Bäume und eilte die Böschung hinab, wobei sie voller Sorge das Wasser absuchte. Und angestrengt betete.

Ihr Herz blieb stehen. „Da!", rief sie und entdeckte ihn auf der anderen Seite des Flusses, an einen Ast geklammert, gleich hinter den ersten Stromschnellen.

Anstatt ihn unter Wasser zu halten, hatte der Wirbel ihn ausgespuckt, als er aus dem Kajak gerutscht war. Sie dankte Gott dafür.

Und dafür, dass er ihr ein Zeitfenster gegeben hatte, um zu ihm zu kommen.

Doch es gab keine Möglichkeit, trockenen Fußes auf die andere Seite zu Sammy zu gelangen. Die Stromschnellen zu durchqueren war der einzige Weg.

Sie musste das Kajak unter Kontrolle halten, während sie zu ihm manövrierte. Und sobald sie ihn hatte, musste sie gemeinsam mit ihm in einem Ein-Mann-Kajak durch die schlimmsten Stromschnellen manövrieren.

„Du schaffst das, Jolie." Morgans durchdringender Blick sagte ihr, dass er an sie glaubte. Selbst nachdem er ihren Zusammenbruch beim letzten Versuch gesehen hatte, hatte er Vertrauen in ihre Fähigkeiten.

Ihr war schwindelig „Du solltest besser flussabwärts gehen und dich bereit machen, falls du ihn packen musst", sagte sie, als sie sich wieder in Bewegung setzte. Morgan würde die Stelle kennen, die sie meinte – es wäre seine einzige Chance, Sammy zu packen, wenn sie ihn verfehlte oder wenn Sammy den Halt am Baum verlor, bevor sie ihn erreichte. Wenn sie ihn beide verfehlten, würde der Fluss ihn in den schlimmsten Abschnitt der Stromschnellen reißen. Sein Leben läge dann in Gottes Hand.

Jolie betete.

Als sie über ihre Schulter blickte, sah sie Morgan den Weg hinunterrennen. Er stand zwischen zwei großen Felsen in einem flachen Abschnitt mit einer schnellen Strömung, die rechts in ein Becken mit ruhigem Wasser führte, perfekt, um den Jungen aus dem Wasser zu ziehen.

Am Ufer kämpfte Jolie gegen ihre Dämonen und dachte nur an Sammy. Sie war innerhalb von Sekunden im Kajak – kein Zögern – Paddel in der Hand und in Bewegung. Sie fand schnell ihre Strecke im Wasser und bereitete sich darauf vor, die Stromschnelle perfekt zu treffen. Sie nahm den ersten Satz ohne Probleme, ein Aufwärmen für das, was kommen würde.

Sie behielt ihre Linie bei und bereitete sich auf den

zweiten Satz Stromschnellen vor, das war der entscheidende Punkt in einem Wettbewerb, die Stelle, auf die es ankam.

Diese Fahrt ist für Sammy.

Das Wasser war kalt, als es über sie hinwegspülte, die Strömung schnell, stark von dem Regen, der vor zwei Tagen nördlich von hier heruntergekommen war. Sie betete, dass Gott Sammy Kraft geben würde, um sich festzuhalten, und dankte ihm dafür, dass er ihr die Fähigkeit gegeben hatte, das zu tun, was getan werden musste, um ihn zu retten.

Sie nahm die Stromschnelle, einen wahnsinnigen Wirbel aus mächtigem, aufgewühltem Wasser, der dazu imstande war, einen Menschen herunterzuziehen und nicht wieder auszuspucken. Sie wünschte sich ihre gelbe Banane – ihre alte Freundin –, doch dieser Kajak würde reichen müssen.

Sie fuhr mit Geschick, das sie durch harte Arbeit und Gottes Gabe erworben hatte, durch die Felsen … und dann manövrierte sie eine perfekte Rolle, tauchte kopfüber unter die Oberfläche, rollte heraus und schoss mit dem Kajak in die Luft. Die Bewegung erforderte Kraft, da sie ihren Körper verdrehte und das Kajak zwang, den Kurs zu ändern. Sie landete perfekt und war mit einem schnellen Paddelstoß direkt neben Sammy unter dem Baum.

Jolie hielt das Boot mit dem Paddel gegen die Felsen hinter sich. Mit ihrem freien Arm, dessen Muskeln vor Anstrengung brannten, griff sie nach dem Jungen und erwischte ihn. Seine Augen waren riesig vor Angst, seine Lippen blau vor Kälte.

„D-du bist gekommen", keuchte er und klammerte sich an ihren Arm.

„Das würde ich *immer* tun", erklärte sie mit heiserer Stimme, weil sie wusste, dass es wahr war. „Lass den Ast los", drängte sie gegen das Rauschen des Wassers. Zum Glück dachte Sammy klar genug, um mit einem Nicken zu antworten und zu tun, was sie verlangte. Er hielt ihre Hand, und sie zog ihn zum Boot. Es war schwierig, da sie das Paddel benutzen musste, um das Boot ruhig und sie aus der Strömung herauszuhalten. Wenn sie nicht aufpasste, konnte sie von ihm weggerissen werden. „Du musst allein hochklettern, Sammy, okay? Ich kann dich festhalten, aber du musst allein klettern."

Es gab keinen Platz für ihn, außer auf dem Kajak vor ihr. Das war keine normale Situation – es war ein kniffliger Balanceakt. Gottes Hand und nur seine allein hielt das Boot fest, während sie mit einer Hand am Paddel das Boot in der Strömung hielt. Sie spürte, wie ihre Kraft nachließ – sie wusste, dass sie es nicht mehr lange halten könnte.

„Wenn du oben bist, lehn' dich an mich, halt dich an mir fest und lass deine Füße auf dem Kajak hinter mir. Glaubst du, du kannst das?"

„J-ja, ich kann." Obwohl seine Zähne klapperten, lag jetzt Überzeugung in seiner Stimme. Jolie war so stolz auf Sammy, als er auf das Kajak hochkletterte und sich vor sie setzte.

„Wir schaffen das", sagte sie zu ihm, als er sich an sie klammerte. „Halt dich fest, Kumpel, los geht's", sagte sie und ließ sie von der Strömung treiben, die sie zurück in die gefährlichen Stromschnellen brachte.

KAPITEL EINUNDZWANZIG

Morgan betete mehr als je zuvor in seinem ganzen Leben, während er die Rettung beobachtete. Jolie war unglaublich – ihre Stärke und ihr Können beeindruckten ihn, als sie die Kontrolle behielt und mit Sammy vor sich durch die letzten Stromschnellen kam. Als klar war, dass sie es schaffen würden, ohne sich zu überschlagen, watete er in den ruhigen Pool, von dem er wusste, dass sie dorthin unterwegs war.

Morgan stabilisierte das Kajak und zog dann Sammy in seine Arme. Der Junge sah ein bisschen benommen aus, als Morgan ihn fest umarmte und Gott dankte.

„Du bist okay, kleiner Mann", sagte er und sah in sein angespanntes Gesicht. Schlaff wie ein nasser Sack nickte Sammy und legte seinen Kopf an Morgans Herz. Jolie kletterte aus ihrem Kajak, ihre Erschöpfung offensichtlich in der Art, wie sie sich bewegte.

„Wir müssen ihn zu einem Arzt bringen", sagte sie, hievte das Kajak ans Ufer und ließ es zurück, während sie Morgan dabei half, Sammy den steilen Anstieg zum Pfad hinaufzubringen.

„Ich habe schon angerufen. Ein Krankenwagen sollte gleich am Waldrand eintreffen."

Morgan eilte den Weg entlang und redete weiter mit Sammy, während Jolie Äste aus dem Weg hielt. Sammy sah zu ihm auf, seine Augen glänzten vor Tränen. „Ich wollte das nicht vermasseln. Ich wollte euch alle stolz auf mich machen. Ich habe versucht, Jolie zu zeigen, dass ich ihr ins Wasser helfen kann, damit sie bleibt. Du schickst mich jetzt nicht weg, oder?"

Morgan drückte ihn fester an sich und behielt sein Tempo bei. „Niemals. Alles wird gut, Sammy. Wir schicken dich nirgendwo hin – du gehörst zu unserer Familie."

Jolie legte ihre Hand auf Sammys Kopf, während sie weiter den Weg entlang eilten. „Ich hatte solche Angst um dich, Sammy, aber Gott hat dich heute da draußen beschützt. Alles wird gut. Ich liebe dich, weißt du das nicht?"

Und Morgan liebte sie. Zu hören, wie sie diese Worte zu Sammy sagte, ließ sein Herz in seiner Brust stehenbleiben. Es würde fast unmöglich sein, sie gehen zu lassen.

Sie hatte bewiesen, dass sie wieder ins Wasser gehen konnte, und das mit Stil. Jolie gehörte dorthin – das musste jedem klar sein, der sie in Aktion sah. Nach dem heutigen Tag hatte er keinen Zweifel.

Sammy wollte sie offensichtlich genauso wenig gehen sehen wie Morgan.

Doch sie würden sie gehen lassen müssen.

Sie kamen gerade aus dem Wald, als die Einsatzfahrzeuge mit Tucker an der Spitze über die Weide kamen. Es war, als würde die Kavallerie kommen. Noch nie in seinem ganzen Leben war Morgan glücklicher gewesen, seinen Bruder zu sehen. Sammy hatte eine erschütternde Erfahrung gemacht und es war ein Wunder, dass er lange genug durchgehalten hatte, dass Jolie ihn hatte erreichen können. Es war Gott, der Sammy an diesen Baum gehalten hatte, daran gab es keinen Zweifel. Und es war Gott, der Sammy – und Morgan – die Kraft geben musste, sie gehen zu sehen.

* * *

Ein paar Stunden später hielt Jolie eine Tasse Kaffee in den Händen und ließ die Wärme in ihre Knochen eindringen. Sie war sich nicht sicher, ob sie die Kälte jemals wieder loswerden würde. Sie saß auf einer Bank auf der Veranda der Kantine und sah zu, wie die Jungen auf dem Hof lachten und Fußball spielten. Morgan, sein Vater und seine Brüder saßen zusammen am Picknicktisch und unterhielten sich mit verschiedenen Leuten aus der Stadt, die gekommen waren, um bei der Suche zu helfen, und dann geblieben waren, um zu feiern. Sammy saß auf der Bank zwischen Morgan und Tucker und sah ein wenig erstaunt aus, dass so viele Leute gekommen waren, um dafür sorgen, dass er in Sicherheit war.

Nana, Miss Jo und Mabel eilten umher und sorgten dafür, dass jeder etwas zu essen und zu trinken hatte. Alle waren so erleichtert, dass Sammy in Sicherheit war und aus der Suchaktion eine Party geworden war.

Jolies Rolle als Heldin bereitete ihr Unbehagen. Sie hatte Tucker beschreiben müssen, was sie getan hatte, bevor Morgan den Bericht übernommen hatte. Morgan hatte eine Version der Geschichte, die so voller Lob war, dass sie nicht hatte zuhören können, aber seine Version gefiel allen eher als ihr sachlicher Bericht der Ereignisse.

„Ich muss eines sagen", sagte Edwina, die neben Jolie stehengeblieben war und ihre Tasse Kaffee auffüllte, ohne zu fragen. „Du hast Nerven aus Stahl, Jolie. Gut gemacht, dass du diesen Jungen gerettet hast. Du weißt, ich habe nie einen Hehl daraus gemacht, dass ich nicht viel für Männer übrig habe. Aber Morgan hat ein paar gute Eigenschaften, abgesehen davon, dass er umwerfend gut aussieht – ja, ich habe Augen im Kopf." Sie grinste Jolie an. „Aber wirklich, du könntest einen viel weniger Guten abbekommen, wenn du mit jemandem wie Lester oder Darin oder Marv ausgehen würdest – einem dieser Verlierer, die ich geheiratet habe –, würdest du eine Ahnung bekommen, wie viel schlimmer es sein *könnte*."

Jolie schmunzelte. Edwina hatte leider nie Glück in der Liebe gehabt.

„Na bitte. Wenn mein Liebesleben dir kein Lachen herauskitzeln könnte, wüsste ich auch nicht. Aber ehrlich gesagt, vielleicht musst du das mit dem Weggehen nochmal überdenken. Wenn dieser Mann mich so ansehen würde, wie er dich ansieht, wäre ich vielleicht versucht, meinen Zeh nochmal in das eheliche Fahrwasser zu tauchen. Denk darüber nach." Sie zwinkerte und war weg, um ihre gute Stimmung woanders zu verbreiten.

Wenn sie nur wüsste, dass es diesmal nicht Jolie war, die sich für ein anderes Leben entschieden hatte. Es war Morgan.

Jolie sah zu Sammy hinüber, der sich von ihr ferngehalten hatte, seit sie zur Ranch zurückgekehrt waren, und sich dicht an Morgans Seite hielt. Es war, als hätte er das Bedürfnis, sie ausschließen.

Und sie hasste es.

Doch sie sah auch das Positive daran – Sammy war so weit gekommen. Er log nicht mehr und er war heute ein großes Risiko eingegangen. So fehlgeleitet seine Idee auch gewesen war, er hatte seine Ängste überwunden und versucht, stark zu sein. Jolie wusste, dass sie an seinem Wachstum beteiligt war. Wenn sie ihn jetzt ansah, war sie voller Stolz auf ihre Leistung, ein Gefühl, das so viel besser war, als sie es je auf dem Fluss erlebt hatte.

Jolie hatte jetzt keine Zweifel daran, was sie mit dem Rest ihres Lebens anfangen würde. Was sie nicht wusste, war, wie Morgan damit umgehen würde.

Er glaubte, er hätte den Rest ihres Lebens für sie durchdacht.

Doch er irrte sich.

Gewaltig sogar.

Sie stand auf, ließ die Decke auf die Bank fallen und ging zu ihm hinüber. „Morgan, kann ich mit dir reden?"

Als er zu ihr aufblickte und ihren ernsten Gesichtsausdruck sah, verschwand die Hochstimmung von seinem Gesicht, und seine Augen verdunkelten sich.

„Sicher."

Jolie führte ihn von der Menge weg in die Stille der Ställe. Der Geruch von Heu und Futter begrüßte sie, und aus den kühlen Schatten hörte sie die Fohlen und ihre Mütter. Sie drehte sich langsam um und sah einen ernst dreinblickenden Morgan an.

„Ich bleibe hier, Morgan. Ich ziehe mich aus dem Wettbewerb zurück", sagte sie leise. „Ich weiß, wie du zu alldem stehst, aber ich weiß, was ich will, und ich weiß, was das Beste für mich ist."

„Jolie, ich habe dich heute da draußen gesehen. Du warst großartig. Bei deinem Talent wäre es eine Verschwendung, den Wettbewerb aufzugeben. Du bist für Großes bestimmt."

Sie lächelte. „Ja, das bin ich. Und du auch. Hier auf dieser Ranch passieren die große Dinge. Diese Jungs aufblühen zu sehen und sie zu lieben. Das ist die großartige Sache, für die ich jetzt bestimmt bin. Das ist, was ich wähle." Sie studierte sein Gesicht, als er auf sie hinabstarrte. „Ich hätte gerne deinen Segen, Morgan, aber ich brauche ihn nicht. Mein Plan ist, nach Dew Drop zu ziehen, einen Job als Lehrerin an der öffentlichen Schule anzunehmen und Freiwilligenarbeit auf der Ranch zu leisten, wenn du mich lässt."

Morgan war still geworden. Sein Kiefer zuckte, und seine Augen schnitten durch sie hindurch, auf der Suche nach der Wahrheit. „Ich weiß nicht, was ich sagen soll", sagte er. „Ich weiß, dass die Jungs genug für mich sind. Mit ihnen zu arbeiten, gibt mir, was ich brauche. Aber du wirst es bereuen …"

„Ich bereue es schon, Morgan. Ich bereue, dich je verlassen zu haben. Ich bereue, dich verletzt zu haben. Doch ich weiß, dass Gott damals einen Plan hatte und es so sein sollte. Aber ich weiß auch, dass es jetzt *so* sein soll. Also werde ich bleiben, und ich bete, dass du irgendwann meiner Liebe zu dir vertrauen lernst und mich wieder in dein Herz lässt."

Sie trat nah an ihn heran und legte ihre Hand an sein Herz. Es raste.

„Ich liebe dich, Morgan McDermott, und du liebst mich. Du hast es mir selbst gesagt. Kannst du mich wieder in dein Leben lassen?"

Er sagte nichts, und Enttäuschung packte sie. Sie hatte gehofft, wenn er wüsste, dass sie so oder so nicht gehen würde, würde das seine Meinung ändern. Doch selbst als sie ihre Hand zurückzog und wegtrat, wusste sie, dass sich ihr Plan kein bisschen ändern würde. Dew Drop war der Ort, an dem sie sein sollte.

„Ich hoffe, dass du eines Tages akzeptieren kannst, dass ich hier bin, Morgan, und mich vielleicht bei den Jungs helfen lässt. Es würde mir viel bedeuten." Jolie drehte sich um und wusste nicht, was sie noch sagen sollte. Sie hatte es bis zur Tür des Stalls geschafft, als seine Hand auf ihrem Arm sie aufhielt.

„Jolie.”

Sie sah ihn an, eingerahmt von der Tür mit der sanften Brise in ihrem Haar. Sie wusste, dass sie nach allem, was sie auf dem Wasser durchgemacht hatten, furchtbar aussehen musste, doch es war ihr egal.

„Weißt du nicht, dass es leicht wäre zuzustimmen? Der schwierige Teil ist, dich gehen zu lassen. Ich hoffe, du verstehst das.”

Sie hob ihre Hand, um sein starkes Kinn zu berühren. „Das tue ich”, flüsterte sie und nickte. „Das tue ich wirklich. Aber hier möchte ich sein. Hier muss ich sein. Bei dir. Und den Jungs. Ohne jedes Bedauern.”

Sie konnte den Kampf in seinen Augen sehen, seinen schönen, tiefen, unergründlichen Augen. Seine Stirn legte sich in Falten, und sein Kiefer spannte sich an, als er darum rang, das Richtige zu tun. Das Richtige für *sie*.

„Du musst darauf vertrauen, dass das, was ich sage, wahr ist, Morgan. Ich liebe dich, und wenn du mir dein Herz öffnest, werde ich dich niemals verlassen. Bitte vertrau’ mir.”

Er nickte kaum merklich. Seine Augen beruhigten sich, und ein langsames Lächeln huschte über sein Gesicht, als er seinen Kopf drehte, um ihre Handfläche zu küssen. Dann hob er seine Hand und nahm ihre, und

Jolies Herz pochte vor Liebe. Und Hoffnung.

Es waren keine Worte nötig, als er seine Arme um sie legte und seine Lippen auf ihre senkte. „Ich liebe dich, Jolie Sheridan. Willst du mich heiraten?", flüsterte er.

Mit Tränen in den Augen nickte sie. Und hinter ihnen brach allgemeiner Jubel und Klatschen aus.

„Also …", Morgan kicherte, „… dann ist das jetzt beschlossene Sache. Du hast uns an der Backe. Denn ich werde *denen da* nichts anderes sagen."

Jolie sah über das Gras zu ihren Jungs. „Gut so. Das ist meine *Familie*, und ich gehe nirgendwohin."

Morgan drückte ihre Hand fest in seiner und sah sie mit Liebe in seinen Augen an. „Dann lass es uns offiziell machen."

Sie lächelte, und ihr Herz blühte auf. „Nach dir, Cowboy."

EPILOG

„*Hubba, hubba*, komm zu Papa", krächzte Wes von der vorderen Bank, wo alle sechzehn Jungen in der Kirche standen.

Morgan wäre hinübergegangen und hätte ihm die Ohren lang gezogen, wenn er nicht neben dem Pastor gestanden und eine höflichere Version derselben Bemerkung gedacht hätte, als Jolie am Arm ihres Vaters die Kirche betrat. Sie war so schön, dass er nichts tun konnte, als sie anzustarren und zuzusehen, wie sie den Gang entlang auf ihn zukam. Sechs lange Jahre hatte er auf diesen Tag gewartet.

Nachdem sie ihn davon überzeugt hatte, dass sie mit ihm und den Jungs auf der Ranch leben wollte, hatten sie keine Zeit verschwendet, das Hochzeitsdatum festzulegen. Jolie wollte sofort heiraten, doch sie hatten sich einen Monat Zeit gegeben.

Es war ein kalter Januartag, und eine Schneeschicht

bedeckte den Boden, während der Wind an den Kirchenfenstern rüttelte. Er hatte auf einen sonnigen Tag gehofft, doch sie hatte gesagt, dass selbst ein Schneesturm sie nicht davon abhalten würde, Mrs. Morgan McDermott zu werden.

Für Morgan war die Sonne in dem Moment aufgegangen, als Jolie Ja gesagt hatte. Er war vor den Jungs auf die Knie gegangen, damit sie sehen konnten, wie man es richtig machte. Sie hatte lachend Ja gesagt und ihr Lachen hatte jeden Raum in seinem Herzen ausgefüllt.

Er dankte Gott dafür, dass er sie zu seiner Zeit zu sich zurückgebracht hatte. Morgan erkannte, dass Jolie die Erfahrung gebraucht hatte, und obwohl er nicht wirklich berauscht davon war, hatte er auch die Zeit gebraucht, in der sie weggewesen war. Obwohl er sie geliebt hatte, hatte er versucht, sie einzusperren, als sie Raum gebraucht hatte, um ihren Weg zu finden und auf eigenen Beinen zu stehen.

Jetzt konnte sie mit ganzem Herzen und ohne Reue mit ihm auf der Ranch leben.

„Sie sieht aus wie eine Märchenprinzessin", flüsterte B.J. so laut, dass die ganze Kirche ihn hörte.

„Sie ist eine Märchenprinzessin", sagte Sammy stolz.

Morgan musste beiden zustimmen. Um sie besser

sehen zu können, als sie den Gang heraufkam, waren die beiden Jungen hinübergegangen, um um Wes herumzuspähen, der am Ende der Bank stand.

Ihr langes, weißes Kleid war weich fließend und funkelte irgendwie, wenn sie sich bewegte. Sie sah praktisch aus, als würde sie schweben. Ihre Augen glänzten vor Glück und hefteten sich an seine, als der Abstand zwischen ihnen langsam schmolz. Ihre Lippen zitterten mit einem sanften Lächeln.

„Sie gehört uns, und sie wird nie wieder weggehen", sagte Sammy stolz.

„Ja, sie gehört uns", stimmte B.J. zu.

Joseph war hinter sie getreten. „Ihr habt recht, Jungs", sagte er leise. „Und jetzt lasst uns an unsere Plätze zurückgehen und den Pastor sie mit Morgan verheiraten lassen."

Neben Morgan lächelten seine Trauzeugen – Rowdy und Tucker.

„Das wäre eine gute Idee", murmelte Rowdy leise. „Weil Morg hier sein ganzes Leben auf diesen Moment gewartet hat."

„Du bist der Nächste, Rowdy", neckte Tucker seinen kleinen Bruder.

„Mir? Nein, das bist du, großer Bruder."

Morgan begegnete dem festen Blick seines Vaters aus der ersten Reihe, und sie teilten einen Moment, in dem beide dachten, dass es interessant wäre zu sehen, wer der nächste sein würde.

Die Musik verstummte, als Jolie und ihr Vater vor ihm stehen blieben.

„Wer übergibt diese Frau an diesen Mann?", fragte der Pastor.

„Ihre Mutter und ich", sagte Mr. Sheridan und legte Jolies Hand in Morgans.

Jolie lächelte und richtete dieses glückliche Lächeln direkt auf ihn, als sie seine Hand drückte.

„Ich liebe dich", flüsterte sie, und gemeinsam wandten sie sich dem Pastor zu.

„Das wird gut", flüsterte Sammy.

„Ist es schon", zischte Caleb.

„Jetzt gehört sie für immer uns", sagte B.J. mit lauter und klarer Stimme und brachte die Gemeinde zum Lachen.

Jolie drehte sich um und teilte ihr strahlendes Lächeln mit den Jungs. „Genau wie ihr alle jetzt mir gehört", versicherte sie ihnen.

Morgan lachte und räusperte sich. „Pastor, Sie haben das Wort. Lassen Sie uns anfangen, damit ich ihr den Ring an den Finger stecken kann."

„Endlich", sagte Rowdy mit einem Glucksen.

Morgan warf ihm einen warnenden Blick zu – er hatte nicht vergessen, dass er sich bei seinem kleinen

Bruder revanchieren wollte. Doch er war ein geduldiger Mann.

Jolie wandte sich wieder dem Pastor zu und nickte. „Okay", sagte sie. „Machen Sie mich zur glücklichsten Frau der Welt."

„Endlich", brummte Morgan. Gelächter ertönte hinter ihnen, als der Pastor Morgan zum glücklichsten Mann der Welt machte. *Endlich.*

Weitere Bücher von Debra Clopton

Die Cowboys von Dew Drop, Texas
Unvergesslicher Cowboy

**Turner Creek Ranch Serie –
Die Cowboys von Mule Hollow**
Schätze mich, Cowboy
Rette mich, Cowboy
Mach mich ganz, Cowboy
Schmeichle mir, Cowboy

Windswept Bay
Von Diesem Moment An
Irgendwo Mit Dir
Mit Diesem Kuss & Für Immer Und Ewig
Warten Auf Liebe
Mit Diesem Ring
Mit Diesem Versprechen
Mit Diesem Schwur
Mit Diesem Wunsch
Mit dieser Ewigkeit

New Horizon Ranch Serie
Ein Cowboy für Maddie
Ein Cowgirl für Rafe
Ein Cowgirl für Chase
Ein Cowgirl für Ty
Eine Familie für Dalton
Eine Tierärztin für Treb
Maddies geheimes Baby
Ein Cowgirl für Austin

**Die Holden Brüder –
Die Cowboys von Mule Hollow**
Das Herz eines Cowboys
„Das Vertrauen eines Cowboys"
Die Wahre Liebe Eines Cowboys

**Die Cowboys von Mule Hollow Serie
Liebe Mich, Cowboy**
Tanz Mit Mir, Cowboy
Immer Ärger mit Lacy Brown
… plus Baby macht fünf
Mein Herz gehört dir, Cowboy
Halt mich, Cowboy
Sei mein, Cowboy
Operation: Bis Weihnachten Verheiratet
Verehre Mich, Cowboy
Überrasch Mich, Cowboy
Sing für mich, Cowboy
Komm zu mir zurück, Cowboy
Reit mit mir, Cowboy

Die Cowboys von Ransom Creek
Trip: Ihr Cowboy-Held (Vorgeschichte)
Carson: The Cowboy's Braut zu mieten
Cooper: Bezaubert vom Cowboy
Shane: Cowboy's Junk-Store Prinzessin
Vance: Ire Cowboy der Zweiten Chance
Drake: Der Cowboy und die Maisy Love
Brice: Nicht Ruhig auf der Suche nach einer Familie

Über die Autorin

Die Bestseller-Autorin Debra Clopton hat bereits über 2,5 Millionen Bücher verkauft. Ihr Buch OPERATION: MARRIED BY CHRISTMAS soll sogar als ABC Familienfilm verfilmt werden. Debra ist bekannt für ihre modernen Westernromanzen, texanischen Cowboys und temperamentvollen Heldinnen. Romantik und eine Prise Humor werden immer miteinander verflochten, um den Leser zum Lächeln zu bringen. Als Texanerin in sechster Generation lebt sie mit ihrem Ehemann auf einer Ranch im Herzen von Texas und freut sich immer über Zuschriften von ihren Lesern.

Besuche Debras Webseite auf
www.debraclopton.com/deutsch.
Melde dich für Debras Newsletter an
www.subscribepage.com/abonnieren-sie-meinen-deutschen-newsletter
Schau auf Facebook bei ihr vorbei
www.facebook.com/debra.clopton.5
Folge ihr auf Twitter unter @debraclopton
Schreibe ihr über debraclopton@ymail.com